# 李清照词全集

(宋)李清照 著
陈祖美 编著

長江出版傳媒
长江文艺出版社

图书在版编目（C I P）数据

李清照词全集 / （宋）李清照著 ；陈祖美编著. --
武汉 ：长江文艺出版社， 2021.4
（名家汇释汇评本）
ISBN 978-7-5702-1638-3

Ⅰ. ①李… Ⅱ. ①李… ②陈… Ⅲ. ①宋词－选集
Ⅳ. ①I222.844

中国版本图书馆 CIP 数据核字(2020)第 107746 号

责任编辑：张远林　　责任校对：毛　娟
封面设计：abook studio/小一　　责任印制：邱　莉　杨　帆

---

出版：长江出版传媒　长江文艺出版社
地址：武汉市雄楚大街 268 号　　邮编：430070
发行：长江文艺出版社
http://www.cjlap.com
印刷：湖北恒泰印务有限公司

---

开本：880 毫米×1230 毫米　1/32　印张：7.75　插页：1 页
版次：2021 年 4 月第 1 版　　2021 年 4 月第 1 次印刷
字数：222 千字

---

定价：35.00 元

---

# 目　录

**附　录**

# 前　言

李清照，宋代著名女词人，齐州章丘（今属山东济南）人，生于宋神宗元丰七年（1084年），约卒于宋高宗绍兴二十五六年（1155年、1156年），享年七十二三岁。自号易安居士，偶尔署作易安室，出身于诗书官宦之家。祖父佚名，父亲名格非，字文叔，宋神宗熙宁九年（1076年）进士，曾为郓州（今属山东）教授等，官至礼部员外郎。《宋史·李格非传》说他博学多才，廉洁奉公，是一位俊迈出众的人物。李格非以文章受知于苏轼，为“苏门后四学士”之一。在北宋末年新旧党争中，因站在苏轼一边而被诬为“元祐奸党”，相继被外放、罢官，卒于故里。平生著作甚丰，现已大都散失，文只有《洛阳名园记》一卷传世，诗只有三首完篇和一二断句留存至今。

关于李格非之妻，有二说。一是《宋史》本传所云：“妻王氏，拱辰孙女，亦善文”；二是根据宋朝庄绰《鸡肋编》卷中和宋神宗元丰宰相王珪之“神道碑”记载，王珪的长女嫁李格非且早卒。至于李清照之生母，上述二说不能并存，她当是王珪的外孙女，王拱辰的孙女是她的继母，李远当是她的异母小弟。

对于李清照的生平只有《宋史·李格非传》“女清照，诗文尤有称于时，嫁赵挺之之子明诚，自号易安居士”极为简略的记载。根据对其他有关载籍的研究分析可知：她襁褓丧母后，在原籍生活到约十五六岁时，来到了汴京（今河南开封）父亲身边。十八岁与二十一岁的太学生赵明诚结为夫妻，一度生活很美满。不久其父被诬为“奸党”，她受到株连，不得居京而回归原籍。在她重返汴京不久，赵挺之被罢相病卒。李清照随赵家屏居青州

（今属山东）十年。在这里夫妇猜书斗茶，花前月下，相从赋诗。两人共治金石之学，她又独撰《词论》之文，伉俪之谐古今罕见。此后赵明诚连任莱、淄（今均属山东）知州。1126年冬“靖康之变”，翌年春赵明诚赴江宁（今属南京）奔母丧，不久北宋灭亡。是年8月赵明诚出任江宁知府，年底青州兵变，赵家十馀间房屋所贮书画文物被焚，李清照由青州逃往江宁。起初她尚有雪天顶笠披蓑，循城远览寻诗之雅兴。一年后赵明诚因所谓“缒城宵遁”，即临乱逃脱被罢官，夫妻离开江宁，辗转于今之苏、皖、赣等地，曾在池阳（今安徽贵池）安家。

宋高宗建炎三年（1129年）夏，赵明诚奉旨知湖州（今属浙江），由于冒暑骑马奔驰赴行在建康（今南京）领旨，途中染疾，于同年8月病卒。金兵加紧进逼，时局十分危急。在李清照走投无路时被人秘密弹劾，传言赵明诚曾以玉壶投献金人，贿赂通敌，即所谓“玉壶颁金”之诬。这使得李清照非常惊惶，就想把家中的铜器进献朝廷以资湔雪。于是她就沿着宋高宗逃跑的路线，在两浙追赶。几次扑空后，曾寓居越州（今浙江绍兴）。在这里被穴壁盗去文物五竹箱。宋绍兴二年（1132年）定居杭州，又在重病中被张汝舟骗婚。由于此人靠谎报举数取得官职，李清照告发了他，并与之离异（关于李清照再嫁之事，在宋代有多种确凿记载，到明代出现了为之辨诬之说，认为她绝无再嫁之事，对此至今仍有不同看法）。再嫁风波稍有平息，李清照就着手整理赵明诚的未竟之著《金石录》，并为之作序，是为《〈金石录〉后序》。紧接着金、齐合兵犯杭州，她逃往金华（今属浙江）避难。约半年后，又发生了诏令其缴进《哲宗皇帝实录》之事。不久她便返回杭州，直至去世。

根据李清照的上述简历，本书将其生平和词作的时空归属，将沿用已久的“前、后二期”说，改为“早、中、晚三期”说。具体划分为：

从宋神宗元丰七年（1084 年），亦即从李清照出生之年，至十五六岁自原籍诣汴京待字。结婚仅一年多，因受党争株连，李清照一度被迫回归原籍。返回汴京不久，到宋徽宗大观元年（1107 年）开始屏居青州之年止，共二十四年，是为前期，亦可称为“齐、汴青春期”。

中期，亦可称为“青、莱、淄、宁时期”，即从宋大观二年（1108 年）到宋高宗建炎三年（1129 年）丈夫去世前，李清照二十五岁至四十六岁，共二十一年。

从宋建炎四年（1130 年）到宋绍兴二十五年（1155 年），李清照四十六七岁（丈夫去世），到七十三岁前后的谢世之年，共二十五六年，是为晚境。这期间李清照曾流寓江浙，居于绍兴、杭州、金华。

这一“三期说”，虽然仍有不尽如人意之处，但它弥补了“二期说”的诸多不足，是本书解读《漱玉词》的基础，也是体现和贯穿本书新貌的重要方面。

唐圭璋先生所编《全宋词》载录李清照词 47 首。本书所收也是 47 首，其中 45 首与唐本相同，只有四首不同。四首中的《新荷叶》一首是在唐编出版和重印后，由孔凡礼先生补辑的，自然不见于 1965 年出版的《全宋词》；而 1959 年出版的北京大学中文系所编写的《中国文学史》第五编第四章所收李清照《点绛唇》（蹴罢秋千）一首，唐先生认为不是李清照所作。本书则视此二词均为李作加以收录。而对《全宋词》所收的《怨王孙》（帝里春晚）和《浣溪沙》（绣面芙蓉）二首，笔者则认为并非李清照所作，未予收载。

本书对所收 47 首词，不仅进行了前人和他人未曾有过的编年、一一按自己所厘定的写作顺序排列，并依其题材和题旨分为以下四大类：

一、豪迈倜傥的风景词。这又可分为秋景词如《双调忆王孙》(湖上风来)(此首调名原被误作《怨王孙》)和《如梦令》(尝记溪亭日暮)。此类词现存虽只有这么两首，但却为作者赢得了“易安倜傥，有丈夫气，乃闺阁中之苏、辛，非秦、柳也”(沈曾植《菌阁琐谈》)和“独树一帜”(陈廷焯《白雨斋词话》卷六)的称誉，其所显示的豪迈风格为“雌了男儿”的北宋主流词坛吹进了一股清风，令人耳目一新。

二、娇嗔优雅的闺情词。这类词约占现存《漱玉词》近半数，其中包括作者待字期间所写的四首《浣溪沙》、一首《点绛唇》(蹴罢秋千)和另一首《如梦令》(昨夜雨疏风骤)——这首蕴含着惜春意绪的小令及其名句“绿肥红瘦”，既使“当时文士莫不击节称赏”(蒋一葵《尧山堂外记》卷五四)，也令后世激赏不已。关于此词值得注意和再思的是，有学者认为“卷帘人”是指作者的丈夫，“词中所写悉为闺房昵语”。李清照结婚前后的闺情词多以好花、皎月自况，如《渔家傲》(雪里已知)、《庆清朝》、《鹧鸪天》(暗淡轻黄)；新婚之际所写则多是以簪花、并蒂相娱的伉俪词如《减字木兰花》、《瑞鹧鸪》等。

三、传写心曲的身世词。鉴于李清照的一生饱尝人间甘苦，那么其身世词本应包括“欢愉之词”和“悲苦之词”两部分，前者已见于上述闺情词之中，这里只就“悲苦之词”而言。这类词不仅所占比重大，而且名篇多，如《一剪梅》、《醉花阴》、《凤凰台上忆吹箫》、《念奴娇》、《声声慢》、《渔家傲》(天接云涛)等等。其词旨以往多被误解甚至曲解，比如前者就被认为是：“易安结缡未久，明诚即负笈远游。易安殊不忍别，觅锦帕书《一剪梅》词以送之。”(题名元伊世珍《琅嬛记》卷中引《外传》)。这是一种附会之说。事实并非是赵明诚新婚不久即离京远出读书，他婚后仍在太学做学生。毕业后凭借特权，在朝廷担任了清要之职——鸿胪少卿。这有当时赵明诚的手迹为证，被迫离开汴京返回原籍的是作为“奸党”子女的李清照。所以《漱玉词》中，那些字面上表达伉俪暌违而又悲苦无似的离情词，大都产生于这一政治历史背景之下。《一剪梅》下片的“花自飘零水自流。一种相思，两处闲愁。此情无计可消除，才下眉头，却上心头”。正说明作者的愁苦不打一处来。党争时松时紧，李清照随之时居汴京，时归原籍，仿佛是在变化无常的政争中“打秋千”。她于宋崇宁三四年（1104 年、1105 年）间所作《行香子》词中的“甚霎儿晴，霎儿雨，霎儿风”，当不单纯是修辞学上的一语双关，而是崇宁年间变幻莫测的政治风云，与“七夕”期间晴雨变化无常的妙合。再如《玉楼春》的“要来小酌便来休，未必明朝风不起”，意即词人对红梅说：要来饮酒就快来啊，说不定明早风一起，你我都要遭殃。所以这类词的题旨是，在对“牛女”、红梅命运的关注中，寄寓了作者朝不保夕的身世之叹。《醉花阴》是这类词中的代表作。此词结拍的“似”，他本多作“比”，此处之所以取“似”，主要基于以下两点：第一，现存李清照词最早而又较好的版本《乐府雅词》卷下作“似”、元代以前的记载征引此词时亦作“似”；第二，“比”字虽更进一层，但所谓黄花比瘦并非比程度，而是一种“类比”，即作者担心，离愁之于人，犹如风霜对黄花的侵袭，伉俪暌违给主人公带来的体损神伤，就像东篱初开的黄花将在肃杀的秋风中枯萎一样。这样一来，作者所要表达的身世之感与悲秋、离愁的题面，既浑然划一，不露痕迹，又不落窠臼，具有新意。

在身世词中，有几首的基调格外悲苦，比如《凤凰台上忆吹箫》的“多少事，欲说还休。新来瘦，非干病酒，不是悲秋”和《蝶恋花》的“人道山长山又断，萧萧微雨闻孤馆”等等，仿佛有一种难言之隐，其中《声声慢》一词更使人感到悲苦至极。此词中的“晓来风急”，今本多误作“晚来风急”，词旨也被误解为表达丧夫之悲和亡国之痛。实际此词应作于北宋末年，词旨正如梁启超在《艺蘅馆词选》的批语中所云：“写从早到晚一天的实感。那种茕独凄惶的景况，非本人不能领略，所以一字一泪，都是咬着牙根咽下。”“晓来风急”一句中隐含着《诗经·终风》的旨意，词人借以诉说自己也像春秋时卫庄姜一样，有着难言的“被疏无嗣”的苦衷。她若有所失地寻觅和等待的是良人——丈夫。

四、格调凄凉的晚境词。李清照个人命运的分野，主要不是1127年北宋的灭亡，而是三年后赵明诚的去世。这以后词的格调和内容都发生了较明显的变化。《渔家傲·记梦》体现了词风的转变，作者以浪漫的笔法抒发奇志壮采、诉说走投无路的苦闷和以“三山”为双关语表达对仙境（实际是人间乐土）的向往。内容的显著变化除写了《南歌子》、《孤雁儿》等悼亡词和表达嫠妇心态的《武陵春》等词以外，主要地表现在作者把属于个人的感情逐步扩大和转移到对江山社稷的关注上，《永遇乐·元宵》词是这方面的典型代表。

在古代对《漱玉词》的评价曾有霄壤之别。褒美者云“词尤婉丽，往往出人意表，近未见其比”（《萍洲可谈》卷中）、“小词多脍炙人口”等等；憎之者可以王灼为代表，他在《碧鸡漫志》卷二中说，李清照的词比历来被看做“侧词艳曲”者更不可取。与这两种较极端的看法不同的是李调元的见解：“易安在宋诸媛中，自卓然一家，不在秦七、黄九之下。词无一首不工，其炼处可夺梦窗之席，其丽处直参片玉之班。盖不徒俯视巾帼，直欲压倒须眉”（《雨村词话》卷三）。这是说李清照的词自成一家，不在秦观、黄庭坚之下。它的凝练超出吴文英，它的清丽可与周邦彦的《片玉词》媲美。她不仅在女子中首屈一指，甚至可以说超过了堂堂的男子汉。这一见解代表了历代绝大多数对《漱玉词》的中肯评价。

与词创作密不可分的是，李清照还写过一篇重要的理论著作——《词论》。此篇原题无考。目前所见第一位著录此文的是南宋胡仔，其在《苕溪渔隐丛话》后集卷三十三《晁无咎》条中引及此文时，称“李易安评”，未提引自何处，且似节录，疑非完篇，《词论》之名系后人所谓。因在《词论》现存文字中，未曾涉及南宋词坛，所以此文该是南渡前所作。这篇只有五百六十来字的短文，扼要地论述了词的起源和发展，提出了词“别是一家”之说，为区分诗词之别立下了界石，特别强调了词之为体的合乐特点和文学上的要求，是一篇极富独创性的词学专论，在词史上有着极为重要的地位。

李清照一生著作甚丰，生前即有所刊刻行世。其诗文集见于著录和记载的名称卷帙不一，如《郡斋读书志》卷四下和《世善堂藏书目录》均谓《李易安集》十二卷，而《宋史·艺文志》则谓《易安居士文集》七卷；她的词集在古代被称为《漱玉集》《易安词》，并有一、三、五、六卷不等。以上诗文及词集约在明末清初时散佚，现存李作均为辑本。

作为本书的“前言”，上述文字恐已超出预想篇幅，搦管之劳、击键之声亦可暂休，但还有几句心里话却不吐不快——回首自己关于李清照的“编著”，按字数计算已过“百万”，但筚路蓝缕之路是由他人开创的。在李清照研究的漫长道路上，至少有两个人的名字，笔者已铭戢深心，这就是：王学初和黄盛璋！我是读着二位的论著走上《漱玉集》的研究之路的，比如，表面看是我自己对李清照及其著作有一系列新解和心解，但其中有不少都是在黄、王二位著作启迪下生发的灵感，这在本书中不时可见，兹不赘述。

陈祖美

完稿于 2000 年 4 月 24 日

# 如梦令①

尝记溪亭日暮②，沉醉不知归路。兴尽晚回舟，误入藕花深处③。争渡，争渡④，惊起一滩鸥鹭⑤。

【注释】

①如梦令：作为词调，其原名《忆仙姿》。苏轼《如梦令》（水垢何曾相受）一词注云："此曲本唐庄宗制，名《忆仙姿》，嫌其名不雅，故改为《如梦令》。盖庄宗作此词，卒章云'如梦，如梦，和泪出门相送'，因取以为名云。"

②溪亭：一说此系济南七十二名泉之一，位于大明湖畔；二说泛指溪边亭阁；三说确指一处叫做"溪亭"的地名（因苏辙在济南时写有《题徐正权秀才城西溪亭》诗）；四说系词人原籍章丘明水附近的一处游憩之所，其方位当在历史名山华不注之阳。因为"历城北二里有莲子湖，周环二十里。湖中多莲花，红绿间明，乍疑濯锦。又渔船掩映，罟罾疏布。远望之者，若珠网浮杯也"（段成式《酉阳杂俎》前集卷十一）。大约在李清照十五岁时，按照相传的风俗，用簪束发叫"上头"。"上头"日要选在天气和暖之时，以便外出游乐。"婉娩新上头，湔裙出乐游"（梁简文帝《和人渡水诗》）。禀性极喜烟霞游乐的女词人，其终生记忆犹新的这次溪亭之游，或许正是上述古老风俗的沿袭，亦当是她从故乡湖山佳境中，所汲取的最初的创作素材。

③藕花：荷花。以上四句意近"访渎搜渠"的郦道元的"日暮倒载归，酩酊无所知"（《水经注·沔水》）之句。

④争渡：即"怎渡"的意思，慌忙划船，夺路急归，从而打破天籁宁静，惊起荷丛深处之栖息水鸟。

⑤鸥鹭：泛指水鸟。

【讲解】

此词起拍之“尝记”二字，表明词非当时当地所作。作者十八岁之前到汴京，二十四岁时，翁舅赵挺之被罢相，不久她便随丈夫赵明诚“屏居乡里十年”，离开京城到了青州，也离开了与她有诗词唱和之谊的前辈晁补之、张耒等人。赵明诚是金石学家，“屏居”初年，李清照的创作雅兴，一度转移到与丈夫共同搜集、整理、勘校金石书籍方面。所以此词当是作者结婚前后，居汴京时，回忆故乡往事而写成的，也就是词人十六七岁至二十三四岁之间的作品。细审作者行实，此词大致可系于她十六岁（宋哲宗元符二年，1099年）之时，是时她来到汴京不久，此词亦当是她的处女之作。其初试词笔，便出手不凡。此作竟被有些版本当做苏轼、吕洞宾等大家、名流之手笔。这再生动不过地说明，词人及此作堪与“须眉”、仙人相匹敌。

这首也被题作“酒兴”的记游词，在一些古人的眼中被视为带有仙气的豪迈之什，今天则可称它为极具逸兴壮采。能够写出如此豪放之作的李清照，人称“易安倜傥，有丈夫气，乃闺阁中之苏（轼）、辛（弃疾），非秦（观）、柳（永）也”（沈曾植《菌阁琐谈》，《词话丛编》第3605页）。李清照惟其有丈夫之气、文士之豪，其词风总的属婉约派，但在她现存的全部词作中，不仅没有那种“雌男儿”笔下的脂粉气，有些还可以划入豪放之列。这其中除了《渔家傲》（天接云涛）之外，一些写山川风物的词，有的也与这首《如梦令》相仿佛，也是词人豪情逸兴的写照。这首只有三十三字一气呵成的小令，其景象非常开阔，情辞极其酣畅。作品的这种豪迈气度，固然与作者的气质有关，但是气质也不完全是天生的。壮阔的齐鲁山川，珍珠般翻滚的故乡明水、数不清的活水甘泉，为词人提供了驰骋豪兴遐想的前提，涵育了她的胸襟怀抱。李清照那种独有的投身大自然、钟情于山水风物的童心和志趣，与其壮怀激越的作品，在一定意义上是相通的。通过这首小令，还可以获得对词人思想性格的更为全面的认识：即使她的早期作品，也不都是表达所谓怜花惜春的闺情。她的生活视野，有时也在闺房以外，当她的小舟驶入“藕花深处”时，也会像“惊起一滩鸥鹭”一样，给当时的词坛带来一股清风。事实上，李清照有一些体物、记游、抒怀词，不论就题材的选择，还是由此所表现出来的艺术特色，都给人耳目一新之感，被口碑相传为“独树一帜”（陈廷焯《白雨斋词话》卷六，《词话丛编》第3909页）。

此词的另一主要特色是语言的明白如话，可以说一读就懂，却又有令人百读不厌的魅力。由这首词所体现的“易安体”的基本特征，似可归纳为：

它创造了一种比人籁更进一步的天籁境界，也就是不事雕琢，得自然之趣。人籁、天籁，原是《庄子·齐物论》的用语，前者指由人口吹奏管龠发出的声音，后者是指自然界的音响。你看，天黑下来了，人也沉醉了。当小舟在黑暗中漂离航道，误入荷丛时，在万籁俱寂而又空阔的水面上，猛然听到一群水鸟扑棱棱，惊飞四散。刹那惊悸之馀，又会令人感到多么欣喜有趣，以至事隔经年，还深印在这位游赏者的记忆之中。到了京城，又被类似的美景所感发，兴文成篇，为后人留下了这一别具一格的、豪迈倜傥的令词。

**【辑评】**

一、王学初《李清照集校注》卷　：此首别见杨金本《草堂诗馀》前集卷上，误作苏轼词；《词林万选》卷四，误作无名氏词，注“或作李易安”。(《词林万选》所注或作某某，殆为毛晋所加，非杨慎原文。)又见《汇选历代名贤词府全集》卷一、《唐词纪》卷五、《古今词话·词辨》卷上、《历代诗馀》卷一百十二引《古今词话》，俱误作吕洞宾词。(人民文学出版社 1979 年 10 月出版)

二、唐圭璋：李清照《如梦令》第一句云“常记溪亭日暮”，“常”字显然为“尝”字之误。四部丛刊本《乐府雅词》原为抄本，并非善本，其误抄“尝”为“常”，自是意中事，幸宋陈景沂《全芳备祖》卷十一荷花门内引此词正作“尝记”，可以纠正《乐府雅词》之误，由此亦可知《全芳备祖》之可贵。纵观近日选本，凡选清照此词者无不作“常记”，试思常为经常，尝为曾经，作“常”必误无疑，不知何以竟无人深思词意，沿误作“常”，以讹传讹，贻误来学，影响甚大。希望以后选清照此词者，务必以《全芳备祖》为据，改“常”作“尝”。(《百家唐宋词新话》，四川文艺出版社 1989 年 5 月出版)

三、吴小如《诗词札丛》：我以为“争”应作另一种解释，即“怎”的同义字。这在宋词中是屡见不鲜的。“争渡”即“怎渡”，这一叠句乃形容泛舟人心情焦灼，千方百计想着怎样才能把船从荷花丛中划出来，正如我们平时遇到棘手的事情辄呼“怎么办”、“怎么办”的口吻。不料左右盘旋，船却总是走不脱。这样一折腾，那些已经眠宿滩边的水鸟自然会受到惊扰，扑拉拉地群起而飞了。检近人王延梯《漱玉集注》，“争”正作“怎”解，可谓先得我心。(北京出版社 1988 年 9 月出版)

四、林东海：《唐宋诸贤绝妙词选》题作“酒兴”。其实，“酒兴”二字并不怎么切题，看来是后人所加。此词确切地说不是写酒兴，而是写“游兴”。在这首词里，词人追忆往日游览溪亭的情景：曾记得（“常记”即“尝记”，《全芳备祖》诸本径作“尝记”）那一天天色将晚，在溪亭游玩饮酒，竟然沉醉不醒，自然也就不知该回去了。（“不知归路”似应作“不知归去”解，即不知归。“路”字连带而及，以便押韵。）待到醒来兴尽，夜幕已经降临，急忙解缆回船。仓促之间，误划入荷花丛中，船儿在荷花丛中打转。糟糕！怎么办！（“争渡”或解为“竞渡”，未切原意，作“怎渡”解较胜。）在彷徨之中，惊动了滩边的鸥鸟和白鹭，它们纷纷起飞，消失在暮色之中。全词叙事写景交织成文，记录了女词人青年时期的一个生活片断。……在词坛上，一般都认为唐之李后主，宋之李清照，最为擅场。李清照对于词的修养是多方面的，而在摄取“瞬间”的表现“永恒”这方面尤为突出。……这首《如梦令》最善于从各个角度抓住生活片断的一瞬间。我们读了这首词后，仿佛看到她沉醉的瞬间神情，其醉也，既在酒，亦在山水之间。其情真，其兴逸，而且带点真趣和野味；仿佛看到回舟误入荷花丛中的瞬间动作。之所以“误”，是酒意未尽？是游兴未尽？是暮色迷眼？是回归心急？这一切或者是兼而有之，却都在偶然一“误”的动作中表现出来了；……全词以悠闲的游兴始，中经溪亭沉醉，急切回舟，误入藕花，最后惊起鸥鹭，动作和情绪，起伏变化，很富于节奏感。最后一切都统一在白色鸥鹭苍茫暮色的大自然景色之中。瞬时的神情，瞬时的动作，瞬时的音容，瞬时的景色，联成一个有机的整体，一个极富立体感的生活画面。这是一个永恒的活生生的生活画面。这画面在清新之景中渗透了野逸之情。（《李清照作品赏析集》，巴蜀书社 1992 年 9 月出版）

## 双调忆王孙[①]

湖上风来波浩渺，秋已暮、红稀香少。水光山色与人亲，说不尽、无穷好。　莲子已成荷叶老，清露洗、蘋花汀草②。眠沙鸥鹭不回头，似也恨、人归早。

【注释】

①双调忆王孙：《乐府雅词》虽然是现存《漱玉词》最早的好版本，但是对于此词的调名却误作《怨王孙》，此后便以讹传讹。巴蜀书社1992年9月版《李清照作品赏析集》第10页，周笃文所撰此词赏析之文首纠其讹作《双调忆王孙》，兹从之。

②蘋：亦称田字草，多年生浅水草本蕨类植物。

【讲解】

此词上下片分明抒发两种心情。上片写激赏秋景的喜悦；下片写归去时的依恋不舍。全篇的中心意思是通过对秋景的描绘，表达作者热爱自然的心情。第一句写广阔无际的水面给人的感受。接下去写晚秋景象：荷已萎谢，只剩下残存的点点红花，馀香淡然。但湖水潋滟、秋山点翠，与人格外亲昵，此情此景使人感到无限美好。下片对秋色的描绘饶有风趣，颇有现代相声中逗哏的意味：莲子成熟，露洗花草，秋色如此诱人，那么沙滩上的鸥鹭为什么像在赌气，扭过头去，不与作者道别？喔，原来是怨恨她归去太早！

自从宋玉的“悲哉秋之为气也”和杜甫的“万里悲秋常作客”的名篇名句问世后，有多少人相继写过悲秋的作品！不说别人，就是李清照本人的名句“人似黄花瘦”，虽然主要是怀人，却也包含着浓重的悲秋成分。这首《双调忆王孙》完全不同，写的既不是篱边黄花，也不是秋菊梧桐，词人选择了秋莲。如果说出水芙蓉是明净纯洁的象征，那么“莲子已成”的秋荷，便给人以丰盈充实之感。由于作者乐观情绪的点染，词中的“水光山色”、“蘋花汀草”以及“眠沙鸥鹭”，无不使人感到可亲、可爱、可喜。通过对秋景的描绘，抒发作者的欢快情绪，这在北宋词坛上，虽不能说绝无仅有，却也很不多见。出自一位待字少女笔下，就更为可贵。

这首词的风格基本上保持了婉约词的当行本色，比如作者把自己爱湖山的感情，说成“水光山色与人亲”，把留恋美景的心情，用“眠沙鸥鹭不回头，似也恨、人归早”来表达，可谓曲尽人意。但此词又不同于一般婉约词的缠绵蕴藉，而直说“秋已暮”，径夸“无穷好”。如此写来，既不隐晦，又不直露；既有景物的描绘，又有感情的抒发。这种含义明白而不一一点破的写法，丰富了婉约词的表达方式，使其既有隽永深长之味，又有畅亮欢快之情。

论者多把《金粟词话》中所谓“用浅俗之语，发清新之思”视为“易安体”的基本特色之一，此词便集中体现了这一特色，其用语极为浅显通俗，而所表达的思想感情却很新颖，毫不落窠臼。比如，写秋风无萧瑟之气，状秋情无悲伤之意。在“红稀香少”、“莲子已成荷叶老”、“清露洗、蘋花汀草”等等一连串明白省净的语句中，人们看到词人不是在为“秋已暮”、“荷叶老”而伤感，而是在为“水光山色”、莲子荷叶和湖畔花草而欢歌不已。这首词不仅比被作者批评的柳永的某些“词语尘下”的作品，要清新健康得多，就是在有词以来的全部作品中，也是别具一格的，它给人以清新向上、愉悦充实之感，体现出作者的一种倜傥豪迈、青春焕发之气。

【辑评】

一、王学初《李清照集校注》卷一：《乐府雅词》卷下、《天籁轩词选》卷五、《三李词》、《花草粹编》卷五、《历代诗馀》卷二九均作李清照词，后二者题作“赏荷”；又别见《词谱》卷二引《复雅歌词》，作无名氏词。《复雅歌词》久无传本，《词谱》殆从《花草粹编》转引。《碎金词谱》卷二亦作无名氏词。

二、周笃文：《怨王孙》，“怨”，当为“忆”字之讹。考此词之平仄韵式均同《忆王孙》，而与《怨王孙》迥异。按周紫芝之《双调忆王孙》：“梅子生时春渐老，红满地、落花谁扫？旧年池馆不归来，又绿尽、今年草。　　思量千里乡关道，山共水、几时得到。杜鹃只解怨残春，也不管、人烦恼。”与此《怨王孙》词纤悉无殊，可证其误……这首秋日湖上之作，写得笔致清妍，含情吐媚。它既没有无计排遣的相思愁绪，也没有哀世伤时的悲苦印记，通篇都洋溢着欢快的青春旋律。从风格学上考察，它应是一个不识愁滋味的少女献给大自然的一曲赞美之歌……这首词从句律上讲，下片是上片的重复，故谓之《双调忆王孙》。从内容上看，则谋篇立意，颇具匠心。上片写秋湖对景的喜悦，视界开阔，取神远处，下片则写归去时的依恋心绪。纤笔细描，近似特写镜头。于此可见出章法与层次来，并不显得平直……发端两句写水乡的浓酣秋色，以少总多，颇具气象。“湖上风来波浩渺”，着一“上”字，就与用“面”字之类不同，点出了词人的具体位置不是徜徉堤畔，而是一舟容与、摇荡波心了……词的下片用笔甚细，花鸟露珠，一一摄入，与上片之取境宏阔者正相对映，可见出笔墨之变化来。“莲子”句上应“红稀香少”，亦承亦转，是深化主题的转捩之笔。女词人不去叹息衰败的残荷，而是透过一层，从成实的莲的莲子上看到了支新去故的生命突进的过程，并从中发掘出丰盈充实的美的品格来。这就比寻常的悲秋伤春之咏叹，高出一大截了。晨露，特别是如珠的秋露——这大自然的沆瀣之气，本来就是诗家的“爱物”，用清露洗出的蘋花汀草，映衬着清碧如水的莲蓬以及绿云般的荷叶，还有那晶莹圆转的万颗荷珠。这画面、境界和意趣，真令人滓尘消尽腑膈俱清了……抒情性是诗歌的第一生命。从这首小词里我们处处可以感受到女词人热爱生活的芬芳绵渺的深情。琼枝寸寸玉，沉檀节节香，余于此词亦作如是观。（《李清照作品赏析集》）

## 如梦令

昨夜雨疏风骤，浓睡不消残酒。试问卷帘人①，却道“海棠依旧”②。“知否，知否？应是绿肥红瘦。”

【注释】

①卷帘人：当指闺中小姐的侍女。

②却道：（她）竟说。

【讲解】

笔者虽然较早地拜读了关于“卷帘人”不同所指的论著，也曾郑重反复地思考过。在这一长达十馀年的思考过程中，陆续想到了三点理由：一是

“赵君无嗣”。现在看，赵、李不仅没有儿子，想必连女儿也没有，所以在李清照的作品中，不大可能有与杜牧“绿叶成阴子满枝”相联系的语意；二是此词既含孟浩然《春晓》诗意，更是对韩偓《懒起》诗的隐括，韩诗云：“百舌唤朝眠，春心动几般。枕痕霞黯澹，泪粉玉阑珊。笼绣香烟歇，屏山烛焰残。暖嫌罗袜窄，瘦觉衣带宽。昨夜三更雨，今朝一阵寒。海棠花在否，侧卧卷帘看。”从整首韩诗判断，主人公更像是一位少女，她与李清照所演之词的人物身分是相同的。因为一个作为“贵家”“新妇”的词人，恐怕难得那么无拘无束地饮酒、睡懒觉。即使丈夫百般娇惯她，还有公婆和两位妯娌呢！看来把“卷帘人”视为小姐的丫鬟更妥；三是这首轰动朝野的小词的写作和传播，既是奠定李清照“词女”地位的基础，也是赵、李两姓联姻的媒介，惟其婚前所作，才能使赵明诚为之大作相思“词女”之梦……

根据上述理由，仍拟把此词视为“口气宛然”地表达少女伤春之作。因而词中的“红瘦”，不论是指嫣红的海棠，还是喻指少女，二者皆为惜春而“瘦”。

伤春情绪一般产生在暮春时节，词中虽无交代节气的用语，但它的时令感极为明晰，也很有层次。从首句“昨夜雨疏风骤”的氛围中，使人感到这雨已不是杜甫笔下的“润物细无声”的酥雨了，而是如她自己《点绛唇》中所说的“惜春春去，几点催花雨”。“绿肥红瘦”指的是海棠的花稀叶茂，而不是初春时节桃杏枝头的绿红更替。“红杏出墙”意味着春天的到来，“花褪残红青杏小”，是一种生机盎然的阳春景象，谁也不至于为之叹息。待看到海棠花的零落，人们的心绪就大不一样了。李清照在《好事近》词中写道：“长记海棠开后，正伤春时节。”以此为旁证，说作者以海棠的“绿肥红瘦”，曲折含蓄地表达了她的伤春情绪，当是切合词意的。

伤春既与时令有关，那么对时令的交代不仅要有层次，还要紧紧扣住作者的伤春情绪，从而给人以情深语工之感。起拍的“雨疏风骤”可理解成代指晚春。欧阳修《蝶恋花》的“雨横风狂三月暮”，写的是同一季节，海棠的飘谢也正是在这个时候。按花信风来说，春分一候海棠开，每五日为一候。春分后的下一个节气就是清明。海棠开了再过个把月便是初夏，这就是所谓“开到荼蘼花事了”的节候了。“花事了”在古代诗词中，几乎是伤春的代名词，不知有多少诗词作者为之慨叹惋惜——周权《晚春》诗：“花事匆匆弹指顷，人家寒食雨天晴”；张炎《高阳台》词“东风且伴蔷薇住，到蔷薇、春已堪怜……莫开帘，怕见飞花，怕听啼鹃”；《清平乐》词更有“三月休听夜雨，如今不是催花”。惜花伤春是古代作家的一种思想寄托，其中往往包含了社会的、人生的深刻内容。像杜甫的“一片花飞减却春，风飘万点正愁人”（《曲江二首》其一），也绝不是无聊的闲愁。李清照这首小词的思想容载尽管有限，但对“花事”的关切，也就是对青春的珍惜。把这种多情善感，以貌似闲淡之景出之，既是词家的秘钥所在，也是此词成功的关键所系。

【辑评】

一、宋胡仔《苕溪渔隐丛话》前集卷六十：近时妇人能文词，如李易安，颇多佳句，小词云“昨夜雨疏风骤，浓睡不消残酒。试问卷帘人，却道海棠依旧。知否，知否？应是绿肥红瘦。”“绿肥红瘦”，此语甚新。

二、宋陈郁《藏一话腴》内篇卷下：李易安工造语，《如梦令》“绿肥红瘦”之句，天下称之。余爱赵彦若《剪彩花》诗云“花随红意发，叶就绿情新。”“绿情”“红意”，似尤胜于李云。

三、明蒋一葵《尧山堂外记》卷五四：李易安又有《如梦令》，云“昨夜雨疏风骤，浓睡不消残酒。试问卷帘人，却道海棠依旧。知否，知否？应是绿肥红瘦。”当时文士莫不击节称赏，未有能道之者。

四、明沈际飞《草堂诗馀正集》卷一：“知否”二字，叠得可味。“绿肥红瘦”创获自妇人，大奇。

五、明徐士俊《古今词统》卷四：《花间集》云：此词安顿二叠语最难。“知否，知否”，口气宛然。若他“人静，人静”、“无寐，无寐”，便不浑成。

六、明徐伯龄《蟫精隽》：当时赵明诚妻李氏，号易安居士，诗词尤独步，缙绅咸推重之。其“绿肥红瘦”之句暨“人与黄花俱瘦”之语传播古今。

七、清王士禛《花草蒙拾》：前辈谓史梅溪之句法，吴梦窗之字面，固是确论，尤须雕组而不失天然。如“绿肥红瘦”、“宠柳娇花”，人工天巧，可称绝唱。若“柳腴花瘦”，“蝶凄蜂惨”，即工，亦“巧匠斫山骨”矣。

八、清黄蓼园《蓼园词选》：按：一问极有情，答以“依旧”，答得极澹，跌出“知否”二句来。而“绿肥红瘦”，无限凄婉，却又妙在含蓄。短幅中藏无数曲折，自是圣于词者。

九、清陈廷焯《云韶集》（署名陈世焜）卷十：“只数语中，层次曲折有味。世徒称其‘绿肥红瘦’一语，犹是皮相。”《白雨斋词话》卷六：“词人好作精艳语，如左与言之‘滴粉搓酥’，姜白石之‘柳怯云松’，李易安之‘绿肥红瘦’、‘宠柳娇花’等类，造句虽工，然非大雅。”

十、吴熊和：浓睡醒来，宿醉未消，就担心地询问经过一宵风雨窗前的海棠花怎么样了。卷帘人不免粗心，告慰说，幸好，无恙。但凭着敏感的心灵，她已感到经雨之后必然绿叶丰润而红花憔悴了。宋人爱海棠。陆游曾有“为爱名花抵死狂”、“海棠已过不成春”（《花时遍游诸家园》）等句。这首词表现了对花事和春光的爱惜以及女性特有的关切和敏感。全词仅三十三字，巧妙地写了同卷帘人的问答，问者情多，答者意淡，因而逼出“知否，知否”二句，写得灵活而多情致。词中造语工巧，“雨疏、风骤”、“浓睡”、“残酒”都是当句对；“绿肥红瘦”这句中，以绿代叶、以红代花，虽为过去诗词中常见（如唐僧齐己诗“红残绿满海棠枝”），但把“红”同“瘦”联在一起，以“瘦”字状海棠的由繁丽而憔悴零落，显得凄婉，炼字亦甚精，在修辞上有所新创。（《唐宋诗词探胜》，浙江文艺出版社 1983 年 10 月出版）

十一、吴小如《诗词札丛》：不过这首词我从前没有读懂，总觉得前两句有矛盾。既然酒醉酣眠，怎么会听得那么仔细，知道雨点稀疏而风势狂骤？如果风雨之声历历在耳，则显然入睡未沉，神智清醒，又岂能说“浓睡不消残酒”？直到两年前，承老友卞僧慧先生见示，说他的一位同事（他们都是天津社会科学院的研究员）认为此词的“卷帘人”非为侍婢而实是作者自己的丈夫（现在几乎所有的注本都把“卷帘人”释为侍婢）。这给我以极大启发。我这才恍然大悟，原来此词乃作者以清新淡雅之笔写秾丽艳冶之情，词中所写悉为闺房昵语，所谓有甚于画眉者是也，所以绝对不许第三人介入。头两句固是写实，却隐兼比兴。金圣叹批《水浒》，每提醒读者切不可被著书人瞒过；吾意读者读易安居士此词，亦切勿被她瞒过才好。及至第二天清晨，这位少妇还倦卧未起，便开口问正在卷帘的丈夫，外面的春光怎么样了？答语是海棠依旧盛开，并未被风雨摧损。这里表面上是在用韩偓《懒起》诗末四句：“昨夜三更雨，今朝（一作“临明”）一阵寒，海棠花在否，侧卧卷帘看”的语意，实则惜花之意正是恋人之心。丈夫对妻子说“海棠依旧”者，正隐喻妻子容颜依然姣好，是温存体贴之辞。但妻子却说，不见得吧，她该是“绿肥红瘦”，叶茂花残，只怕青春即将消失了。这比起杜牧的“绿叶成阴子满枝”来，雅俗之间判若霄壤，故知易安居士为不可及也。“知否”叠句，正写少妇自家心事不为丈夫所知。可见后半虽亦写实，仍旧隐兼比兴。如果是一位阔小姐或少奶奶同丫鬟对话，那真未免大杀风景，索然寡味了。(北京出版社 1988 年 9 月出版)

十二、朱德才：词写惜春敏感心理，并无深意，全凭高超的表现技巧和优美的艺术形象取胜。一曰独特的表现形式。孟浩然《春晓》：“春眠不觉晓，处处闻啼鸟。夜来风雨声，花落知多少。”韩偓《懒起》：“昨夜三更雨，临明一阵寒。海棠花在否？侧卧卷帘看。”一经对比，当知“风雨”与“落花”间的联想，对花事春色的敏感实为孟、韩两家诗所先有，而采用与侍女问答法，则为女词人所独创。换言之，传统的题材，由她匠心独运，找到了最能充分体现其惜春心理的独特的艺术形式，从而焕发异彩，引人注目。二曰“短幅中藏无数曲折”（《蓼园词选》）。令词体小，难于翻腾变化。此词却既含蓄隽永，又尽波澜起伏之能事。词从忆昨切入，起两句平起铺垫。“雨疏风骤”为“落花”张本，“不消残酒”为“惜春”伏笔。以下与侍女问答。问得何其殷勤急切，答得何其清淡冷漠；于冷热对照中，备见跳跃跌宕之趣。“知否”一叠，为词脉发展之必然转折，然叠得韵味无穷，那埋怨责怪、启发诱导的声情神态，惟妙惟肖，如在耳目。结拍“绿肥红瘦”，逼出题旨，收水到渠成之功。且回应篇首，针线严密，浑然一体。三曰“绿肥红瘦”，自铸新词。孟诗“花落知多少”，自然流畅；李词“绿肥红瘦”，含蓄精艳，形象优美而富于暗示性。与柳永“红衰翠减”相比，显然以语工意新取胜。李词造语工巧者，尚有“宠柳娇花”之类。由此可见，李词虽以“明白如话”为其基本风貌，然亦不乏锻字炼句之功力。（《百家唐宋词新话》，四川文艺出版社 1989 年 5 月出版）

十三、程千帆、张宏生：李清照的这首《如梦令》，写女主人早上起身后的一个生活片断。起二句是对昨夜情事的追忆。显然，这一夜，词人倾听着不断入耳的风声、雨声，感受着大自然的变化，睡得并不安稳。何况，她还未“消残酒”呢。所谓“浓睡”云云，不过是为了烘托经过一夜后的鲜明对比，以点出变化的突然。实际上，这也是对主人公伤春意绪的侧面描写。正因为词人整夜都在为这场风雨所引起的节物变化而担忧，所以，她一早起来，不顾残酒未消，便迫不及待地向侍女发问……这首词的另一特色，是作者通过对话，揭示出人物生活感受和审美感受的层次区别，从而塑造出两个生动的形象：女主人和她的侍女。(《李清照作品赏析集》，巴蜀书社 1992 年 9 月出版)

## 浣溪沙

### 春 景

小院闲窗春色深[①]，重帘未卷影沉沉[②]。倚楼无语理瑶琴[③]。　远岫出云催薄暮[④]，细风吹雨弄轻阴。梨花欲谢恐难禁[⑤]。

【注释】

①闲窗：设有护栏的窗子。

②沉沉：深邃貌。

③瑶琴：饰玉的琴，即玉琴。也作为琴的美称，泛指古琴。

④岫：山峰。薄暮：日将落曰薄暮。

⑤“梨花”句：意谓梨花盛开之日正春色浓郁之时，而它的凋落使人为之格外伤感，甚至难以禁受。

【讲解】

从版本方面考察，这首小令曾被误作欧阳修、周邦彦词，或不著撰人姓名。这当是此词传播中的一种发人深思的现象，当初的情景莫非是这样的：李清照于待字之年，从原籍明水来到京都，她的才华深受词坛高手晁补之等“前辈”的赏识，从而激起了她的创作灵感，遂以记忆中的溪亭、莲湖之游和现时感受为素材写了一首首令词。学识渊博的李格非虽然自己不擅此道，但他深感女儿的小词出手不凡，便故掩其名，并与其任李迥分别将这些小词携至朝中和太学。果然不出所料，一时争相传阅，人见人爱，朝野为之轰动。或有好事者，将其中那首格调豪迈并带有“仙气”的溪亭记游词《如梦令》，猜测为苏轼或吕洞宾所作，而认为这首《浣溪沙》是出自欧阳修或周邦彦之手。在这批小词的众多热心读者中，有一位才学出众的太学生，他自幼酷爱金石书画并稔悉苏轼等书法大家的笔迹，乍一看他也曾认为是苏轼所写，细审字迹，虽有须眉般的遒劲之势，而笔意则不时透着女子的隽秀之气，遂自言自语道：“此系词女所为!”这“词女”二字，刹那间使得芸芸众生恍然大悟，人们也就不约而同地想到了这些绝妙好词的真正作者——李清照！而揭开这一谜底的不是别人，正是当朝敢做敢为的高官赵挺之的小儿子赵明诚!

李清照初期的诗词作品，总的可谓一鸣惊人，但人们的反应各不相同。她从晁补之、张耒等“前辈”那里得到的是鼓励、奖掖和逢人“说项”；缙绅、文士对她的作品虽然也击节称赏，但真正为之动心的只有一个人，他就是赵明诚！赵明诚不仅激赏李清照的诗词，这位“词女”的一切无不使他倾倒。别人对“词女”左不过口碑之誉，赵明诚却为之寝食难安，于是便有这样一个“昼梦”佳话的流传：赵明诚幼时，其父将为择妇。明诚昼寝，梦诵一书，觉来惟忆三句云：“言与司合，安上已脱，芝芙草拔。”以告其父。其父为解曰：“汝待得能文词妇也。‘言与司合’，是‘词’字，‘安上已脱’，是‘女’字。‘芝芙草拔’，是‘之夫’二字，非谓汝为词女之夫乎?”后李翁以女女之，即易安也，果有文章。托名元伊世珍《琅嬛记》卷中引《外传》的这一煞有介事的记载，再生动不过的说明——赵家父子对“词女”李清照当初有多么倾倒!

仿佛是“心有灵犀一点通”，李清照的这首《浣溪沙》，其语义深层所蕴含的岂不正是少女怀春的意绪!

起拍“春色深”的“深”字，既可训作“甚”，也可训作“浓”。前者是春色过甚，后者言春色正浓。联系下片的“细风”，其原意当属后者，即“小院”中春色正浓。然而，主人公的闺房不仅窗户紧闭，连一层层的窗帘都没有打开，所以闺房显得黑洞洞阴沉沉的。接下去的“倚楼无语理瑶琴”一句，语意显明无须串讲，但却有一个发人心仪的信息。这信息来自上海文艺界，说是名闻遐迩的古琴大家龚一先生拥有一古琴，上有“易安”字样，得获于今之江苏南京。如果李清照没有第二张琴的话，那就应该是此词中的“瑶琴”。此琴至晚从汴京被携至青州，最早是在青州镌刻上“易安”的字样，又在“靖康之变”后、青州兵变之前，从青州被运往江宁。赵明诚亡故后，李清照流寓两浙，遗落于建康的此琴为他人所得。如果龚一先生所藏之琴尝沾有李清照的手泽，这该是一件多么神奇的事情！

下片第一句的“远岫出云催薄暮”前四字，当是对“窗中列远岫”（谢朓《郡内高斋闲望答吕法曹》诗）和“云无心以出岫”（陶潜《归去来兮辞》）二诗句的隐括，全句意谓云霓从远处的山峦飘起，加速了暮色的降临。“细风”句承上启下，意谓云行风起暮雨纷纷，寒气袭来。结拍“梨花欲谢恐难禁”的表层语义是，似这般晚来风雨的侵袭，到了梨花飘落之时所引发的伤感将是难以承受的！所以，整首词的言外之意当是，在这种封闭阴雨的环境中，一个春心勃发的少女该是多么伤感！

【辑评】

一、明杨慎《草堂诗馀》卷一：（评“远岫出云催薄暮”句）景语，丽语。

二、明李攀龙《草堂诗馀隽》卷一：（眉批）分明是闺中愁、宫中怨情景。（评语）少妇深情，却被周君（误指周邦彦）浅浅勘破。

三、明董其昌《便读草堂诗馀》卷一：写出闺妇心情，在此数语。

四、明沈际飞《草堂诗馀》正集卷一：雅练。“欲谢”、“难禁”，淡语中致语。

五、吴熊和：这是一首惜春的词。春色已深，梨花欲谢，不胜惋惜。言外还流露出对人生的淡淡伤感……“倚楼无语理瑶琴”，既以解闷，又以寄怀。此时的“无语”，是一种特殊的心境，是心有所感、情思缭乱，但又难以言传的心理状态。默默无言之中，实饱含脉脉欲语的深情，因而托之于如怨如慕的瑶琴一弄了。陆游有一首《鹧鸪天》词说：“情知言语难传恨，不似琵琶道得真。”瑶琴诉心，琵琶传恨，有时比之言语确实更便于细诉衷曲，尤其是那种不甚分明而又令人迷惘的闺中春情……末句“梨花欲谢恐难禁”，既有深情的惋惜与眷恋，又有无如之何、难与为力的叹息与怅惘，与晏殊的“无可奈何花落去”同其蕴藉，都是理智（花开花谢本自然）与感情（逝者如斯，青春不返）圆融的名句。不过李清照此句，似乎更侧重于感情，所以沈际飞评曰：“欲谢难禁，淡语中致语”（《草堂诗馀》正集卷一），比晏殊之“无可奈何”，感情上更为沉至……杜牧诗："砌下梨花一堆雪，明年谁此倚阑干。"苏轼诗："梨花淡白柳深青，柳絮飞时花满城。惆怅东栏一株雪，人生看得几清明?"自来咏梨花者，常借此而发出人生的感喟。李清照此词，或许也含有这层意思。对于梨花的"欲谢难禁"，一个多愁善感的女子很容易因青春的渐渐消逝而联想到自身的命运，不禁引起深心的怅触。不过此词风格轻淡，这层有关人生的感喟在词中也很轻淡，也在有意无意、若存若亡之间。别具会心者才赏其"淡语"中有"致语"。(《李清照词鉴赏》，齐鲁书社 1986 年 4 月出版)

## 浣溪沙

淡荡春光寒食天①，玉炉沉水袅残烟②。梦回山枕隐花钿③。　　海燕未来人斗草④，江梅已过柳生绵⑤。黄昏疏雨湿秋千⑥。

【注释】

①淡荡：和舒的样子。多用以形容春天的景物。寒食：节令名。在清明前一二日。相传春秋时，介之推辅佐晋文公回国后，隐于山中，晋文公烧山逼他出来，之推抱树焚死。为悼念他，遂定于是日禁火寒食。《荆楚岁时记》："去冬节一百五日，即有疾风甚雨，谓之寒食，禁火三日。"

②玉炉：香炉之美称。沉水：沉香。

③山枕：两端隆起如山形的凹枕。花钿：用金片镶嵌成花形的首饰。

④斗草：一种竞采百草、比赛优胜的游戏。

⑤江梅：梅的一种优良品种，非专指生于江边或水边之梅。柳绵：即柳絮。柳树的种子带有白色绒毛，故称。

⑥秋千：相传春秋时齐桓公由北方山戎引入。在木架上悬挂两绳，下拴横板。玩者在板上或坐或站，两手握绳，使前后摆动。技高胆大者

可腾空而起，并可双人并戏。一说秋千起于汉武帝时，武帝愿千秋万寿，宫中因作千秋之戏，后倒读为秋千。详见《事物纪原》卷八。

【讲解】

这是一阕寒食即景词。自幼博览强记的女词人，在寒食这一天，她不会不记起介之推（也作介子推、介推）的故事，也不会忘记自己小时候在老家学做“子推燕”的开心情景。她眼快手疾，学什么成什么。那是用发酵后的面粉做成飞燕，蒸熟后用柳条串起来，插在门框的横木上，祭祀因逃禄焚死于绵山的介子推。即使此类事情不宜入“小歌词”，那么被唐玄宗呼为“半仙戏”、深受宫中妃嫔和民间少女喜爱的秋千，在这首词中，为什么也被做了低调处理呢？想必作者在此时此刻是：别有一般滋味在心头，所以，她选取的景致亦别具只眼——那原本是一个令人赏心悦目的美好季节，主人公却闷在卧室里春困。名贵的香料快要燃尽，只有残烟袅袅。她一觉醒来，贵重的首饰已脱离秀发隐藏在凹形的枕头里。春日昼眠，莫非她也想作一个像前述赵明诚那样的“昼梦”？词的下片所写的少女生活和感受很像是话中有话别有所指：眼看就是春光明媚的清明佳节，成双成对的燕子竟然还没有从南方飞来，词人只好又加入到小女孩的行列去作斗草的游戏，她心不在焉地四处观望，看到江梅已经开过，只有癫狂柳絮随风飘舞。结拍的“黄昏疏雨湿秋千”，是常常为人提及的好句，它既好在与清明时节的对景上，更好在恰如其分地表达出“幽居之女，非无怀春之情”（陆机《演连珠》）的待字少女的特有心态。

【辑评】

一、王学初《李清照集校注》卷一：此首别见宋仲并《浮山集》卷三，从《永乐大典》辑出。清劳格《读书杂识》卷十二云：“仲并《浮山集·浣溪沙·春闺即事》，《乐府雅词》作李清照词。”曾慥与易安同时，以此首为易安作，必有所据。疑《永乐大典》误作仲并词，或清四库馆臣误辑。（人民文学出版社 1979 年 10 月出版）

二、徐培均《李清照》：观“海燕未来人斗草”一句，可知此词为少女时作。唐代女孩子有五月五日斗百草的游戏，宋代也有，但时间不同。吴自牧《梦粱录》卷一说：“二月朔（初一）谓之中和节……禁中宫女以百草斗戏。”晏殊《破阵子》云：“燕子来时新社，梨花落后清明……疑怪昨宵春梦好，原是今朝斗草赢，笑从双脸生。”是说在春分至清明这半个月左右时间。前者讲的是宫女，后者写的是民间。这时候春意盎然，女孩子们从闺阁走向园林，搜集奇花异草，相互比赛，借以炫耀自己对于植物的知识，表达活泼喜悦的心情。李清照这首词写得不像晏殊那样轻松愉快，而是写一个少女在这春光淡荡的时刻，幽闺独处，甚感无聊，春梦初回，斜欹山枕，对着香炉里缕缕残烟在出神。下半阕是写江梅（一种未经人工培植的野梅）已谢，柳絮初生，燕子虽然还未从海上飞来，而那些天真的女伴，已经按捺不住青春的情怀，走出闺门，去做斗百草的游戏。而她自己直到天晚，还是足不出户，默默地看着疏疏落落的细雨打湿空挂着的秋千。词中既写了时令，也写了人物。从上半阕到下半阕，词中的天气由晴转阴，心情也由娇慵转入凄清。“黄昏疏雨湿秋千”是一个很富于意境的句子，前人评价说“可与‘丝雨湿流光’、‘波底夕阳红湿’‘湿’字争胜”（黄了翁《蓼园词选》）。在这里，一位少女的伤春情怀，仅着一字，而神情毕现。其内心世界，令人可以想见。看来词人自己也快由天真无邪的少女走向多愁善感的盛年了。（上海古籍出版社 1981 年 12 月出版）

三、陈邦炎：这首词为寒食日的即景之作。“沉水袅残烟”、“山枕隐花钿”两句，所摄的是户内的两个画面；“人斗草”、“柳生绵”、“疏雨湿秋千”三句，所摄取的是户外的三个画面；“淡荡春光”句，则总摄户内外，是这些画面的共同背景……就时间而言，词的上半阕是逆挽。按顺序，本应先写隐枕而寐，一梦醒来，然后写见到室内炉香烧残，再写感到四周春光骀荡；而词句却是倒过来叙说的。至于词的下半阕是否也是逆挽，抑或转为顺述？……从本句寻绎，既是花钿未卸，多半是昼寝；从上句推断，既是睡前注入炉内的沉香尚自残烟袅袅，则入睡还不到一炉香的时间，似也是昼寝。其情事近似晏殊在一首《踏莎行》中所写：“翠叶藏莺，朱帘隔燕，炉香静逐游丝转。一场愁梦酒醒时，斜阳却照深深院。”似可断定，词中的“梦回”是午梦醒来。这一句是全词的分水岭。上阕写户内，是倒叙；下阕写户外，是顺述……就这首词的艺术结构而言，除了以“梦回”一句为中心，上阕逆挽，下阕顺写，使全词既见错综变化而又层次分明、脉络井然外，还有一些值得拈出之处。如前所述，全词六句，显示了六个画面。每个画面所描画的又不止一物一事，而是两三种事物的组合。如首句写了春光与寒食；次句写了玉炉、沉水、残烟；第三句写了春梦、山枕、花钿；第四句写了燕未来与人斗草；第五句写了梅已过与柳生绵；末句写了黄昏、疏雨、秋千。词人把这么多的事物收集入词，却使人读来并无拼凑庞杂之感，只觉事物与事物间、字句与字句间融合无间，构成了一幅完整而和谐的画卷。(《李清照词鉴赏》，齐鲁书社 1986 年 4 月出版)

四、刘瑜《李清照词欣赏》：此词格调清新，用语浅俗，作者并非精心雕琢，刻意求工，似乎信手拈得。《填词杂说》云："男中李后主，女中李易安，极是当行本色……铲尽浮词，直抒本色，而浅人常以雕绘傲之。此等词极难作。"可见此词来之不易，孙麟趾云："用意须出人意外，出句如在人口头，便是佳作。"说得很有道理。(民族出版社 1997 年 4 月出版)

# 浣溪沙

髻子伤春慵更梳[①]，晚风庭院落梅初。淡云来往月疏疏[②]。　　玉鸭熏炉闲瑞脑[③]，朱樱斗帐掩流苏[④]。遗犀还解辟寒无[⑤]。

【注释】

①慵：懒。慵，一作"懒"。

②疏疏：形容月光稀疏，时有时无。

③玉鸭熏炉：鸭形熏炉。玉鸭：鸭之美称。瑞脑：一种名贵的香料名，又称龙脑香或瑞龙脑，原产于东南亚和西亚，隋唐时传入中国（详见《酉阳杂俎》前集卷一）。

④朱樱：被视为珍果的深红色的樱桃。这里借以形容幔帐的颜色和形状。斗帐：覆斗形的帐子。流苏：用丝线或彩色羽毛制成的下垂的穗子，用以装饰幕帐等物。此二句似对《孔雀东南飞》诗的"红罗覆斗

帐，四角垂香囊”有所取意。

⑤“遗犀”句：《开元天宝遗事》卷上：“开元二年冬至，交趾国进犀一株，色黄似金。使者请以金盘置于殿中，温温然有暖气袭人。上问其故，使者对曰：‘此辟寒犀也。顷自隋文帝时，本国曾进一株，直至今日。’”辟：通“避”。无：同“否”、“么”。一说犀即镇幄犀。见苏轼《四时词》其四。此句意谓早年遗留下来的犀角，是否还有避寒之效？语义深层似含有深闺冷寂之意。

【讲解】

这是李清照在汴京待字期间所写的一首深闺春情词。起拍的“髫子”是女子十五岁“及笄”，即“上头”后的一种发式，也叫“鬟髻”。所谓“髫子伤春”，显然是作者的狡黠之辞，实际上是梳着“髫子”的那个闺女在“伤春”。从字面上说，“伤春”是面对春天的景物而感伤。在这和煦宜人的春日里，作者何故感伤呢？是意犹：少年不识愁滋味，为赋新词强说愁吗？这当然有可能。但是可能性更大的是“伤春”被作为“怀春”的替身，也就是说，此时此刻李清照的内心秘密，正如她所熟悉的《诗经》有云：“有女怀春，吉士诱之。”才学出众的太学生赵明诚为她大做相思梦，她又怎么能不为之春情萌动呢！

词的第二句“晚风庭院落梅初”，可以进一步证实此词作者的少女身份——这里的“庭院”，就是《漱玉词》中交替出现的“小院”、“小阁”、“小楼”，这显然不是指作者婚后一度居住的赵相府第，而是在她六岁那年其父就已租赁的汴京“经衢之西”的一处宅院，也就是晁补之作品中所记载的“有竹堂”所在的院落。至于“落梅”，则正是作者到汴京后所“手植”的那株“江梅”的落英。

以下词人所接触到的事物，不论是淡云疏月，还是主人公无心搭理的熏香；抑或是装饰考究而缺少温馨的卧床，无不给人一种孤单寂寞的感受。特别是结拍关于“遗犀”的诘问，说明从居室到内心是多么的冷清和令人伤感！

或曰：李清照前半生美满无比，怎么会这样伤感？这是一种想当然的说法！实际上，她襁褓丧母，父亲、继母等亲人对她再好，也往往难有生母知心，特别是在待嫁、择婿这类涉及少女内心秘密的问题上，心里话怎好轻易对父亲和继母讲呢？对多情善感的李清照来说，诉诸歌词当是排遣“有女怀春”之愁思的最好途径。

【辑评】

一、明沈际飞《草堂诗馀续集》卷上：话头好。渊然。

二、清周济《介存斋论词杂著》：闺秀词惟清照最优，究苦无骨，存一篇尤清出者。

三、清谭献《复堂词话》：易安居士独此篇有唐调，选家炉冶，遂标此奇。

四、清陈世焜（即陈廷焯）《云韶集》卷十：清丽之句（指“淡云”句）。宛约（指“遗犀”句）。

五、蔡厚示：伤春，不同于惜春。惜春是惋惜春天的消逝，如黄庭坚的《清平乐》：“春归何处?”和辛弃疾的《摸鱼儿》：“更能消几番风雨？匆匆春又归去!”；伤春，则是由于春天的到来而伤感，如冯延巳（一作欧阳修）的《蝶恋花》：“谁道闲情抛弃久？每到春来，惆怅还依旧。”和此词……这首词写的是梅花始凋、乍暖还寒的早春时节；而不是梅子黄熟“一川烟雨、满城风絮”的夏季风光。俗话说得好：“一燕可以知春。”因此，当女主人公蓦见地下落梅数瓣，便立即敏锐地感到春神的脚步又降临了……整首词写得如泣，如诉，如怨，如慕。在表面平静的叙述中，蕴藏着极为丰富、复杂而又细腻的感情。末尾一句，更迸出了强烈的呼喊，发为直叩人心的诘问。（《李清照词鉴赏》，齐鲁书社1986年4月版）

六、刘瑜《李清照词欣赏》：“瑞脑”，是一种熏香的名字。前面冠之以“闲”字，说明这种香料是放置熏炉里，没有点燃。“瑞脑”应该点燃而不点，这反映女主人打不起精神，对周围的事物都不感兴趣的百无聊赖的情态。平时女主人喜燃熏香，喜欢观赏景物，然而现在却一反常态，这说明女主人的心事沉重，思想活动的激烈……易安此词的内容和选材，与上基本相同，但我们却毫无重复之感，亦无觉因袭之嫌。这是因为作者不同，每人的心境不同，对相同事物的具体感受也不同。不同感受与基本相同的材料和不同的材料熔为一炉，因此形成了各自独具特色的意境。（民族出版社1997年4月出版）

## 浣溪沙

莫许杯深琥珀浓①，未成沉醉意先融②。疏钟已应晚来风。　　瑞脑香消魂梦断，辟寒金小髻鬟松③。醒时空对烛花红④。

【注释】

①琥珀：这里指色如琥珀的美酒。

②融：形容酒醉恬适的意态。

③辟寒金：相传昆明国有一种益鸟，常吐金屑如粟，铸之可以为器。王嘉《拾遗记》卷七："宫人争以鸟吐之金，用饰钗佩，谓之辟寒金。"这里借指首饰。辟寒金小：犹云簪、钗小。

④"醒时"句：此句意谓深闺寂寞，醉也不成，梦也不成。深夜醒来，空对烛花，心事重重。烛花：犹灯花。烛芯燃烧后，馀烬结成的花形。相传灯花是喜事的征兆，亦当是词人心中希望的象征。

【讲解】

以上四首《浣溪沙》的写作时间和题旨大致相同，故拟统称之为"少女怀春之什"。关于这四首词，除了首句为"小院闲窗"和"淡荡春光"两首偶有论者提及外，不是有关《漱玉词》的专书，均不受青睐尚且不说，偶有论列，也曾被说成是"少妇"、"思念丈夫"云云。尤其是对这一首，笔者不止一次地"知难而退"。后来拜读了吴熊和教授的有关文章，深感吴文对词旨、异文、阙文、补文等的阐发和训释，既到位，又有分寸，对于正确解读少年时代的李清照及其词作，大有裨益（吴说详见本词〔辑评〕一，兹不赘述）。

此次，在将这四首词联系起来反复细读的过程中，发现词中出现过"遗（一作"通"）犀"和"辟寒金"等等宝饰之物。这虽然是一个细节，但是由此往深处想想，小家碧玉者恐难知晓此为何物，更不可能拥有它。就是在词人的父亲和翁舅官职已经不算低的情况下，她还说“赵、李族寒，素贫俭”（《〈金石录〉后序》），可见在她的亲属中尝有高官显宦。正是这样，作者的外祖父王珪在宋神宗时执政十六年官至宰相。王珪以文学进身，极为神宗赏识，不时被赐予珠宝珍玩等。李格非的前妻是王珪的长女，应是这类御赐之物的实际享用者。她早逝后，在其留给长女李清照的遗物中，说不定就包括“遗犀”和“辟寒金”等御赐之物。在词人心情不佳之时，看到这些遗物，很容易勾起对生母的思念。由此看来，这四首词虽然将其统称为“少女怀春之什”，但又不像是那种单纯的求偶之想，而给人留有含蓄高雅的印象。

【辑评】

一、王学初《李清照集校注》卷一：（疏钟二字）据文津阁《四库全书》本《乐府雅词》补。此二字不妥，疑亦臆补。（人民文学出版社1979年10月出版）

二、吴熊和：莫许：当是“莫诉”之讹，形近而误。“诉”，辞酒的意思，唐宋词中常用此义。韦庄《菩萨蛮》：“须愁春漏短，莫诉金杯满。”欧阳修《定风波》：“把酒花前欲问公，对花何事诉金钟。”黄庭坚《定风波》：“且共玉人斟玉醑，休诉，笙歌一曲黛眉低。”陆游《蝶恋花》：“鹦鹉杯深君莫诉，他时相遇知何处。”又《杏花天》：“金杯到手君休诉，看着春光又暮。”皆是其例。李清照此句正与韦庄“莫诉金杯满”词意相同，当作“莫诉”，作“莫许”则无义。……疏钟：这二字仅见于文津阁《四库全书》本《乐府雅词》，在这之前的各种《乐府雅词》本子于此皆为阙文，疑“疏钟”二字为四库馆臣所臆补，于词意并不甚妥。按李清照这首《浣溪沙》，除《乐府雅词》外，宋元时其他词的总集选集都未予选录，故亦无从校补。……这是一首闺情词，过去称之为“闲情”，是青春期因深闺寂寞而产生的一种朦胧而难以辨析的情绪。词中所写，既似怀人，又非怀人，但为这种情绪所困，心儿不宁，甚至醉也不成，梦也不成，不知如何排遣。当是李清照前期的作品。……这首词抒写闺情，重在深婉含蓄的心理刻画。在愁思困扰的永日长夜中，几乎不言不语，百无聊赖，甚至连低微的叹息和内心的独白也难以令人听到。但这种愁思盘纡心曲，郁结未伸，日间求醉而沉醉未成，夜间求梦而魂梦又断，实际上无可摆脱而又无可遏止，深深陷入了一种五中无主、如醉如梦、不可自拔的精神境地。这样的心理描写，把深藏不露的幽闺之情写得极其深沉。这种闺情虽无形迹可求，却有心神可感，自然具有感染力。……李清照在《词论》中尝批评秦观的词："譬如贫家美女，非不妍丽，而终乏富贵态。"这首《浣溪沙》词，以"琥珀浓"，"瑞脑香"、"辟寒金"、"烛花红"处处点缀其间，色泽秾丽，气象华贵，可谓不乏"富贵态"了。但李清照词亦专以"情致"为主，词中高华的色调并没有冲淡深沉的抒情气氛，倒是两者相得益彰，彼此协调，使这首抒写闺思的词带有一种高雅的气派。这是李清照词所特有的一种气派，我们在她的不少词作中可以感受到。（《李清照词鉴赏》，齐鲁书社1986年4月出版）

三、赵慧文：此为闺情词。全词含蓄蕴藉，颇得婉约之妙。清人王士祯说"婉约以易安为宗"（《花草蒙拾》）。其婉约特色，一是表现在抒写惜春悲秋的柔情上；二是艺术上委婉、含蓄。"只见眼前景、口头语"，却有"弦外音，味外味"，能够"使人神远"（沈德潜《说诗晬语》）。本词上片写饮酒，下片写醉眠，通篇表现的是闺愁，主要采用"映衬法"，词作情景交融，"情中景，景中情。"（《姜斋诗话》）……"瑞脑香消魂梦断，辟寒金小髻鬟松"两句则是进一步描绘女主人公辗转不寐的绵绵愁思。香已消，魂梦断，可见夜之漫长而梦寐难成。金钗小，髻鬟松，则以金钗之小来反衬发鬟之乱，进一步表现女词人的反侧床席、无法成眠之状，从而以人物情状来勾画人物愁情……全词在语言锤炼上也是颇见功力的。首先是精炼、形象、表现力强。如"莫许杯深琥珀浓"的"深"、"浓"两字，形象地勾出词中人即将豪饮之态。又如"应"、"空"是两个普通字眼儿，在这里却有极强蕴含力。"应"不仅写出钟声、风声相互应和的声响，而且暗示出女主人公深夜不寐之态，披露出人的脉脉愁情；一个"空"字又带出了词中人的多少寂寥哀怨。"香消魂梦断"一句中两个动词，用得也极为精炼、形象，它生动地勾画出女主人公梦寐难成之状。"辟寒金小髻鬟松"句中的"小""松"是一对形容词，而且又是相反相成，鬟愈松，钗愈小，颇有点思辨的味道，以此生动地描绘出词中人辗转床侧的情态。此句着此二形容词，大大增强了表现力，它使读者通过头饰的描写，不仅看到人物的情态，而且体察到人物的内心世界。如此精炼、生动的笔墨，令人叹服。其二，通俗的口语与典雅的用事自然和谐地统一于作品中。“琥珀”、“瑞脑”、“辟寒金”均是典雅富丽之辞，而“杯深”、“晚来风”、“香消魂梦断”、“髻鬟松”、“烛花红”等等又是极为通俗、明白如话的口语，这些口语经过锤炼加工，使其与典雅的用语相和谐，体现了“易安体”的显著特色。(《李清照作品赏析集》，巴蜀书社 1992 年 9 月出版)

四、孙崇恩《李清照诗词选》：这是一首以色淡高雅、寄情深微而见胜的闺情词，它可能是李清照前期的作品……上阕描写白天对酒独酌，酒未醉人人自醉的情景。看似平淡，无味可寻，实则淡中有味，发人深思。下阕描写长夜空对烛花，黯然神伤的情景。看似生活细事，索然寡味，仔细品求，含情深微。整首词含蓄丽雅，婉曲工致，细腻地表现了女词人怀远的孤苦之情。(人民文学出版社 1994 年 12 月出版)

# 点绛唇

蹴罢秋千[①]，起来慵整纤纤手[②]。露浓花瘦，薄汗轻衣透。　　见客入来，袜刬金钗溜[③]。和羞走，倚门回首[④]，却把青梅嗅。

【注释】

①蹴：踏。此处指打秋千。

②慵：懒。

③袜刬：这里指跑掉鞋子以袜着地。金钗溜：意谓快跑时首饰从头上掉下来。

④倚门回首：这里只是靠着门回头看的意思，不必有何出典，更与“倚门卖笑”无关。假如一定要追问其出处的话，“倚门”是语出《史记·货殖列传》的“刺绣文不如倚市门”。司马迁是以此说明，“农不如工，工不如商”的道理。而“倚门卖笑”是后人的演绎，以之形容妓女

生涯是晚至元代和清代的事："你看人似桃李春风墙外枝，卖俏倚门儿"（王实甫《西厢记》三本一折）、"婉娈倚门之笑，绸缪鼓瑟之娱，谅非得已"（汪中《经旧苑吊马守真文》）。

【讲解】

唐圭璋《全宋词》未收此词；杨金本《草堂诗馀》前集卷下此首作苏轼词；《花草粹编》卷一、《续草堂诗馀》卷上、《古今词统》卷四、《古今诗馀醉》卷十二等作无名氏词；《词的》卷二作周邦彦词；而《词林万选》卷四、《历代诗馀》卷五、《林下词选》卷一、《古今图书集成·闺媛典》、《天籁轩词选》卷五、《三李词》等均作李清照词。兹从后说，并进而视为李清照婚前所作。

这里之所以认定此词为李清照所作，主要有以下正反两方面的理由：

首先，这是待字少女李清照歌词创作的惯用手法，即其屡演韩偓《香奁集》的有关作品，这首《点绛唇》则是对韩偓《偶见》诗"秋千打困解罗裙，指点醍醐索一尊。见客入来和笑走，手搓梅子映中门"的精心隐括。韩诗写的是一个打秋千打得很困乏的少女，她随手宽衣解下"罗裙"，还点名索要一壶琼浆般的高档饮料。她看到有客人过来，便带笑向"中门"跑去。躲到暗处后，她一面用手揉搓着青梅，一面观察客人的动静。而李词则是一阕生动的自我写照：有次她从秋千横板上跳下，因为使劲过猛竟摔倒在地上，多亏两手的支撑身子没有摔着，却弄脏了她那如荑纤手，等她从地上爬起来便懒洋洋地擦拭双手。那是一个春末夏初的早晨，汗水从轻薄的衣衫里透出，就像柔弱的花枝上沾满了浓密的露珠。正在她自我陶醉并欲宽衣放松之时，猛然间看到来了一位客人，慌忙中竟然跑掉了鞋子，以袜着地飞快地躲到了半掩着的门后，头上的金钗也滑落了下来……当她觉得自己的狼狈相已被门户掩住时，便悠闲地倚门嗅梅并调皮地回过头来观察这位不速之客。

这是一位什么样的客人，竟能这样打动自命不凡的女词人呢？看来他很可能就是那位声姿清亮，进止有致的端庄书生——赵明诚。自从李清照写出令人叫绝的"绿肥红瘦"之句，词名轰动之后，赵明诚一变其矜持稳健之风度，几乎成了一位狂热的追星族，为这位"词女"大作相思之梦。对此，托名元伊世珍《琅嬛记》卷中引《外传》云：

赵明诚幼时，其父将为择妇。明诚昼寝，梦诵一书，觉来惟忆三句云："言与司合，安上已脱，芝芙草拔。"以告其父。其父为解曰："汝待得能文词妇也。'言与司合'，是'词'字，'安上已脱'，是'女'字。'芝芙草拔'，是'之夫'二字，非谓汝为词女之夫乎？"后李翁以女女之，即易安也，果有文章。

为能亲自一睹"梦中""词女"风采，赵明诚不难托故诣李府。因为李格非前不久还是太学学官，当是赵的上司或老师。赵明诚不满足于父母之命和媒妁之言，设法亲自上门"相媳妇"，这是对于爱情婚姻的一种难能可贵的超前自主意识。对此，笔者宁信其有，不谓其无。

其次，即使按照封建卫道者的思路，如王灼所指斥的："（易安居士）作长短句，能曲折尽人意，轻巧尖新，姿态百出。闾巷荒淫之语，肆意落笔。自古缙绅之家能文妇女，未见如此无顾藉也……其风至闺房妇女，夸张笔墨，无所羞畏……"（《碧鸡漫志》卷二）则又可从反面印证这类有涉于"闾巷"的"通俗歌曲"式的小词，正是出自一向爱赏新生事物的李清照之手。何况这类词又是青年男女真实心态的写照，于此，求之尚且难得，轻易将其从《漱玉词》中祛除，岂非失算？

这首词的意义还在于，其作者不但没有端起大家闺秀的架子，反倒别具一格地向世人展示她作为待字少女的内心世界，比起所演韩诗来，多有青蓝之胜。

**【辑评】**

一、明钱允治《续选草堂诗馀》卷上：曲尽情悰。

二、明沈际飞《草堂诗馀续集》卷上：片时意态，淫夷万变。美人则然，纸上何遽能尔。

三、明潘游龙等《古今诗馀醉》卷一二："和羞走"下，如画。

四、清贺裳《皱水轩词筌》：至无名氏"见客人来，袜刬金钗溜。和羞走，倚门回首，却把青梅嗅"直用"见客人来和笑走，手搓梅子映中门"二语演之耳。语虽工，终智在人后。

五、赵万里辑《漱玉词》：案词意浅薄，不似他作。未知升庵何据？

六、詹安泰《读词偶记》：女儿情态，曲曲绘出，非易安不能为此。求之宋人，未见其匹，耆卿、美成尚隔一尘。

七、王学初《李清照集校注》卷一：按1959年出版之北京大学学生编写之《中国文学史》第五编第四章，断定此首为李清照作，评价颇高，恐未详考。《词林万选》中不可靠之词甚多，误题作者姓名之词，约有二三十首，非审慎不可也。

八、马兴荣：有人大约就是以封建社会的深闺少女总是遵守“礼”的、温顺的、循规蹈矩的、羞答答的这个尺度来衡量李清照《点绛唇》这首词，所以怀疑它不像大家闺秀李清照的作品。我想，追求自由的李清照假如地下有知的话，她是会笑这些人未免太封建了。（《中国古典文学鉴赏丛刊·唐宋词鉴赏集》，人民文学出版社1983年5月出版）

九、唐圭璋《读李清照词札记》：明杨慎《词林万选》卷四，误收李清照一首《点绛唇》词云（略）。据《花草粹编》卷一收此词乃无名氏作，非清照词……且清照名门闺秀，少有诗名，亦不致不穿鞋而着袜行走。含羞迎笑，倚门回首，颇似市井妇女之行径，不类清照之为人，无名氏演韩偓诗，当有可能。（《南京师大学报》，1984年第二期）

十、裴斐：易安《词论》所谓“铺叙”，论者无解。窃谓此乃针对直抒胸臆而言，即主张有情节。这个主张，她自己是实行了的，从前期作品到南渡以后之作，无不如此。此首……当是易安早期作品。由前片“慵整纤纤手”到后片“袜刬金钗溜”再到“倚门回首，却把青梅嗅”，整首均为铺叙，极有层次，从而活脱出一个妩媚、敏感而矜持的少女，既见其外表情态，亦见其内心世界。历代词人当中，再没谁能如李清照那样善于表达自己了！而这种表达，无论欢快或悲苦，均很少直接倾诉，而总是截取日常生活中一段情节加以铺叙，使你如闻其声，如见其人，深受其情绪感染。（《百家唐宋词新话》第303页，四川文艺出版社1989年5月出版）

# 渔家傲

雪里已知春信至，寒梅点缀琼枝腻①。香脸半开娇旖旎②，当庭际、玉人浴出新妆洗③。　造化可能偏有意④，故教明月玲珑地⑤。共赏金尊沉绿蚁⑥，莫辞醉、此花不与群花比。

【注释】

①寒梅：此指蜡梅，属蜡梅科。花芳香，外部黄色，内部紫褐色。冬末先叶开花，产于我国各地，是著名的观赏花木。常见写作“腊梅”者，或因其腊月开花的缘故。琼枝腻：梅枝清瘦，着雪而丰腴。腻：肥。

②旖旎：柔和美好。

③玉人：美人。喻指梅花。

④造化：天地、自然界。

⑤玲珑：明澈。

⑥绿蚁：酒的代称。

【讲解】

稔悉各种花木而又博古通今的李清照，她不会不知道梅之为物的自然属性及其深远的历史文化意蕴。早在上古人们的心目中，果梅即被视为“和羹”（详见《尚书·说命下》和《左传·昭公二十年》）。以政治眼光看来，用以佐餐的梅子好比是位极人臣的宰相，起着调和朝廷上下各种关系的举足轻重的作用；在日常生活中，梅子同盐类似均为不可或缺的调味品，李清照本人就曾以酸梅佐餐宴请至亲好友，所以梅在古代的重要性于此可见一斑。

据竺可桢《中国近五千年来气候变迁的初步研究》（见《中国科学》1973年第五期）一文说，在我国唐代以前，黄河流域下游到处有梅树生长。相传李隆基即因其妃子江采蘋居处多梅而赐名梅妃。嗣后二三十年，元稹曾写过《赋得春雪映早梅》等诗，从中可见长安曲江一带仍有梅树生长。梅是亚热带植物，只能抵抗到-14℃的寒冷。或许因此，《扪虱新话》（下集卷一）才有这样一段令人解颐的记载：

北人不识梅，南人不识雪，盖梅至北方则变而成杏，今江、湖、二浙，四五月之间，梅欲黄落而雨，谓之梅雨，转淮而北则否，亦地气然也。语曰南人不识雪，而道似杨花，然南方杨实无花，以此知北人不但不识梅，而且无梅雨……

到了北宋，气候逐渐转冷，梅在北中国的许多地方已难以越冬，遂成了罕见之物。所以在苏轼写于今陕西宝鸡一带的诗中，有以杏充梅之事（详见《次韵子由岐下诗·杏》）。李清照从出生到十五六岁之前，当一直生活在今山东济南章丘，她自然也不识梅。但那时在长安和洛阳皇家花园和富人府邸中，仍有梅树栽培。在宋人笔记《曲洧旧闻》中说，许昌、洛阳等地有江梅、椒萼梅、绿萼梅、千叶黄梅等良种梅的栽培。这类记载，与《漱玉词》中的咏梅之作是完全吻合的。

在李清照现存较可靠的四十七八首词中，咏物之作几占半数。咏物词中，又以专事咏梅加咏腊梅之什数量为最，约占五分之一以上。梅不仅是李清照词作的重要主人公，还是她最好的朋友，以至是她本人的化身。其状梅之语，多系喻己之辞。凡是不便明说的心里话，便托咏梅以出之。梅的命运几乎与《漱玉词》作者的命运合二为一。

这首《渔家傲》是李清照现存八九首“梅”词中，最早创作的两首欢愉之辞之一，另一首是秋千词《点绛唇》。但此首所咏不是隶属蔷薇科的果梅或“春梅”，而是属于腊梅科的腊梅，而腊梅并不是梅的别种。鉴于古典诗词中常常将二者混淆，特加辨析，以免误会。

此首所咏虽属可以在我国各地生长的蜡梅，但词亦当作于词人出嫁前夕的汴京。此时此地，她的父亲官礼部员外郎，翁舅作吏部侍郎，她又是神宗朝已故王宰相的外孙女，家庭环境相当优裕，好花美酒任其享用，身价地位几无伦比，其自矜自得之意，溢于言表，以“香梅”自况之意甚明，是时可谓良辰、美景、赏心、乐事四者兼并。

上片的“香脸半开”一语双关，它兼指蜡梅的含苞欲放和如花美女的即将“开脸”出嫁。女子出嫁前几天，用线将脸上的汗毛绞净、将鬓角修齐，叫做“开脸”。将这一民俗摄之入词，使“拟人”这一修辞方式更加生活化，使蜡梅所幻化成的“玉人”，也就更加逼近了作者本人的身世现状，使雪中报春的蜡梅更加人格化，词作也就更具韵味。

下片的“造化可能偏有意”和“此花不与群花比”二句，其表层语义是蜡梅得天独厚，无与伦比地胜过其他花卉，而深层语义当是指姣好无比、出人头地的作者自己。

此作不是《漱玉词》的名篇，其中也没有脍炙人口的名句，但它在咏梅作品中却有着承祧前人和启迪后人的特殊作用。林逋大约是李清照曾祖辈的咏梅名家，他的《梅花》诗，特别是其中的“天与清香似有私”，岂非“造化可能偏有意”之所本？而林氏另一首《山园小梅》尾联的“幸有微吟可相狎，不须檀板与金樽”，又被她反意隐括为“共赏金尊沉绿蚁”诸句。

王十朋可算是李易安的儿孙之辈，其五绝《红梅》：“园林尽摇落，冰雪独相宜。预报春消息，花中第一枝”，说它由这首《渔家傲》脱胎，恐不是无稽之谈。至于善效“易安体”的辛稼轩，其调寄《念奴娇》的“题梅词”，于李之同类词正反均有借取。

本来，文学创作上的承前启后不是新问题，但具体到李清照咏梅之作的研究，它还是一片未经开垦的处女地，如果加以精耕细作，定会有更大的新收获。

**【辑评】**

一、杨恩成《读〈渔家傲〉》：李清照在《词论》中，对秦观的词曾给予较高的评价。理由是，秦词“专主情致”。同时，她又指出秦词“如贫家美女，虽极妍丽丰逸，而终乏富贵态”。可见，李清照认为，词不仅要“主情致”，而且要表现出“妍丽丰逸”的“富贵态”。这首咏梅词，可以说充分地体现了她的这种主张。她从一个贵妇人的立场、情趣出发，体物言情，无不带着一种优裕、高雅的情趣，既贴切地描绘出“庭际”梅花的状貌，又把自己高雅、悠闲的志趣，倾注入梅花，不即不离、情景相因，托兴深远。同时，作者又用“雪”、“月”作背景，成功地映衬出梅花的高洁与孤傲的品格。形神俱似，体物超妙。(《李清照词鉴赏》，齐鲁书社 1986 年 4 月出版)

二、孙崇恩《李清照诗词选》：上阕咏梅，首先描写寒梅形象。起笔以“雪里琼枝”表现梅花傲世不群，独占春首的品性；接着再以“香脸半开”、“玉人浴出”拟其花蕾初绽、柔美俏丽，表现寒梅的形神美。下阕赏梅，抒发赏梅情怀。先写月夜饮酒，表现赏梅的豪情逸致；结句“此花不与群花比”，既赞美了梅花孤高傲寒的品格，又表现了女词人鄙弃世俗的坦荡胸怀。这首词不是单纯地像前人以描写和点染梅花形态美为能事，而是写梅也写人，赏梅也自赏，并把寒梅的形神美和词人的心灵美、感情美融为一体，构成了词的艺术美，塑造了鲜明的艺术形象，创造了深美的艺术意境，吟咏了高洁美好的情怀，可谓格调清新，境界开阔，含蓄有味。(人民文学出版社 1994 年 12 月出版)

三、刘瑜《李清照词欣赏》：我觉得李清照这首《渔家傲》也是有寄托的，作者在于通过咏梅花讴歌自己美好幸福的婚姻爱情。“造化可能偏有意，故教明月玲珑地”，造化偏偏让明月分辉，花月相照，花好月圆。这使我们自然联想到赵明诚李清照那神妙离奇的婚姻故事……真是天作良缘，花月相照，花好月圆，婚姻幸福美满。故夫妇两人共同举杯，为明诚得一才华横溢、梅花一般高雅芳洁的词女而干杯，为自己美好幸福的爱情拼得一醉。显然，此词李清照以高格独迥、孤标逸韵、冰清玉洁的梅花自喻。(民族出版社 1997 年 4 月出版)

## 庆清朝[①]

禁幄低张[②]，彤阑巧护[③]，就中独占残春。容华淡伫，绰约俱见天真[④]。待得群花过后，一番风露晓妆新。妖娆艳态，妒风笑月，长殢东君[⑤]。　东城边，南陌上，正日烘池馆，竞走香轮。绮筵散日[⑥]，谁人可继芳尘[⑦]。更好明光宫殿[⑧]，几枝先近日边匀[⑨]。金尊倒，拚了尽烛，不管黄昏[⑩]。

【注释】

①庆清朝：此词调名他本多作《庆清朝慢》，疑误。《词谱》以王观

《庆清朝慢·踏青》为正格，李清照此词为变体。王、李二词字数、句读均有所不同，调名亦不同，兹作《庆清朝》。又说《庆清朝》，即《庆清朝慢》。

②禁幄低张：指护花的帷幕低垂。

③彤阑：红色的栏杆。

④“容华”二句：意谓素淡的芍药花就像一个不加雕饰的美女一样。伫：久立。这里以之形容花色淡雅。绰约：姿态柔美。

⑤“妖娆”三句：意谓娇媚的芍药花惹得春风嫉妒，明月却为之绽开笑脸，她还能把春天久久留住。殢：滞留。

⑥绮筵：豪华而丰盛的酒席。

⑦芳尘：含有双关之义，一则是对“香轮”车尘的美称，其意与“戢流波于桂水兮，起芳尘于沉泥”（陆云《喜霁赋》）差同；二则当指词人所欣赏的这种入禁赏花的高雅活动，其意与“振芳尘于后”（《宋书·谢灵运传》）相近，指某种名声、风气。

⑧明光宫殿：汉代宫殿名。明光宫：汉武帝太初四年（公元前101年）秋起，在长乐宫中（见《三辅黄图》卷三）。明光殿：《三辅黄图》卷二云“未央宫渐台西有桂宫，中有明光殿，皆金玉珠玑为帘箔，处处明月珠，金陛玉阶，昼夜光明。”这里借指北宋汴京的宫殿。

⑨日边：太阳的旁边。这里比喻在皇帝身边。

⑩“金尊倒”三句：意谓日夜宴饮，喝得杯盘狼藉，灯烛燃尽。

【讲解】

这是一首见物不见名的咏物词。先说所咏之物生于宫禁，用朱红色的栏杆巧妙地加以护持。待吟咏此花时，又说它是“妖娆艳态”，惹得春风嫉妒，明月为之绽开笑脸。有几枝先在“日边”，即皇帝身边开放。这样一来，不少论者便把它误解为号称“国色天香”的牡丹。其实李清照所咏花卉不外江梅、岩桂、藕花、白菊等等，它们都好比是人中的雅士，恬淡高洁，未见她对雍容华贵的牡丹有何好感。这恐怕与词人的审美情趣、品格爱好不无关系。这首《庆清朝》也并不是咏牡丹，而是咏芍药。何以见得呢？词中有一处可作为内证的是：“就中独占残春”，也就是说此花在春末夏初开放。又说它“待得群花过后，一番风露晓妆新……长殢东君”，即又一次交代此花开在“群花”之后，能把春天留住。这不是芍药是什么？

由于李清照的父亲撰有多种书册，其中留存至今的《洛阳名园记》一卷，不仅记述了洛阳十九处名园的历史变迁、亭榭布置，还涉及各种花木体性等等。这类著作不仅可能增加女儿的园林知识，亦可能影响其兴趣。《漱玉词》中吟咏花卉的篇章可以说明，李清照不仅熟悉各种花卉的“物理”体性，还能准确地把握它们的神韵。仅以“容华淡伫，绰约俱见天真”为例，十个字既创造性的刻画出芍药的特性，又不是恣意杜撰。她很可能读过《神农本草经》和《新修本草》等等汉唐人所撰的中药学书籍，因为这类书中就以“绰约”形容芍药。“丰姿绰约”，又是人们心目中美女的形象，词人又可能是以“绰约俱见天真”“妒风笑月”的芍药自况。

从这首《庆清朝》中又可以窥见词人当时生活得多么优雅潇洒。为了观赏芍药，她和诗伴爱侣，不仅乘着华美的车子游遍了“东城”、“南陌”，享尽了珍羞华筵，他们还可以到御花园中去，观赏“日边”那几枝先期开放的名贵花朵。白天游览，晚上在宫殿中设宴款待，个个喝了个酩酊大醉，“玉山倾倒”，从黄昏直到深夜，玩儿得好不快活！

此词大致是在作者结婚一周年的前夕所填。前此的绮陌游赏，极有可能是与丈夫偕行。宋崇宁元年（1102 年）前后的汴京景观，还是以自然风光和四时花卉为主，营造艮狱等豪侈宫观园林，那是在宋崇宁四年（1105 年）徽宗听任蔡京的主张大兴“花石纲”之后，那时李清照已被迫离京，即使回来的话，再也没有这种雅兴了。

**【辑评】**

一、黄墨谷《重辑李清照集》：此词各本无题，细玩词意，有“就中独占残春”，乃咏芍药之作。苏东坡诗：“一声啼鴂画楼东，魏紫姚黄扫地空。多谢化工怜寂寞，尚留芍药殿春风”；王十朋芍药诗：“千叶扬州种，春深霸众芳”。(齐鲁书社 1981 年 11 月出版)

二、岳国钧《略论李清照的词》：这是一首咏芍药的词，作者把芍药的生长环境写在御花园中，是有明显用意的。她笔下的芍药，格调虽然不高，但却“独占残春”，赢得君王的宠爱和看花者的追慕，显极一时。(《李清照研究论文集》，中华书局 1984 年 5 月出版)

三、喻朝刚《宋词精华新解》：词中虽未点明所咏之物，不过从“就中独占残春”和“绰约俱见天真”等句，可以看出作者咏赞的是春末时节盛开的芍药花。因为在春天的百花园中，芍药开得最晚，所以又称为“婪尾春”。“婪尾”，即末尾的意思。“独占残春”，是说残春时节独自盛开，显然是指芍药而言。又“绰约”一词，本来是形容女子的姿态柔美。由于芍药花娇艳动人，古人常常把它比为美女，故《本草》中说：“芍药，犹绰约。”词人通过这两句赞语，巧妙地暗示出所写的是暮春独自盛开的名花——芍药。这种在字面上不出本题的艺术表现方法，含而不露，耐人寻味，在南宋词人姜夔、史达祖、吴文英等人的咏物词中用得较多……这首词以咏物为主，同时也具有很浓的抒情气氛。词中对芍药花的描绘，可以说是惟妙惟肖，生动传神。作者不仅形象地刻画了它那千姿百态的外貌，而且将其拟人化，赋予它以丰富的感情和美好的品格。展现在读者眼前的，既是珍贵的名花，仿佛又是一位端丽庄敬的贵族少女。词人对芍药的咏赞，寄托了她的审美理想，融入了自己早年生活的体验和情愫。在艺术构思方面，本篇层次井然，脉络清晰。上片绘景状物，下片叙事抒情。全词虽未出现芍药二字，但无论正面描写还是侧面烘托，处处都是围绕着“独占残春”的芍药花而展开的，含蓄蕴藉，馀味无穷，给人以美的享受。（吉林大学出版社 1988 年 8 月出版）

四、靳极苍：这首词咏的是什么？自来没人明确过。主题不明，当然理解为难。我认为按前三句“禁幄低张，彤栏巧护，就中独占残春”，该确定为牡丹。因“禁幄低张”可见不是高大的花木。“彤栏巧护”，可见是很宝贵的花木。尤其“就中独占残春”，只有牡丹是残春时独占的。白居易《卖花诗》：“上张幄幕庇，旁织巴离护”，正是说牡丹和这儿“禁幄低张，彤栏巧护”同。李建勋诗“携觞邀客绕朱栏，肠断残春送牡丹”正和这儿“彤栏巧护，就中独占残春”相同，所以这首诗咏牡丹，该是没有问题的。（《百家唐宋词新话》，四川文艺出版社 1989 年 5 月出版）

五、孙崇恩《李清照诗词选》：上阕描写宫内禁苑牡丹的容姿。起笔“禁幄”三句，写牡丹所处的环境，表现其高贵，突出咏花本题，运笔工巧，如烘云托月。紧接着刻画牡丹形象，“容华”二句，写牡丹的神姿；“待得”二句，写牡丹的品格；“妖娆”三句，写牡丹的魅力，“妒”“笑”“殢”三字把风、月、日拟人化，写来生动传神，形神毕现。下阕描写宫廷内外赏花的情景。换头笔势转折，“东城边”四句，写赏花盛况；紧接着再度跌宕，“绮筵”二句，抒赏花之情，含伤春之感；“更加”二句，又见跌宕，突出禁苑赏花；结尾笔锋挺拔，洒脱不羁，“金尊倒”三句，抒惜春赏花情怀。全词状物抒怀，笔致工雅，层层铺陈，宕而有序，蕴藉含蓄，表现了一派繁荣升平景象，抒发了女词人一腔赏花惜春之情。(人民文学出版社，1994 年 12 月出版)

## 鹧鸪天

暗淡轻黄体性柔，情疏迹远只香留。何须浅碧轻红色，自是花中第一流。　　梅定妒，菊应羞，画阑开处冠中秋[①]。骚人可煞无情思，何事当年不见收[②]。

【注释】

①“画阑”句：化用李贺《金铜仙人辞汉歌》的“画栏桂树悬秋香”之句意，谓桂花为中秋时节首屈一指的花木。

②“骚人”二句：取意于陈与义《清平乐·木犀》的“楚人未识孤妍，《离骚》遗恨千年”之句意。“骚人”、“楚人”均指屈原。可煞：疑问词，犹可是。情思：情意。何事：为何。此二句意谓《离骚》多载花木名称而未及桂花。

【讲解】

这是一首咏桂词。大致作于词人结婚前后不久，其旨当是以桂的色淡香浓，来喻示人的内在美更为可贵。别看桂花貌不惊人，但它的清高和甜香，足以使它成为“花中第一流”。这层意思溢于言表，不难解读。不易读出的是这样一种深层寓意：即词人自知其出身并不显赫，比起朝廷中的诸多名公大臣，她一直认为其父、祖的地位是低下的，就像是自然界的岩桂，虽然其名位不能与御花园中“浅碧轻红色”的牡丹、芍药相比，但它的清高脱俗、宜人香气，以及它作为中秋佳节的应时之花，又足以使它成为中秋之冠，惹来失期之梅和晚开之菊的种种妒忌。

需要略加解释的是，在这里词人并不是要贬低她一向喜爱的梅、菊，也不是说她家的门第多么低下，而是她想通过对以香取胜的桂花的褒赞，将自身的“内美”昭著于世。对于此词最后两句曾有论者解释为：李清照是在借咏花发泄自己才能被埋没的不平。看来这未免求之过深。首先，她的才能并未被埋没，相反已名满京城；其次，对于当时的一个少女或新妇来说，不大可能具有经世致用之想。何况，正在优雅地体察桂花的她，心中会有什么不平呢？实际情况可能是：鉴于当时境况的顺心如意，此时的李清照，在创作上颇有点初生牛犊不怕虎的意味，其所谓“骚人可煞无情思，何事当年不见收”，当是她自信地认为：屈原的“审美”情趣不如自己，竟然没有把桂花写进注重内美的《离骚》。

总之，此词从头到尾表达的是作者得意自负的情绪，谈不上对“社会”有何不平。

【辑评】

一、蒋哲伦《读〈鹧鸪天〉》：《漱玉词》向以白描见长，而本篇却以议论取胜。但成功的经验不在于理性的思辨，而仍归于形象的辨析和强烈主观感情色彩，且二者的基础和出发点都离不开形象的描绘，也就是说，如果没有第一、二句对桂花外形特质的成功的描绘，为全词的议论奠定基础，那么，由此生发出来的议论，无论是正面的品评，还是侧面的比衬，或是无理的质问，都成了无根之木，无源之水。至于议论或发问更不带丝毫的书卷气或头巾气，这样方能妙趣横生，令人叹服。王国维在《人间词话》中评论温庭筠和韦庄的词曾说过：“‘画屏金鹧鸪’，飞卿语也，其词品似之”，又说：“‘弦上黄莺语’，端己语也，其词品似之”，今试仿其语曰：“‘何须浅碧轻红色，自是花中第一流’，易安语也，其词品亦似之。”（《李清照词鉴赏》，齐鲁书社 1986 年 4 月出版）

二、朱德才：咏物诗词一般以咏物抒情为主，绝少议论。李清照的这首咏桂词一反传统，以议论入词，又托物抒怀。咏物既不乏形象，议论也能充满诗意，堪称别开生面。“暗淡轻黄体性柔，情疏迹远只香留。”短短十四字却形神兼备，写出了桂花的独特风韵。上句重在赋“色”，兼及体性；下句重在咏怀，突出“香”字。据有关记载，桂树花白者名银桂，黄者名金桂，红者为丹桂。它常生于高山之上，冬夏常青，以同类为林，间无杂树。又秋天开花者为多，其花香味浓郁。色黄而冠之以“轻”，再加上“暗淡”二字，说明她不以明亮炫目的光泽和秾艳娇媚的颜色取悦于人。虽色淡光暗，却秉性温雅柔和，像一位恬静的淑女，自有其独特的动人风韵，令人爱慕不已。她又情怀疏淡，远迹深山，惟将浓郁的芳香常飘人间，犹如一位隐居的君子，以其高尚的德行情操，赢得了世人的敬佩。李清照的这首咏物词咏物而不滞于物。其间或以群花作比，或以梅菊陪衬，或评骘古人，从多层次的议论中，形象地展现了她那超尘脱俗的美学观点和对桂花由衷的赞美和崇敬。那么，李清照何以对貌不出众、色不诱人的桂花如此推崇备至呢？言为心声，其中自有特定的情怀寓焉。由于北宋末年党争的牵累，李清照的公公赵挺之死后，她曾随丈夫赵明诚屏居乡里约十年之久。摆脱了官场上的钩心斗角，离开了都市的喧嚣纷扰，归来堂上悉心研玩金石书画，易安室中畅怀对饮、唱和嬉戏，给他们的隐退生活带来了蓬勃的生机和无穷的乐趣。他们攻读而忘名，自乐而远利，双双沉醉于美好、和谐的艺术天地中。此情此境，和桂花那种“暗淡轻黄”“情疏迹远”、但求馥香自芳的韵致是何等的相似啊！（《唐宋词鉴赏辞典——唐·五代·北宋》，上海辞书出版社 1988 年 4 月出版）

三、汤高才：……“暗淡轻黄体性柔，情疏迹远只香留。”寥寥十四字，为桂花传神写照。表现了三秋桂子的独特风韵。桂树，秋季开花，花簇生于叶腋，蕊小不显。“暗淡轻黄”，写桂花不以明艳照人的光彩和浓丽娇媚的颜色取悦于人。然而，它秉性淡雅温柔，像一位恬静的淑女，自有其动人之处。“情疏迹远”，写桂树生高山而独秀、无杂树而成林的特性，不过，词人把桂花人格化了，赞美她情怀疏淡，远迹深山，惟将浓郁的芳香长留人间。从“咏物”来说，这开头两句写桂花，可说是达到了形神兼备的艺术境界。更妙的是，这两句看是咏桂花，又似咏人，似在歌颂一种内在的精神的美，语意蕴藉，耐人寻味。（《花鸟诗歌鉴赏辞典》，中国旅游出版社 1990 年 5 月出版）

四、孙崇恩《李清照诗词选》：上阕咏物抒怀。首二句写桂花的颜色姿质，赞美它淡雅、高洁、柔和的品性，形神兼备，独有风韵；接着议论抒情，直言桂花不需群花那样的“色”美，亦“自是花中第一流”。

下阕深入一层赞美桂花为群芳之冠，先从节令上看，以梅菊衬比，桂花为中秋之冠；结尾评议屈原多以珍贵花草喻君子美德，惟独未写桂花之美引为憾事，再度突出桂花的高雅。全词咏物不滞于物，或以群花作比，或以梅菊衬比，或评骘古人，层层议论，连连抒怀，步步宕开，议中含情，情中见意，情调激扬，气势豪放，表现了女词人重内在美、素质美和崇尚淡雅高洁的情怀。(人民文学出版社 1994 年 12 月出版)

五、刘瑜《李清照词欣赏》：……“暗淡”，它生得不像其他花卉那样鲜艳、明丽；“轻黄”，不像其他花卉那样媚人眼目。它似乎没有超然的容颜。“体性柔”，体质柔弱，性格和顺。写出桂花没有绰约妖娆的风姿，并不惹人注目。“情疏”，这是移情于花，花是没有情感的，这是指花朵衰萎了，人们对它的感情疏远了。“迹远”，踪迹远离了，或消失了。此句是说桂花凋谢了，人们对它的感情疏远淡薄了，它的踪迹远离了，或者消失了，但浓郁的馨香依然存在。它的姿容普普通通，但是却流芳于世，这种特质，是群芳所无法比拟的。作者认为，这正是桂花卓然逸群之处……易安此词结句为议论，通过议论赞美桂花，使主题深化，并馀音绕梁，耐人咀嚼，意味深远。此词并非仅咏桂花，而寄托遥邃。诚如沈祥龙云：“咏物之作，在借物以寓性情，凡身世之感，君国之忧，隐然蕴于其内，斯寄托遥深，非沾沾焉咏一物矣。”此词，易安也以“第一流”、“冠中秋”的桂花自喻自勉。“端庄其品”、“清丽其词”的李清照自然是人中“第一流”的女杰了。(民族出版社 1997 年 4 月出版)





## 减字木兰花

卖花担上，买得一枝春欲放①。泪染轻匀②，犹带彤霞晓露痕。　怕郎猜道，奴面不如花面好③，云鬓斜簪④，徒要教郎比并看⑤。

【注释】

①春：此处是生机盎然的意思。

②泪：指形似眼泪的晶莹露珠。

③奴：作者自称。

④云鬓：形容鬓发多而美。

⑤“徒要”句：意谓自己比花更好看。徒：只、但。郎：在古代既是妇女对丈夫的称呼，也是对她所爱男子的称呼。这里当指前者。比并：对比。

【讲解】

此词当写于作者新婚燕尔之际。生活是文艺的源泉。沐浴在爱河中的李清照，在她婚后一段时间的词作，几乎是清一色的闺房昵意、伉俪相娱。但由于好景不常，这类“欢愉之辞”为数很少，现存只有这首《减字木兰花》和另一首《瑞鹧鸪》。而这又是两首历来很有争议的词，以前者为例，作者仿佛是秀才遇到“兵”，她的这类词时而被骂作浅俗不堪，时而被剥夺了著作权，来回都是她吃亏。

对李清照的词作极尽攻击之能事者，莫过于王灼及其《碧鸡漫志》，但却道出了一个事实，即《漱玉词》中确有部分所谓浅俗轻巧之作，这一首就较典型。问题是对这类具有所谓闾巷、市井意味的作品，今天不应再多所非议。“女为悦己者容”，主人公为取悦于新郎，故意让他品评：是带露的红花好看，还是新娘的如花容颜更美。作为“闺房之事”，新娘此举不为过分，亦无甚低俗可言。时至今日，不应再以类似于道学的面孔，将此类词屏于《漱玉词》之外。因为这类词比正统的“易安体”，更能体现词人对于旧礼教的冲撞，而这种冲撞本身，正体现了一种新进的思想意识，也是词人“压倒须眉”（李调元《雨村词话》卷三）之处。

此词煞拍的“徒要”句，意谓自己比花更好看，其上句“云鬓斜簪”所包容的意蕴，在词人45岁于江宁（今南京）所作《蝶恋花·上巳召亲族》结拍二句的“醉莫插花花莫笑，可怜春似人将老”中，得到了反意照应。进而发现，《漱玉词》的立意，往往在时隔多年后，尚有前后照应，如《清平乐》（年年雪里）既是对此首，也是对《诉衷情》有关揉搓“残蕊”诸句的照应。这不又从另一角度证明此词确为李清照所作吗？

【辑评】

一、赵万里辑《漱玉词》：案汲古阁未刻本《漱玉词》收之，“染”作“点”，词意浅显，亦不似他作。

二、《李清照集》附录案：此词汲古阁未刻本《漱玉词》及《花草粹编》收之，然词意浅显，疑非易安作。（中华书局上海编辑所 1962 年 9 月出版）

三、王学初《李清照集校注》卷一：按以词意判断真伪，恐不甚妥，兹仍作清照词，不列入存疑词内。（人民文学出版社 1979 年 10 月出版）

四、徐培均：上片写买花。宋朝都市常有卖花担子，一肩春色，串街走巷，把盎然生趣送进千家万户。蒋捷曾有《昭君怨》一词写卖花人云：“担子挑春虽小，白白红红都好。卖过巷东家，巷西家。帘外一声声叫，窗里丫鬟入报。问道买梅花，买杏花。”与此词上阕对读，我们即可得出全面印象：似乎在小丫鬟入报以后，作为女主人的李清照随即作了吩咐，买下一枝最满意的鲜花。整个上片便是截取了买花过程中最后一个画面，所写的便是女主人公手执鲜花，作满怀深情的欣赏。“春欲放”三字，表达了她对花儿的由衷喜爱：“啊，春天到了，花儿含苞欲放了！”这“春”字用得特别好，既可以指春色、春光、春意和春天，也可以借指花儿本身。为什么不用花字而用春字，因为花字境小，春字境大。同蒋捷《昭君怨》中“担子挑春”的“春”字一样，都能给人以无穷的美感和联想。下面“泪染轻匀”二句，写花的容态。这花儿被人折下，似乎在为自己命运的不幸而哭泣，直到此时还泪痕点点，愁容满面。着一“泪”字，就把花拟人化了，再缀以“轻匀”二字，便显得哀而不伤，娇而不艳，其中似乎渗透着女主人对它的同情与爱抚。这二句中前一句较虚，出自词人的想象；后一句较实，摹写了花上的露珠。这叫做融情入景，以景拟人。“犹带彤霞晓露痕”，花朵上披着彤红的朝霞，带着晶莹的露珠，不仅显示出了花之色彩、花之新鲜，而且点明时间是在清晨，整个背景写得清新绚丽，恰到好处地烘托了新婚的欢乐与甜蜜。下片写戴花。唐五代有一首无名氏词《菩萨蛮》可供比照：“牡丹含露真珠颗，美人折向庭前过。含笑问檀郎：花强妾貌强？ 檀郎故相恼，须道花枝好。一向发娇嗔，碎挼花打人。”此词可能受到它的影响，但却未像无名氏词那样写出对方的反应，而是仅从自己一方说起。无名氏词侧重于外部动作，此词则侧重于内心刻画……总的来讲，此词乐而不淫，轻而不俗，与李清照的思想性格颇为相符。全篇通过买花、赏花、戴花、比花，生动地表现了年轻词人天真的态度、爱美的心情和好胜的脾性。读后颇觉生动活泼，富有浓郁的生活气息。(《唐宋词鉴赏辞典——唐·五代·北宋》，上海辞书出版社 1988 年 4 月出版)

五、孙崇恩《李清照诗词选》：上阕以拟人法写花的姿色。起笔写买花，“春欲放”三字写出了春花含苞欲放的形象，一个“欲”字十分传神，隐含着由衷的喜爱之情；紧接着赞美花：“泪染轻匀，犹带彤霞晓露痕”，细致地描绘了春花的姿色，表现了对春花的无限爱抚之意。下阕以人比花，刻画心理情态。起笔写戴花前，“怕郎猜道，奴面不如花面好”，写的是郎在猜疑，实则是自在揣度郎心，痴情之心宛然可见；紧接着写戴花后，“云鬓斜簪，徒要教郎比并看”，看似与春花比美，实则心欲使郎对自己喜爱，娇憨之情可感。全词写花也写人，写人也写花，人与花，花与人虚实相映，蕴藉含蓄，形象鲜明，妙趣横生，表现了年轻女词人天真爱美和纯洁好胜的心情。(人民文学出版社 1994 年 12 月出版)

六、刘瑜《李清照全词》：上片侧重写花美，是下片的衬垫，主要采用拟人的手法。这是明写，实写；下片侧重写人美，她坚信人面能胜过鲜花，衬托容貌之美，主要采用心理描写的方法。这是暗写，虚写。上下虚实相生，明暗相济，相得益彰。上有“烘云”之巧，下有“托月”之妙。(山东友谊出版社 1998 年 1 月出版)

## 瑞鹧鸪

双银杏

风韵雍容未甚都[①]，尊前甘橘可为奴[②]。谁怜流落江湖上，玉骨冰肌未肯枯[③]。　　谁教并蒂连枝摘，醉后明皇倚太真[4]。居士擘开真有意，要吟风味两家新。

【注释】

①“风韵”句：《史记·司马相如传》：“相如至临邛，从车骑，雍容闲雅甚都。”此系反意隐括。都：姣好，美盛。

②甘橘可为奴：甘橘别称木奴（详见《三国志·吴志·孙休传》注引《襄阳记》）。

③玉骨冰肌：清澈高洁。

④“醉后”句：周勋初《唐人遗事汇编》卷二：“明皇与贵妃幸华清宫。因宿酒初醒，凭妃子肩同看木芍药。上亲折一枝，与妃子同嗅其艳。”太真、贵妃均指杨玉环。此句意谓双银杏的并蒂相连，犹如唐明皇和杨贵妃倚倚靠靠亲密无间。

【讲解】

古今对于此词的疑问，主要表现在以下两个方面：其一，认为它与词体不合，疑其为两首七绝。这的确是一个值得进一步交代的问题。《瑞鹧鸪》作为词牌，又名《舞拍》《舞春风》《鹧鸪词》等，它本来是七言律诗，因唐人谱为歌词，遂成词调。到了宋代的晏殊和柳永，此调又分别衍变为六十四字和八十八字。李清照这首五十六字体，虽在字数方面保留着七言律诗的特点，但它仍然应该是一首词。因为在李清照前后的杜安世和侯寘等人的同调五十六字体，也都是词而未被算作诗。

其二，下片第三句有“居士”二字。如果把这首《瑞鹧鸪》视为李清照新婚不久所作，与她在二十四五岁屏居青州时始用“易安居士”之号的事实是否有矛盾？答案应该是“没有”。因为“易安居士”，只有屏居后才能引以为号，而“居士”则可泛指自命清高者。无疑，燕尔新婚时的李清照最为清高自许，十八九岁自称“居士”，亦无不可。

词之下片结拍的“居士擘开真有意，要吟风味两家新”二句，意谓将并蒂而生的双银杏擘开一看，它就像莲子生有薏蕊一样，其“心”中也有意（薏）；而“两家新”谐寓“两颗心”。接连上文就是说，主人公和她丈夫之间，犹如当年唐明皇之于杨贵妃，彼此心心相印，爱怜有意。这不仅表现了词人夫妇相得之欢，还体现出作者对李、杨关系的看法不囿于成见，岂非说明李清照关于历史和爱情的观念，比历代的许多“须眉”更具新见？

【辑评】

一、赵万里辑《漱玉词》：按虞、真二部，诗馀绝少通叶。极似七言绝句，与《瑞鹧鸪》词体不合。

二、《李清照集》附录案：虞、真二部，诗馀绝少通叶，极似七言绝句，与《瑞鹧鸪》词体不合。（中华书局上海编辑所 1962 年 9 月出版）

三、王学初《李清照集校注》卷一：按：上海新编《李清照集》以为此首乃历来怀疑不是李清照之作品，未知何据。赵万里仅疑其非词而已。（人民文学出版社 1979 年 10 月出版）

四、《济南名士丛书·李清照全集评注》：清照此词，不仅前后押两韵部，其中间四句，既不对仗，而且上下阕衔接处，亦不粘连，明为两首绝句。有人据此怀疑非清照作品，则证据不足。盖本为两首绝句，误抄一起，《花草粹编》编者遽加《瑞鹧鸪》名，并妄题为“双银杏”耳。（济南出版社 1990 年 12 月出版）

## 一剪梅

红藕香残玉簟秋①，轻解罗裳，独上兰舟②。云中谁寄锦书来③，雁字回时，月满西楼。　花自飘零水自流，一种相思，两处闲愁。此情无计可消除，才下眉头，却上心头。

【注释】

①玉簟秋：意谓时至深秋，精美的竹席已嫌清冷。

②兰舟：《述异记》卷下谓：木质坚硬而有香味的木兰树是制作舟船的好材料，诗家遂以木兰舟或兰舟为舟之美称。一说“兰舟”特指睡

眠的床榻。

③锦书：对书信的一种美称。《晋书·窦滔妻苏氏传》云：苏蕙织锦为回文旋图诗，以赠其被徙流沙的丈夫窦滔。这种用锦织成的字称锦字，又称锦书。

【讲解】

此词当系在特定的政治背景下，作者于崇宁年间，因受党争株连，被迫归宁后，思念丈夫赵明诚所作，而并不是因丈夫所谓“负笈远游”与妻子小别之故。

李清照新婚时，丈夫还在太学作学生。“负笈”是读书，太学在汴京，他用不着“远游”求学。所以绝不是赵明诚离京外出，而是李清照被迫泣别汴京，这是第一点；第二点，李清照《〈金石录〉后序》所云“（明诚）出仕宦”，对此不能理解为他到远方去做官，而只是说他从太学毕业，走上了仕宦之路，也就是出来做官的意思；第三点，事实上，赵明诚于宋崇宁四年（1105年）十月，就被擢为鸿胪少卿这一朝廷清要之职。翌年仲春，赵明诚不但仍在汴京，且在鸿胪直舍。此事有他留存至今的跋《集古录跋尾四》的珍贵手泽为证。因此，这首《一剪梅》，也就不是那种一般的思妇念远的离情词。它之所以成为一首知名度很高的佳作，则是因为词人心中藏有难以化解的政治块垒。如果是由于短暂的小别所带来的伤感，何至于严重到“此情无计可消除，才下眉头，却上心头”。这一名句是由词人独特的遭遇、独特的思想情怀凝结而成的，是其特定心理状态的外化。

【辑评】

一、元伊世珍《琅嬛记》卷中引《外传》：易安结缡未久，明诚即负笈远游。易安殊不忍别，觅锦帕书《一剪梅》词以送之。词曰（略）。

二、明杨慎批点杨金本《草堂诗馀》卷三：离情欲泪。读此始知高则诚、关汉卿诸人，又是效颦。

三、明茅映《词的》卷三：香弱脆溜，自是正宗。

四、明李攀龙《草堂诗馀隽》卷五眉批：“多情不随雁字去，空教一种上眉头。”评语：“惟锦书、雁字，不得将情传去，所以一种相思，眉头心头，在在难消。”

五、明王世贞《弇州山人词评》：李易安“此情无计可消除，方下眉头，又上心头”。可谓憔悴支离矣。

六、明沈际飞《草堂诗馀正集》卷二：时本落“西”字，作七字句，非调。是元人乐府妙句。关、郑、白、马诸君，固效颦耳。

七、明李廷机《草堂诗馀评林》卷二：此词颇尽离别之情，语意超逸，令人醒目。

八、明张丑《清河书画舫》申集引《才妇录》：易安词稿一纸，乃清秘阁故物也。笔势清真可爱。此词《漱玉集》中亦载，所谓离别曲者耶？卷尾略无题识，仅有点定两字耳。录具于左：“（词略，唯“月满西楼”，作“月满楼”）”。右调《一剪梅》。

九、明徐士俊《古今词统》卷十：“楼”字上不必增“西”字。刘伯温“雁短人遥可奈何”亦七字句，仿此。

十、清王士禛《花草蒙拾》：俞仲茅小词云：“轮到相思没处辞，眉间露一丝。”视易安“才下眉头，却上心头”，可谓此儿善盗。然易安亦从范希文“都来此事，眉间心上，无计相回避”语脱胎，李特工耳。

十一、清沈雄《古今词话·词辨》卷上：周永年曰：《一剪梅》唯易安作为善。刘后村换头亦用平字，于调未叶。若“云中谁寄锦书来”，与“此情无计可消除”，“来”字、“除”字，不必用韵，似俱出韵。但“雁字回时月满楼”，“楼”字上失一“西”字。刘青田“雁短人遥可奈何”，“楼”上似不必增“西”字。今南曲只以前段作引子，词家复就单调，别名“剪半”。将法曲之被管弦者，渐不可究诘矣。

十二、清万树《词律》卷九：“月满楼”，或作“月满西楼”。不知此调与他词异。如“裳”、“思”、“来”、“除”等字，皆不用韵，原与四段排比者不同。“雁字”句七字，自是古调，何必强其人俗，而添一“西”字以凑八字乎？人若欲填排偶之句，自有别体在也。

十三、清张宗棣《词林纪事》卷十九：此《一剪梅》，变体也。前段第五句原本无“西”字，后人所增。旧谱谓脱去一字者，非。又按：《汲古阁宋词》，此阕载入《惜香乐府》，恐误。

十四、清梁绍壬《两般秋雨庵随笔》卷三：易安《一剪梅》词起句“红藕香残玉簟秋”七字，便有吞梅嚼雪，不食人间烟火气象，其实寻常不经意语也。

十五、清陈世焜（廷焯）《云韶集》卷十：起七字秀绝，真不食人间烟火者。梁绍壬谓：只起七字已是他人不能到。结更凄绝。

十六、清陈廷焯《白雨斋词话》卷二：易安佳句，如《一剪梅》起七字云："红藕香残玉簟秋"，精秀特绝，真不食人间烟火者。

十七、清况周颐《〈漱玉词〉笺》：玉梅词隐云，易安精研宫律，所以何至出韵。周美成倚声传家，为南北宋关键，其《一剪梅》第四句均不用韵，讵皆出韵耶？窃谓《一剪梅》调当以第四句不用韵一体为最早，晚近作者，好为靡靡之音，徒事和畅，乃添入此叶耳。

十八、王学初《李清照集校注》卷一：又按，清照适赵明诚时，两家俱在东京，明诚正为太学生，无负笈远游事。此则（指本〔辑评〕一）所云，显非事实。而李清照之父（李格非）称为李翁，一似不知其名者，尤见芜陋。《琅嬛记》乃伪书，不足据。

十九、陈邦炎：……从上阕开头三句看，决不像柳永《雨霖铃》词所写的"方留恋处，兰舟催发，执手相看泪眼，竟无语凝咽"那样一个分别时的场面，而是写词人已与赵明诚分离，在孤独中感物伤秋、泛舟遣怀的情状。次句中的"罗裳"，固明指妇女服装；第三句中的"独上"，也只能是词人自述。至于以下各句，更非"设想别后的思念心情"，而是实写别后的眼前景、心中事……"一种相思，两处闲愁"二句，在写自己的相思之苦、闲愁之深的同时，由己身推想到对方，深知这种相思与闲愁不是单方面的，而是双方面的，以见两心之相印。这两句也是上阕"云中"句的补充和引申，说明尽管天长水远，锦书未来，而两地相思之情初无二致，足证双方情爱之笃与彼此信任之深。前人作品中也时有写两地相思的句子，如罗邺的《雁二首》之二"江南江北多离别，忍报年年两地愁"、韩偓的《青春》诗"樱桃花谢梨花发，断肠青春两处愁"。这两句词可能即自这些诗句化出，而一经熔铸、剪裁为两个句式整齐、词义鲜明的四字句，就取得脱胎换骨、点铁成金的效果。这两句既是分列的，又是合一的。合起来看，从"一种相思"到"两处闲愁"，是两情的分合与深化。其分合，表明此情是一而二、二而一的；其深化，则诉说此情已由"思"而化为"愁"。下句"此情无计可消除"，紧接这两句。正因人已分在两处，心已笼罩深愁，此情就当然难以排遣，而是"才下眉头，却上心头"了。（《李清照词鉴赏》，齐鲁书社1986年4月出版）

二十、谢桃坊：此是清照名篇，前人评论颇多，以为其“离情欲泪”，“香弱脆溜，自是正宗”，但关于全词意脉，则语焉不详。关键在于上片的“兰舟”一词乃清照的自我作古，常被注家误训，如王仲闻先生云“即木兰舟”，胡云翼先生谓“独上兰舟”乃“独自坐船出游”，都与上下文义扞格。这是因为词的上片描叙抒情环境，“红藕香残”暗写季节变化；“玉簟秋”谓竹席已有秋凉之意；“雁字回时”为秋雁南飞之时；“月满西楼”，西楼为女主人公住处，月照楼上，自然是夜深了。若以“兰舟”为木兰舟，为何女主人公深夜还要独自坐船出游呢？而且她“独上兰舟”时，为何还要“轻解罗裳”呢？这样解释显然与整个环境是矛盾的。清照有一首《浣溪沙》（应为《南歌子》）与《一剪梅》的抒情环境很相似，其上阕云：“天上星河转，人间帘幕垂。凉生枕簟泪痕滋。起解罗衣，聊问夜何其。”“凉生枕簟”与“玉簟秋”，“起解罗衣”与“轻解罗裳’，“夜何其”与“月满西楼”，两词意象都相似或相同。两词的上片都是写女主人公秋夜在卧室里准备入睡的情形。此时她绝不可能忽然“独自坐船出游”的。“兰舟”只能理解为床榻，“轻解罗裳，独上兰舟”，即是她解卸衣裳，独自一人上床榻准备睡眠了。“玉簟秋”乃睡时的感觉，听到雁声，见到月光满楼，更增秋夜孤寂之感，于是词的下片抒写对丈夫的思念便是全词意脉必然的发展了。（《百家唐宋词新话》，四川文艺出版社 1989 年 5 月出版）

二十一、吴功正：在中国文学史上，妻子对远离的丈夫的思念之作，可谓史不绝书。这几乎是一种共同的文化现象，而又正反映了一种普遍的、共同的心理现象，揭示出我们民族的女子多愁善感的心理特征。正因为这类情感具有普遍性、共性，李清照的《一剪梅》等词作揭示了它，这才使这类词篇产生了普遍意义，能够引起不同时代的人们的相同的情感体验和共鸣。但是，问题又有另一面，车载斗量般的思妇之作，自《诗经》以降，能传世者又能有多少？只有用诗人、词人经过独特地感受和体验出的情感表达出来，以个性另辟蹊径地揭示出心理共性，这才能获得典型价值。美学范畴的典型形象、典型情绪，所涵盖的正是这一意义。这首《一剪梅》具备了上述的审美特征，方能传世不朽，令九百载后的今人不禁为之动容。李清照，这位女性、女性词人、具有不同凡近的气质的女性词人，既有女性的一般心理特征，又有她独得天籁灵性的个性特征。这就使得她能在《一剪梅》中表现出双重的审美功能：精微的审美体验、精妙的审美传达。这就是我们把握、赏析这首词的美学依据……“才下眉头，却上心头。”这两句是绝妙好词！是女词人笔底甩出的“豹尾”……从审美内容上分析这两句词，是女词人对相思情的独特体验和捕捉。相思之情，特别是心心相印的思念情，是人类最普遍的情感之一。它“剪不断，理还乱”，一旦萌发，难以消遏；它铭心刻骨，像游丝一般地附着、粘着。它可以从外在情态的“眉头”上消除，却又会不自禁地钻入“心头”。李清照对这种情感作了独特、深细的体察和把握。从美学结构上分析这两句词，词人一路写来，或融情于景，或景中寓情，意象或隐或显，时露时藏，于结尾处猛然一甩，如群山的高峰、塔顶的装饰、爆亮的灯蕊，给读者强烈的美感刺激，使之震动、深思、遐想，体验个中三昧。女词人以她独特的方式感知到人类最普遍存在的一种情感，又以她独特的技巧表达出这一情感，凝为审美的晶体，这首词就产生了永久的艺术魅力。任何能够传世的作品都是在深、广、高的层次上个性化地传达出人类的普遍意识、情感，从而唤起不同时代、不同民族、不同国土的人们的审美体验。基于此，那些加在李清照头上的林林总总的古代道学气和当代“左”味的贬斥之词，也就可以推倒了。(《李清照作品赏析集》，巴蜀书社 1992 年 9 月出版)

二十二、刘乃昌《宋词三百首新编》：此词当为李清照与其夫别后所作，是写情人相思的名篇。上片写别后独处感受，下片写刻骨相思心态。起句由室内外景物暗示清秋节令，接写白昼泛舟、深夜望月。“独上”，暗逗离思，“谁寄”，明写惦念。“雁字”耳所闻，“月满”目所睹。深夜怀人境况灼然可见。换头即景取喻，引出内心独白。“一种”“两处”由己及人，兼写对方，见出两情无猜。结拍三句由范仲淹“眉间心上，无计相回避”(《御街行》)脱胎。“眉头”、“心头”，内外相通；“才下”、“却上”，钩连起伏。构思极巧，故王士禛称誉李词“特工”。(岳麓书社 1994 年 4 月出版)

# 醉花阴

薄雾浓云愁永昼[1]，瑞脑销金兽[2]。佳节又重阳[3]，玉枕纱橱[4]，半夜凉初透。　　东篱把酒黄昏后[5]，有暗香盈袖[6]。莫道不销魂，帘卷西风，人似黄花瘦。

【注释】

①薄雾浓云：晏殊《蝶恋花》词有“薄雨浓云”句。

②金兽：此处指兽形的金属香炉。

③重阳：阴历九月九日为重阳节，又称重九。曹丕《九日与钟繇书》：“岁往月来，忽复九月九日。九为阳数，而日月并应，俗嘉其名，以为宜于长久，故以享宴高会。”

④纱橱：橱形的纱帐，夏季以避蚊虫。

⑤东篱：语出陶潜《饮酒》诗二十首其五：“采菊东篱下，悠然见南山。”

⑥暗香盈袖：当取意于古诗《庭中有奇树》的“馨香盈怀袖，路远莫致之”等句。

【讲解】

这首词的写作背景与《一剪梅》差同，只是节序稍晚。历代喜爱和论及此词的人甚夥。可能因被广泛传抄之故，所以异文颇多。而《乐府雅词》对此词异文的取舍最为可取，如“浓云”不作“浓雾”、“金兽”不作“香兽”、“人似”不作“人比”。应该特别提请注意的是“人似”二字，这是一处非常重要的异文！尽管后世的多数版本此句作“人比黄花瘦”，但《漱玉词》最早的好版本《乐府雅词》作“人似黄花瘦”、《琅嬛记》所引《外传》等元、明以前的载籍，此句亦多作“人似黄花瘦”！

此处之所以取“似”字而屏“比”字，不仅是在版本上考虑择善而从，主要是因为作“似”字更符合词之原意。从立意方面看，作者不是要把“人”（词人自指）和“黄花”对立起来，而是将“黄花”拟人化，二者是合二而一的，在这里并不存在程度上的对比问题。因为新婚不久，年方二十一二岁的词人，犹如“重九”之日应时而开的“黄花”，此时它刚刚开放，不但尚未消瘦，而且还“有暗香盈袖”。但如果党争的“西风”不止，它卷帘而入，使自己继续受株连，不能回京与丈夫团聚，那么自己的命运也会像自然界“西风”中的“黄花”一样，不堪设想！所以“帘卷西风，人似黄花瘦”二句，似可释为：自己被迫离京而产生的离愁别恨对于“人”的折磨，犹如风霜对“黄花”的侵袭，党争的忧患给主人公所带来的体损神伤，就像“黄花”将在秋风中枯萎一样。

如此说来，使词人为之“销魂”的，不仅是离愁和悲秋，那只是一种幌子。词人心中真正的块垒是党争对她的株连。其借“东篱把酒”所抒发的主要是对自己未来命运的喟叹。

【辑评】

一、宋胡仔《苕溪渔隐丛话》前集卷六十：又《九日》词云“帘卷西风，人似黄花瘦”。此语亦妇人所难到也。

二、元伊世珍《琅嬛记》卷中引《外传》：易安以《重阳·醉花阴》词函致明诚。明诚叹赏，自愧弗逮，务欲胜之。一切谢客，忘食忘寝者三日夜，得五十阕，杂易安作，以示友人陆德夫。德夫玩之再三，曰：“只三句绝佳。”明诚诘之。曰：“莫道不销魂，帘卷西风，人似黄花瘦。”正易安作也。

三、明瞿佑《香台集·易安乐府》：又《九日》词“帘卷西风，人似黄花瘦”，亦妇人所难到也。

四、明杨慎批点本《草堂诗馀》卷一：（批点末两句）凄语，怨而不怒。

五、明茅暎《词的》卷二：但知传诵结语，不知妙处全在“莫道不销魂”。

六、清万树《词律》卷七：《醉花阴》，沈氏极赏之，密圈到底，且加双层圈。呜呼！此岂有目者耶！按：《词谱》以毛泽民一首注云：换头第四字疑韵，如杨无咎词之“扑人飞絮浑无数”。李清照词之“东篱把酒黄昏后”，“絮”字“酒”字俱韵，此即《乐府指迷》所谓“藏短韵于句内”者。然宋词如此者亦少遵此。“酒”字应注叶。

七、清周之琦《晚香室词录》卷七：愚按，《醉花阴》“帘卷西风”，为易安传作，其实寻常语耳。

八、清许宝善《自怡轩词谱》卷二：幽细凄清，声情双绝。

九、清许昂霄《词综偶评》：结句亦从“人与绿杨俱瘦”脱出，但语意较工妙耳。

十、清谭莹《古今词辨》：绿肥红瘦语嫣然，人比黄花更可怜。若并诗中论位置，易安居士李青莲。

十一、清王闿运《湘绮楼词选》前编：此语若非出女子自写照，则无意致。“比”字各本皆作“似”，类书引，反不误。

十二、清陈世焜（廷焯）《云韶集》卷十：无一字不秀雅，深情苦调，元人词曲往往宗之。

十三、王学初《李清照集校注》卷一：按赵明诚喜金石刻，平生专力于此，不以词章名。《琅嬛记》所引《外传》，不知何书，殆出自捏造。所云“明诚欲胜之”必非事实。（人民文学出版社 1979 年 10 月出版）

十四、夏承焘《唐宋词欣赏》：在诗词中，作为警句，一般是不轻易拿出来的。这句“人比黄花瘦”之所以能给人深刻的印象，除了它本身运用比喻，描写出鲜明的人物形象之外，句子安排得妥当，也是其原因之一。她在这个结句的前面，先用一句“莫道不消魂”带动宕语气的句子作引，再加一句写动态的“帘卷西风”，这以后，才拿出“人比黄花瘦”警句来。人物到最后才出现。这警句不是孤立的，三句联成一气，前面两句环绕后面一句，起到绿叶红花的作用。经过作者的精心安排，好像电影中的一个特写镜头，形象性很强。这首词末了一个“瘦”字，归结全首词的情意，上面种种景物描写，都是为了表达这点精神，因而它确实称得上是“词眼”。以炼字来说，李清照另有《如梦令》“绿肥红瘦”之句，为人所传诵。这里她说的“人比黄花瘦”一句，也是前人未曾说过的，有它突出的创造性。（百花文艺出版社 1980 年出版）

十五、吴熊和：……李清照论词鄙薄柳永“词语尘下”，这（指“莫道”句以下）三句就是柳词“衣带渐宽终不悔，为伊消得人憔悴”

之意，表示思念之深。但表达时屏绝浮花浪蕊，选择了不求秾丽、自甘素淡的菊花，既是重九即景，又象征着一种高雅的情操。以它自比，温柔蕴藉，又绝无浮薄之嫌，更能反衬出作者不同凡俗的高标逸韵。(《唐宋诗词探胜》，浙江文艺出版社 1983 年 10 月出版)

十六、刘乃昌：全词是用洗练、本色的语言，写出经过艺术加工的真实日常生活图景，以显示自己的内心感情。上阕是写九月九日重阳佳节由白昼到深夜一整天的生活感受。什么感受呢？就是首句顺笔带出的一个“愁”字。“薄雾”、“浓云”勾画出一种暗淡阴沉天气，烘染出一种沉郁气氛。在这种氛围中，独守深闺，备觉无聊，深感度日如年，故曰“永昼”，这漫长的白昼，着实令人发愁啊！只好点燃香炉中的瑞脑，来消磨这难熬的时光。可恰又碰上重阳佳节，古人云：“每逢佳节倍思亲”(王维《九月九日忆山东兄弟》)。别人也许全家兴冲冲地郊游登高，自己却独对良辰佳景虚度光阴，亲人又同谁酌酒赏菊呢？“销”字表明岁月漫长，“又”字表明与亲人离别已久，独过佳节已非一回，两句无不贯注着愁思。“玉枕纱橱”写闺房陈设，兼点出秋夜就寝情状。夜半凉意透帐，寒气侵骨，则通宵怀人失眠，辗转反侧，可想而知。“凉初透”的“凉”，不但写出秋气的萧瑟，更反映出诗人心境的凄冷。那么永昼之愁，到深夜变得更浓更深，也就不言而喻了。(《李清照词鉴赏》，齐鲁书社 1986 年 4 月出版)

十七、喻朝刚《宋词精华新解》：本篇写的是离愁别恨。就题材而论并无新的开掘，但由于情感真挚，语言秀雅，意象生动，风格含蓄委宛，因而在艺术上颇具特色。词中通过重阳独守空闺、深感寂寞以及黄昏把酒、东篱赏菊等等生活画面，表达了词人“每逢佳节倍思亲”的思想感情。(吉林大学出版社 1988 年 8 月出版)

十八、裴斐：前片写重阳日空闺寂寞，从昼至夜。后片“东篱把酒”系回叙，落笔仍在室内；“有暗香盈袖”，恰好“帘卷西风”，又望见门外东篱之菊，因以自比，遂成绝唱。俞平伯先生于《诗的神秘》一文中问道：“人何以比黄花，岂诗人之面中央正色乎？一可异也。人之瘦怎能与黄花同瘦，比黄花还瘦？二可异也。黄花又瘦在何处，花软叶软，其摇摇之梗软？三可异也。”窃谓人比黄花自然不是比叶比梗而是比花；黄花之瘦，在其花瓣之细长柔弱，自可与女子之纤柔苗条比拟。再则，人比黄花，除突出个瘦字，言外还有自怜与孤芳自赏之意，所以前面先说“莫道不销魂”。令人销魂者，堪与黄花之瘦弱与芳洁相媲之女子也。(《百家唐宋词新话》，四川文艺出版社 1989 年 5 月出版)

十九、余恕诚：结尾“莫道不销魂，帘卷西风，人比黄花瘦”。“帘卷西风”，乍看可有可无，少此一笔似亦无损于诗意。实则不然。四字有“帘卷”、“西风”两个意象。“西风”以凄冷、萧瑟的一面加强了词的情调气氛，“帘卷”构成室内和室外的联系。没有“帘卷”，“人比黄花瘦”就变成单纯比喻。有此一笔，则交待出当帘卷西风之际，词人看到帘外黄花，因物生感迸发出了“人比黄花瘦”这样的心声。显得真切自然，而非作词时强拉来的比喻。又，词中前后两句写人，中间插以“帘卷西风”一句写景物，亦显得跌宕回肠，符合词人千回百转的感情节奏。(《百家唐宋词新话》，四川文艺出版社 1989 年 5 月出版)

二十、吴战垒、吴蓓：这是李清照早期的代表词作之一。以“重阳”为题，抒写佳节怀人的情思……“薄雾浓云愁永昼”，从早晨写起。雾气蒙蒙，浓云蔽日，一个阴霾的坏天气！这一片“薄雾浓云”笼罩住词人的心，使她深深地发起愁来。愁什么呢？“愁永昼”。永昼，一般用来形容夏天的白昼，这首词写的是重阳，即农历九月九日，已到秋季时令，白昼越来越短，还说“永昼”，显然这只是词人的一种心理感觉。时间对于欢乐与愁苦的心境分别具有相对的意义，在欢乐中时间流逝得快，在愁苦中则感到时间的步履是那样缓慢。一个人若对“薄雾浓云”特别敏感，担心白天总也过不完，那么，她的心境定然不舒畅。李清照结婚不久，就与相爱至深的丈夫赵明诚分离两地，这时她正独守空房，怪不得感到日长难捱了。这里虽然没有直抒离愁，但我们仍可透过这层灰蒙蒙的“薄雾浓云”，窥见女词人的内心苦闷……紧接“东篱把酒”一句，“有暗香盈袖”。“暗香”，通常指梅花。“疏影横斜水清浅，暗香浮动月黄昏”，就是北宋诗人林逋咏梅花的名句。这里则以“暗香”指代菊花。菊花经霜不落，傲霜而开，风标与梅花相似，暗示词人高洁的胸襟和脱俗的情趣。同时也流露出“馨香满怀袖，路远莫致之”的深深遗憾。(《李清照作品赏析集》，巴蜀书社 1992 年 9 月出版)

# 玉楼春

红酥肯放琼苞碎①，探著南枝开遍未。不知酝藉几多香②，但见包藏无限意。　道人憔悴春窗底③，闷损阑干愁不倚。要来小酌便来休④，未必明朝风不起。

【注释】

①红酥：这里指色泽滋润的红梅。琼苞：像玉一般温润欲放的鲜嫩梅蕊。

②酝藉：《汉书·薛广德传》："广德为人，温雅有酝藉。"意谓传主宽和有涵容。而在此词中则与下句的"包藏"意思相近。

③道人：《汉书·京房传》："道人始去。"颜师古注："道人，谓有道术之人也。"此词中系作者自称。一说"人"为李清照自指，"道人"，意谓别人这样说我、议论我。憔悴：困顿委靡的样子。

④小酌：随便的饮宴。休：语助词，含有"呵"的意思。便来休：张相《诗词曲语辞汇释》卷三："此犹云快来呵。"

【讲解】

此词当作于宋徽宗崇宁前期、新旧党争反复无常之时；写作地点可能是李格非所居住的"有竹堂"。这年早春，词人的心情很不好，脸色憔悴，打不起精神。回到娘家，一头扎在她作女儿时的闺房，春天来了也懒得出门。因为自己愁闷不堪，尤其不愿再去凭栏遐想。但是对于她"手植"的那株江梅，却一直像老朋友一样放在心上，并时不时地前来探望。

有一天，她发现，这株红色的江梅，仿佛在刹那间，从花苞中绽开了靓丽的笑脸，从而表达它对自己的"无限"情意。李清照的这首《玉楼春》，不是一般的咏梅词，而是把梅作为与自己患难与共的朋友，向"她"倾吐自己的内心隐秘。具体说来，此词的用意涉及到这样两个方面：一是，“道人”自叹形容憔悴，其愁闷已经到了无以复加、不敢再倚栏想望的地步；二是，“道人”为含苞欲放的“南枝”（梅）的命运担心——一旦风暴袭来，未曾开遍的花苞，也难免玉殒香消。结拍二句的意思当是：作者对红梅说，要来饮酒就快来呵，说不定明早风暴一起，你我都要遭殃。

所以，此词的题旨，当是借对红梅未来命运的关注，寄寓了作者本人因受新旧党争株连，朝不保夕的身世之叹。

【辑评】

一、清朱彝尊《静志居诗话》卷十八：咏物诗最难工，而梅尤不易。林君复“雪后园林才半树，水边篱落忽横枝”，此为绝唱矣。他如“疏影横斜水清浅，暗香浮动月黄昏”，仅易江为二字，以“竹”、“桂”为“疏”、“暗”，是妙于点染者。馀如苏子瞻“竹外一枝斜更好”，高季迪“薄暝山家松树下”，亦见映带之工。高续古绝句云：“舍南舍北雪犹存，山外斜阳不到门。一夜冷香清入梦，野梅千树月明村。”可谓传神好手。朱希真（当指朱敦儒）词：“横枝清瘦只如无，但空里、疏花几点。”李易安词：“要来小酌便来休，未必明朝风不起。”皆得此花之神。

二、邱俊鹏：……现存李清照词中，有好几首咏梅之作。这些作品，不仅不落前人窠臼，就是每首之间也手法不一，各呈异彩。这首写红梅的《玉楼春》，不论是对物象的摄取，物性的刻画，还是抒发主人公情怀的寄寓，都深深打上了作者在某种特定环境中的审美情趣和典型感受，而表现了她在艺术上的创新精神……这首词在艺术上的另一个特点，是在咏物时，既不是明确地融抒情主人公之性格特征与遭遇于所咏之物的形象和物性之中，也不取拟人化的手法，也不是简单地以所咏之物兴起抒情主人公在特定时、地的思绪与联想，更不像某些通常咏物之作，上阕写物，下阕抒情。而是让所咏之物与抒情主人公精神交通，以一“探”字贯穿全词，由梅之美而“探”，由“探”而得其内蕴，而担心其飘零。物引起人之情思，人怜惜物之命运。是怜物，还是叹己？只好让读者读后自去体会了。（《李清照词鉴赏》，齐鲁书社 1986 年 4 月出版）

三、魏同贤：能得梅花之神自属上乘之作，这是不言而喻的，可此词的传神之句却又决不仅仅是“要来”两句。实际上，作者出手便不俗。首句以“红酥”比拟梅花花瓣的宛如红色凝脂，以“琼苞”形容梅花花苞的美好，都是抓住了梅花特征的准确用语，“肯放琼苞碎”者，是对“含苞欲放”的巧妙说法。上片皆从此句生发。“探著南枝开遍未”，便是宛转说出梅花未尽开放。初唐时李峤《梅》诗云：“大庾敛寒光，南枝独早芳。”张方注：“大庾岭上梅，南枝落，北枝开。”如今对南枝之花还须问“开遍未”，则梅枝上多尚含苞，宛然可知。三、四两句“不知酝藉几多香，但见包藏无限意”，用对偶句，仍写未放之花，“酝藉”、“包藏”，点明此意。而“几多香”“无限意”，又将梅花盛开后所发的幽香、所呈的意态摄纳其中，精神饱满，亦可见词人的灵心慧思。(《唐宋词鉴赏辞典——唐·五代·北宋》，上海辞书出版社 1988 年 4 月出版)

四、肖瑞峰：……在无法排遣的幽伤中，作者视梅花为同调，引梅花为知己，不仅以微吟相狎，而且举杯相邀，试图共饮一醉。“未必明朝风不起”，既是邀饮的劝语，也袒露了作者对梅花及自己未来的命运的忧心：一旦狂风袭来，便不免红消香殒。既然如此，何不相对小酌，互慰愁肠，这里，表面的故作达观终究掩盖不住作者的内心怅触……作者深谙“离形得似”的艺术哲理，除上片首句点染梅花之形外，其馀都以触处生春的诗笔摹写梅花之神，将这花的精灵刻画得那样生动，仿佛在字里行间呼之欲出。而且，有异于一般的咏物诗词，作者不是简单地袭用古老的比兴手法来托物寄意，而是将梅花这一所咏之物当作自己的同类，互相敬慕，互相爱怜，即不仅将梅花人格化，而且将它个性化。至于作者之所以视梅花为知己，不言而喻，正因为高洁的梅魂与她超尘拔俗的情操两相契合。显然，在众多的咏梅诗词中，李清照此词是别具一格的。由此“一斑”，可略窥作者“尖新”的风格特征。(《李清照作品赏析集》，巴蜀书社 1992 年 9 月出版)

五、孙崇恩《李清照诗词选》：……这首《玉楼春》上阕描写红梅的形态美和内在美，赞美红梅欲放未放，含而不露的无限情意和蕴藏着沁人心脾的几多幽香；下阕描写赏梅心怀，委婉曲折地表现了女词人爱梅惜梅的心境和惜春叹春的情思。全词委婉含蓄，耐人寻味，思致巧成，使红梅的形神美和女词人的情意美融为一体，从而表现出李清照咏梅词不主故常，努力创新的艺术追求。(人民文学出版社 1994 年 12 月出版)

六、刘瑜《李清照词欣赏》：沈雄《古今词话》云："紧要处，前结如奔马收缰，须勒得住，又似住而未住；后结如众流归海，要收得尽，又似尽而未尽者。"此词前结，"但见包藏无限意"，如"奔马收缰"，"似住而未住"，有"水穷云起"，带出下意之妙。结句"要来小酌便来休，未必明朝风不起"，从时间上说，照例丈夫应该归来赏梅；从情理上说，她愁情缱绻，痛苦难挨，丈夫也应该归来，以慰双撑盼眸；从天气上说，明早风起，将很难看到梅花，故归来饮酒赏梅，似"众流归海"，势在必然。但究竟归与不归，令人骋想无极，乃有"似尽而未尽"之妙。馀韵缭绕，悠悠不绝。(民族出版社 1997 年 4 月出版)

## 行香子

### 七　夕

草际鸣蛩[①]，惊落梧桐，正人间、天上愁浓。云阶月地[②]，关锁千重。纵浮槎来，浮槎去，不相逢[③]。

星桥鹊驾[④]，经年才见，想离情、别恨难穷。牵牛织女[⑤]，莫是离中。甚霎儿晴，霎儿雨，霎儿风[⑥]。

【注释】

①蛩：蟋蟀。

②云阶月地：指天宫。语出杜牧《七夕》诗。

③"纵浮槎"三句：张华《博物志》记载，天河与海可通，每年八月有浮槎，来往从不失期。有人矢志要上天宫，带了许多吃食浮槎而往，航行十数天竟到达了天河。此人看到牛郎在河边饮牛，织女却在很遥远的天宫中。浮槎：指往来于海上和天河之间的木筏。此三句系对张华上述记载的隐括，借喻词人与其夫的被迫分离之事。

④星桥鹊驾：传说七夕牛郎织女在天河相会时，喜鹊为之搭桥，故

称鹊桥。韩鄂《岁华记丽》卷三引《风俗通》："织女七夕当渡河，使鹊为桥。"

⑤牵牛织女：二星宿名。《文选·曹丕〈燕歌行〉》："牵牛织女遥相望。"李善注：《史记》曰"牵牛为牺牲，其北织女，织女，天女孙也"。曹植《九咏》注曰："牵牛为夫，织女为妇。织女、牵牛之星各处一旁，七月七日得一会同矣。"

⑥甚霎儿："甚"是领字，此处含有"正"的意思。霎儿：一会儿。

【讲解】

此词为《乐府雅词》所载，后世版本亦多所收录，系李清照所作无疑。词题作《七夕》则是根据《历代诗馀》，此题与词中所写牛郎、织女故事相合。牛郎、织女，简称"牛女"。

自《古诗十九首·迢迢牵牛星》以来，历代以牛女为题材的文学作品多不胜数。对于牛女的身世，《荆楚岁时记》是这样记载的："天河之东，有织女，天帝之子也。年年织杼劳役，织成云锦天衣，天帝怜其独处，许嫁河西牵牛郎。嫁后，遂废织纴。天帝怒，责令归河东。唯每年七月七日夜，渡河一会……"在同一本书中，还记载了有关七夕的风俗："七月七日为牵牛织女聚会之夜。是夕，人家妇女结彩缕，穿七孔针，或以金银鍮石为针，陈瓜果于庭中以乞巧。"尽管在词人生活的时代，还有"种生"迎七夕等等许多极有诗情画意的风俗，但是作者的着眼点不在这里。从词中的结穴之句"甚霎儿晴，霎儿雨，霎儿风"来看，此作大致产生于这样的背景之下：

苏轼去世以后，北宋末年的新旧党争并未消停。所谓旧党人物及其子弟、亲属也相继被驱逐出京。这种争斗和较量的结果，就是走马灯似的官吏升降。崇宁年间的这种政要的频繁更迭，活像嫔妃们一上一下地打秋千，又像是儿童玩儿的跷跷板运动。"甚霎儿"三句，就是对这种混乱而动荡的政治态势的极具讽刺意味的写照。其妙处在于词人能把自然界实实在在的天气变化，与社会政治风云变幻绾合得天衣无缝。谁都知道，七夕期间，天气总是一会儿雨，一会儿晴。民间认为那是织女时哭时停的阵阵泪水洒向人间。李清照婚后不久，崇宁年间的政治风云同样变幻莫测。所以，此词结拍三句，当不单纯是修辞学上的一语双关，从社会心理层次上看，它多么巧妙地传达出了词人的心声！

时序和政治、心理背景搞清了，此词的题旨便可迎刃而解。起拍三句意谓：就像那草丛中蟋蟀的叫声惊得桐叶纷纷飘落，朝廷的风吹草动也殃及到了无辜者。由于党争的株连，把一对志同道合的新婚夫妇变成了常年分离的人间牛郎织女，彼此间阻隔重重，难以“相逢”。在“人间”的词人，其翁舅很有权势，却使她感到失望和寒心；在天上，正因为作为织女祖父的天帝的权势至高无上，牛女才被迫分居天河东西两岸，使“两处”都愁苦不堪。这种情况用“正人间天上愁浓”加以写照，再恰当不过。接下去的“云阶”二句，字面上是说天宫中“关锁千重”，实际上，“人间”又何尝不是这样！是时词人的命运正为党争所左右——争斗加剧，她就与娘家人一起遭殃；稍缓似可回到“人间”的“云阶月地”——御赐府司巷的赵相府邸。这当是词中“浮槎来，浮槎去”的旨意所在。

至于词人回到汴京后，为何仍与“人间”的牛郎赵明诚“不相逢”，这又可能涉及到二人由亲密到疏远的感情变化。在一夫多妻制的封建社会，特别是在纳妾盛行的宋代，又怎能设想赵明诚会像“天上”的牛郎那样，永远保持着对“人间”的织女李清照的如同初婚之爱呢？这一切，当是此首《行香子》的一种可想而知的政治文化背景。这种背景还同时反映在“浮槎”数句的出典上——天上的牛女名为夫妻，实被分离。这个典故本身简直就是崇宁中期，赵、李之间实际境况的写照。

【辑评】

一、清况周颐《〈漱玉词〉笺》：《问蘧庐随笔》云，辛稼轩《三山作》“放霎时阴，霎时雨，霎时晴”脱胎易安语也。

二、邓魁英《说〈行香子〉》：这首词据《历代诗馀》题作“七夕”，写的是牛郎织女七夕相会的事。这本是历来骚人墨客反复吟咏的题材，但李清照却能翻出新意。在词中她表达了对牛郎织女的同情，并通过写牛郎织女的会少离多，抒发了对自己丈夫赵明诚的思念之情……词的上片写牛郎织女相会之难。作者从写景开始，首先点出七夕的时序特征：“草际鸣蛩，惊落梧桐”，草间蟋蟀轻轻地鸣叫着，鸣声虽弱却惊得梧桐树的叶子飘然而下。“一叶知秋”，说明这时已经到了初秋时节。作者不直接说出这时已经是秋天，而是利用草间蟋蟀的鸣叫和梧桐树叶的凋落，来显示秋天的来临。本来在自然界中代表着初秋节令特征的景物是很多的，而作者只选择了蛩和叶这两种东西，只写了蛩鸣和叶落这两种现象。蛩鸣有声响，叶落是动态，虽只寥寥数字，却有声有色地展现了一派生动的初秋景象。可见作者捕捉形象的能力，刻画景物的技巧是十分高超的。在词中作者特意把不相关连的蛩鸣和叶落两种自然现象联结起来，说是草间蟋蟀的鸣叫声惊得梧桐树上的叶子飘落了下来。落叶是在告知人们秋季的来临，而提醒叶子凋落的却是鸣蛩。在作者的笔下，无情的草虫和树叶都成了对节令很敏感的有情之物。其实，这样的艺术处理恰恰是说明了作者对于秋天的来临是最为敏感的。作者开头写鸣蛩和落叶用的是轻笔淡墨，但逗出来的下一句却是："正人间天上愁浓"，是深厚、浓重的忧愁。秋景之清与人愁之浓，显得很不调谐，作者正是要利用这种不调谐来突出整个词的核心——"愁"的。所谓"天上"的愁，是指牛郎织女的别恨离愁；"人间"的愁，当然指的是作者的情绪了。作者因蛩鸣和叶落而引起的愁"不是悲秋"，不是因季节变异而产生对时光流逝的感叹，她同天上一样也是一种别恨离愁。在天上，牛郎织女一年才得一次短暂的相聚，所以愁；在人间，作者和她的丈夫赵明诚人分两地，不能朝夕相共，所以愁。这里，作者巧妙地把人间和天上沟通起来了，用牛郎织女隐喻自己和丈夫。因之，在下文里，说天上实际也就是在说人间，是意在强调人间夫妻也和天上的牛女一样重逢非常不易。"云阶月地，关锁千重"，是说牛郎织女所住的天宫里门禁森严，那层层的关卡，他们是无法逾越的。(《李清照词鉴赏》，齐鲁书社 1986 年 4 月出版)

三、王思宇：下片引神话传说写牛、女事，仍是作者仰望银河双星时浮现出来的想象中的天上世界。传说夏历七月七日夜群鹊在银河衔接为桥渡牛、女相会，称为"鹊桥"，也称"星桥"。唐李商隐《七夕》诗"星桥横过鹊飞回"，所咏即此。"驾"，这里意同架。分别一年，只得一夕相会，离情别恨，自然年年月月日日，永无穷尽。"想"字包含着对牛、女的痛惜、体贴和慰藉意，还起着逗出下文的作用。正当人们悲慨牛、女常年别离时，刚刚相会的他们，又在别离了。"莫是离中"的"莫"为猜疑之词，即大概、大约之意。结尾三字用一"甚"字总领，与上片末三句句式相同，为此词定格。"甚"这里是时间副词，作"正当""正值"的"正"解释。"霎儿"是口语，指短暂的时间，犹言一会儿。几句意谓，天这么一会儿晴，一会儿雨，一会儿又刮风，大约织女、牵牛已在分离了吧？这几句语意双关，构思新颖：用天气的阴晴变化，隐喻人的悲喜交集，由喜而悲；而风起云飞，双星隐没，又自然使人想到牵牛、织女的含恨别去。叠用三个“霎儿”，逼肖烦闷难耐声口，写得幽怨不尽。（《唐宋词鉴赏辞典——唐·五代·北宋》，上海辞书出版社 1988 年 4 月出版）

四、孙崇恩《李清照诗词选》：上阕描写牛郎织女相会之难，下阕描绘牛郎织女相会机会难得的情景。上下阕结构句式排叠，具有形式美、音乐美、意境美，它以突出天气忽晴忽雨的骤然变化，隐喻时局风云的急剧动荡；借牛郎织女远隔云阶月地、莽莽星河不得相会，隐喻女词人与丈夫身处异地、心相牵念的离愁；用牛郎织女鹊桥相会、瞬间离别，隐喻女词人与丈夫在急剧变乱中的别恨，想象丰富，思致微妙，含蓄不露，发人深思。昔人咏节序，以牛郎织女故事为题材者不计其数，付之歌喉者，类多率俗。此词不落俗套，独有创新。作者以自身的真切生活感受，借七夕牛郎织女的故事，通过艺术形象把人间天上融为一体，创造了虚幻与现实相结合的优美的艺术境界，表现了人间夫妻的离愁别恨，抒发了女词人在时代变乱中离愁别恨难穷的痛苦之情。（人民文学出版社 1994 年 12 月出版）

五、刘瑜《李清照全词》：……万籁声繁，作者何以选取“蛩”鸣？因为“蛩”，蟋蟀，又名促织，这与织女的辛勤劳作密切联系起来。均可见作者选材的典型性……寄托，是此词的主要艺术特色，写离情别绪而不直陈，通过“七夕”牛女相会的神话故事婉转曲达。刘熙载《艺概·词曲概》云：“词之妙，莫妙于以不言言之，非不言也，寄言也。如寄深于浅，寄厚于轻，寄劲于婉，寄直于曲，寄实于虚，寄正于馀，皆是。”此词是“寄直于曲”，“寄实于虚”，写牛女的天仙事，寄托自己怀念丈夫的缱绻愁情，堪称佳构，含蓄而有思致。此词在写“天上愁浓”之前着“人间”一词，这一笔极为精彩。这一笔既轻又重。言其轻者，落墨少而淡，只轻微一点即收住，全词馀处不着“人”事；言其重者，二字起揭示题旨的重要作用，是全词的关捩。没有它，词旨则变为歌颂牛女爱情的忠贞了……（山东友谊出版社 1998 年 1 月出版）

## 小重山

春到长门春草青①，江梅些子破②，未开匀。碧云笼碾玉成尘③，留晓梦，惊破一瓯春。　花影压重门，疏帘铺淡月，好黄昏。二年三度负东君④，归来也，著意过今春⑤。

【注释】

①“春到”句：用五代薛昭蕴同调词之成句。长门：汉宫名。武帝陈皇后被废谪后，退居长门宫。后用为失宠后妃居住之地。

②些子：少许，一点儿。

③碧云：这里指青绿色的团茶。玉成尘：指茶饼被碾成碎末。

④东君：本为《楚辞·九歌》篇名，以东君为日神。此处指美好的春光。

⑤著意：即着意，用心的意思，犹《楚辞·九辩》“惟著意而得之”之谓。

【讲解】

此词之写作背景大致是这样的：宋崇宁二年（1103年），诏禁元祐党人子弟居京。此后，李清照不得不离开汴京回归原籍。至宋崇宁五年（1106年）春，诏毁《元祐党人碑》，继而赦天下，解除党人一切之禁，李清照遂得以回京。从离京到回京，恰好历时二年，梅开三度。回到汴京的李清照，政治株连之苦得以缓解，原想快快活活地过个春天，不料又蒙受了类似于长门之怨，其况味恰与五代“花间”词人笔下的宫怨词词意相合，所以顺手拈来他人之成句，嵌入己作，借以遣怀。

对于李清照研究做出重要贡献的黄盛璋和王学初二位先生，在其各自的著作中均一再指出：赵明诚不曾“负笈远游”，也没有离京外出做官；后来，笔者又根据新发现的有关史料，提出李清照曾被迫离京的见解；近期，启功先生将自己收藏的赵明诚手泽俯允后学经眼、复制，从而证实其新婚不久的崇宁年间赵氏确在汴京任职……

基于上述人事背景，对此词结拍二句的“归来也，著意过今春”，当作如是解——此系李清照从原籍归来，并不是她“招魂”似的呼唤丈夫“快回来呀!”此二句是紧承前文的作者自诉，意谓她已经无可奈何地辜负了三个春天的大好时光，今年这个春天，在她手植江梅乍开还未开遍的时候，自己回到了阔别整整二年的汴京及丈夫身边，心里多么希望好好地过个春天啊!

【辑评】

一、清况周颐《〈漱玉词〉笺》：《问蘧庐随笔》云，荆公《桂枝香》作名世，张东泽用易安“疏帘淡月”语填一阕，即改《桂枝香》为《疏帘淡月》。

二、林家英、庆振轩《〈小重山〉赏析》：一首小词，明白如话，以口头语写眼前景、心中情，只于淡笔素描中，略加点染，将女词人朝暮之间如梦如痴的心绪，浓缩在不到六十字的短小篇幅之中。在写景、叙事、抒情的水乳交融之中，写得曲尽情致，耐人寻味，有自然隽永之趣，无忸怩卖弄之态，足见李清照在抒情词创作上词心的灵锐及其驾驭语言的功力。如首句“春到长门春草青”，直接用前人成句。被当时人赞为“才力富赡”的李清照（见王灼《碧鸡漫志》）本可自铸新句，为什么偏要引用他人成句呢？依笔者浅见，可能出于对这个情景相生的妙句珍爱和灵犀相通的共鸣。句中“春”字重用，又以极富色彩感的“青”字点染初生的春草……词的下片，描写黄昏景色“花影压重门，疏帘铺淡月”，用“压”字状映照在重门之上的花影分量，用“铺”字状天边淡月透过疏帘映照内室的清辉，意蕴丰富而美妙，是词史上公认的名句。天上的月，月下的花，本来和人没有直接的联系。只是当它们介入女词人的生活氛围，花影映照重门，疏帘铺洒月色的时候，便和词心灵锐的女词人产生了感情上的交流……（《李清照词鉴赏》，齐鲁书社 1986 年 4 月出版）

三、王思宇：……“江梅”，遗核所生，非经人工栽培，又名直脚梅，也称野梅，初春开红白色花。陈谢燮《早梅》诗：“迎春故早发，独自不凝寒。”梅可以说是早春的标志。“些子”犹言一些，即少量之意。“未开匀”谓还未普遍开放，此与唐代诗人杨巨源《城东早春》“绿杨才黄半未匀”意趣相同。惟其“未开匀”，所以特别新鲜可爱，使人感觉到春天已经来临。这三句既是写景，也是在写作者的惊喜、赞美之情。下面接写饮茶。宋人将茶制成茶饼，饮用时须用茶碾碾成细末，然后煮饮。“碧云笼碾”即讲碾茶。“碧云”指茶叶之色。“笼”指茶笼，贮茶之具。宋庞元英《文昌杂录》云：“（韩魏公）不甚喜茶，无精粗，共置一笼，每尽，即取碾。”……下片并没按照时间顺序接写日间，而是一下过到黄昏。上片重点写花，下片重点写月。“重门”即多层之门。天刚黄昏，月儿即来与人作伴，淡淡的月光，照在稀疏的门帘上，花影掩映，飘散出缕缕幽香，春日的黄昏，是这样恬静，这样香甜，难怪作者止不住要热烈赞叹：“好黄昏!”这是写景，但景中却有一个人——作者。正是她，此刻正在花前月下徘徊流连，沐浴着月之清辉，呼吸着花之清香……（《唐宋词鉴赏辞典——唐·五代·北宋》，上海辞书出版社1988年4月出版）

四、罗忼烈：……他若《小重山》以薛昭蕴“春到长门春草青”之句起调，虽稍优于前作（指李清照《临江仙》），亦未足以连镳原制也。且原制为宫词，故用长门事，安能因利乘便耶？（《百家唐宋词新话》，四川文艺出版社1989年5月出版）

五、徐北文《济南名士丛书·李清照全集评注》：此词当为易安南渡前的作品。写女主人早春思念丈夫，盼望早日归来共度今春的迫切心情。上片含蓄，下片直率，相映成趣。情景相间，以景托情。意境开朗，感情真朴。与易安写离情别绪的词相比，迥异其趣。琢炼字句精工绝妙。“花影压重门，疏帘铺淡月”，用一对偶句写黄昏的良辰美景，增加词的建筑美。虽然庭院里的梅花尚未开匀，花的影子斑斑驳驳，映在重重的门上，似乎沉沉地压下来。清淡的月光洒在稀疏的帘子上，显得那么凝重，就像铺在上面一样。“压”、“铺”两个动词用得生动形象，颇有神韵……（济南出版社1990年12月出版）

六、孙崇恩《李清照诗词选》：这首词可能是李清照于汴京所作。上阕描写早春室外春色和室内煮茶忆梦的生活，含蓄蕴藉，情意深微；下阕描写夜晚迷人景色和与丈夫重归汴京共度美好春光的情怀，妙笔点染，神思飞扬。从首句直用薛昭蕴《小重山》词的首句和末句直抒“二年三度负东君，归来也，著意过今春”之情意来看，表现了词人惜春惜花之情和久别初聚之乐。（人民文学出版社 1994 年 12 月出版）

七、刘瑜《李清照全词》：上片，含蓄。虽然也是写景写情，但读者难以一眼破的，其妙谛是在不言之中的。“长门”是代表冷宫的，意味着赵明诚离去后，她心际曾是寂寞愁苦的。“留晓梦”，隐含她对丈夫的深切思念之情。下片，直率。写景抒情，径摅胸臆，一泻无馀。如春日江河，欢腾而下，一气贯注。含蓄直率相映成趣……上隐下露，上含蓄下直率这种构思方法妙在何处？好比一个卓越的魔术师，先用一块魔毯铺在地上，而这毯子的中间随着他那魔术棒的上指而拱起，但里面是什么东西，却令人神思飞越，想入非非。观众屏住呼吸，急不可待，不弄个究竟决不善罢甘休，这就是含而不露的魅力。当观众的神魂狂腾，抓耳挠腮，心里憋闷得慌的时候，魔术师见机将魔毯一揭，里面尽是一些瑰宝，五光十色，璀璨夺目，观众一饱眼福，审美的心理得到了极大的满足，无不拍手称绝，流连忘返，这便是露的欢跃。我觉得李清照上隐下露的构思方法，之所以取得特殊的艺术效果，与上面魔术师的魔术那样扣人心弦是有相似之处的。此词，格调欢快，意境开朗，色彩鲜明，感情真朴，生活色彩浓厚，字里行间流露出苦心孤诣、孜孜追求的愿望即将要实现的那种喜悦乐观的情绪。与李清照那些写离愁别苦的词相比，格调迥异。（山东友谊出版社 1998 年 1 月出版）

## 满庭芳

小阁藏春，闲窗锁昼，画堂无限深幽。篆香烧尽[①]，日影下帘钩。手种江梅渐好[②]，又何必、临水登楼[③]。无人到，寂寥浑似[④]，何逊在扬州[⑤]。

从来，知韵胜[⑥]，难堪雨藉[⑦]，不耐风揉[⑧]。更谁家横笛[⑨]，吹动浓愁。莫恨香消雪减，须信道、扫迹情留[10]。难言处、良宵淡月，疏影尚风流。

【注释】

①篆香：对盘香的喻称。

②江梅：此指梅中上品，非泛指江畔、水边之梅。

③临水登楼：王粲于湖北当阳“登兹楼以四望”，作《登楼赋》。

④浑似：完全像。

⑤何逊在扬州：语出杜甫《和裴迪登蜀州东亭送客逢早梅相忆见寄》的“东阁官梅动诗兴，还如何逊在扬州”之句。

⑥韵胜：优雅。

⑦难堪雨藉：难以承受雨打。

⑧不耐风揉：《乐府雅词》卷下、《梅苑》卷三、《全宋词》第二册均作“不耐风柔”，“柔”字不通，故改。

⑨横笛：汉横吹曲中有《梅花落》。

⑩扫迹：语见孔稚珪《北山移文》“乍低枝而扫迹”。原意谓扫除干净，不留痕迹。此处系反其意而用之。

【讲解】

此词大约写于崇宁四五年间，是时作者二十三四岁。她在政治上所受株连刚刚得到解脱，从原籍返回汴京后，又可能遭到当时妇女难以避免的婕妤之悲。于是她不得不回到在娘家居住的“小阁”。此词虽语调平缓，文字从容柔曼，但其语义深层却包含着无限幽怨，酷似为自己写的《长门赋》!

这首《满庭芳》，后人以为是专咏残梅，实际是作者以之自况。词中的“小阁”和“篆香”，是读者所熟悉的词人的闺房和房中陈设之物。至于所谓“无人到”的“人”，也是词人专用于对赵明诚的昵称，当与“念武陵人远”、“人何处”的“人”同义。所谓“无人到”，就是作者埋怨丈夫应该到而不到她身边来。这从此句前后所用的明暗两个典故可以得到印证——

一个是“临水登楼”，一个是“何逊在扬州”。前者旨在强调主人公虽然心情很不好，但却不同于写《登楼赋》时的王粲。彼时，王粲的襟中块垒是怀才不遇和思乡之戚。而词中的女主人公，也就是生活中李清照的化身，那时她并没有什么家国之思。在汴京失陷，她由青州到江宁，产生了家国之思后所写的《鹧鸪天》，其中便说自己也有与王粲同样的“怀远”之情。因为这种感情，不存在不可告人的问题，真正使她难以启齿的是藏在“何逊在扬州”背后的典事。词人的睿智和苦衷也恰恰表现在对这一故实的婉转借取上。

但是，以往在注释“何逊在扬州”一句时，只为它在杜甫诗中找到了出处，对它在李词中的用意却未求甚解。这就无从了解词人的心情，也找不到其“寂寥”的真正原因。如果联系作者可能有过“婕妤之叹”的身世加以品味，则不难发现：原来词人是借何逊的《咏早梅》诗，来表达自身的难言之隐。因为何逊诗中有这样几句：“朝洒长门泣，夕驻临邛杯。应知早飘落，故逐上春来。”这类诗句，即使出自像何逊、杜甫那样著名的男性作者之手，也不外乎“美人香草”之喻，而对于女词人李清照来说，则具有真实感人的身世之慨。她此时与失宠的陈阿娇和被弃的卓文君当有某种同病相怜之处，所以她特别声明：自己的内心况味，与因其貌不扬，加之体弱，不为荆州刘表重用而产生桑梓之念的王粲不同，故云“又何必临水登楼”。所以，此词上片的“无人到”以下三句，似可直译为：丈夫不到身边来，使自己产生冷落、孤独的寂寞之感，简直就同何逊在扬州所写的《咏早梅》诗中的，被废居长门宫的陈皇后，和被因献赋得官欲娶茂陵女子为妾的司马相如遗弃的卓文君的心情完全一样。

词之下片的蕴寓之意大致是，谁都知道，从来都是以梅自况的作者，她也与其“手种江梅”一样，以皎洁风雅取胜。由于所处环境优越，便经不起风雨的摧残。尽管如此，尽管“江梅”也有因失去白雪的映衬而香消色褪、甚至随风飘落之时，但因其浓香彻骨，即使将落花扫掉，却仍留有香气和情韵。这正如一对曾经沧海的夫妻，尽管经历挫折却仍不忘旧情。这一切“难言处”，待到“良宵淡月”时，其“风流”、“韵胜”，就像月色朦胧中的“江梅”、“疏影”一样，更加神采奕奕。

【辑评】

一、邱俊鹏《读〈满庭芳〉》：词的下阕即从见梅而动诗兴，过渡到咏梅。先用逆笔，言人只知梅以韵胜，只知赏梅，却不知梅亦禁不住风雨的揉践、侵凌，不知爱梅，更不懂惜梅。从而流露出诗人爱梅、惜梅的一贯思想和感情。正由于这种爱与惜，诗人才面对即将飘零的梅花，倾吐出真挚的心声：“莫恨香消玉减……疏影尚风流。”而“莫恨”、“须信道”、“难言处”，层层转折，愈转愈深，表现出诗人对梅的深切抚慰与无限倾慕、眷恋之情，以及其健康、高尚的审美情趣，而一扫词的上阕那种孤寂、索寞的情调。全词就这样以“手种江梅渐好”为枢纽，以何逊见梅而动诗兴作为过渡，把词的上阕主要写人，下阕主要咏梅紧密地联系起来。特别是词的下阕，从爱梅、惜梅，到安慰梅，而坚信“疏影尚风流”，不仅表现抒情主人公与梅情感交流，而且达到人梅难分的境界了。不是吗？“疏影尚风流”是梅特有的姿质，恐怕也是诗人的写照吧！(《李清照词鉴赏》，齐鲁书社 1986 年 4 月出版)

二、徐北文《济南名士丛书·李清照全集评注》：此词当为清照南渡前的词作，是首咏梅词。作者将梅放在人物的生活、活动中加以描写和赞颂，把相思与咏梅结合起来，托物言情，寄意遥深。用了大量的虚词：“更”、“又”、“何必”、“从来”、“莫”、“须”、“尚”等呼应传神，转折达意，跌宕多姿，是此词在艺术表现方面的另一特色。(济南出版社 1990 年 12 月出版)

三、谢桃坊：古人爱尚雅洁的都喜焚香。篆香当是中古时代一种高级的盘香，径有二三尺，烧的时间很长。篆香烧尽，表示整日的时光已经流逝；而日影移到帘钩，说明黄昏将近了。从所描述的小阁、闲窗、画堂、篆香、帘箔等情形推测，抒情女主人公是生活在上层社会中的妇女，富贵而安闲；但环境的异常冷清寂寞也透露了其生活不幸的消息……上阕词的结尾，由赏梅联想到南朝文人何逊迷恋梅花的事，使词情的发展向借物抒情的方向过渡，渐渐进入作者所要表达的主旨。何逊(约 480~520 年)是南朝梁代著名的文学家。他的诗情辞宛转、意味隽美，深为唐宋诗人杜甫和黄庭坚所赞赏。梁代天监年间，他曾为建安王萧伟的水曹行参军兼记室，有咏梅的佳篇《扬州法曹梅花盛开》(亦作《咏早梅》)。清人江昉刻本《何水部集》于此诗下注云：“逊为建安王水曹，王刺扬州，逊廨舍有梅花一株，日吟咏其下，赋诗云云。后居洛思之，再请其任，抵扬州，花方盛开，逊对花彷徨，终日不能去。”何逊对梅花的一片痴情，是其寂寞苦闷心情附着所致。杜诗有“东阁官梅动诗兴，还如何逊在扬州”(《和裴迪登蜀州东亭送客逢早梅相忆见寄》)。清照用何逊之事，又兼用杜诗句意；按她的理解，何逊在扬州是寂寥的。她在寂寞的环境里面对梅花，遂与何逊身世有某些共鸣之感。词人善于摆脱一般咏物之作胶着物态、敷衍故实的习径，而是笔端充满丰富的情感，联系个人身世，抒发对残梅命运的深深同情。宋人关于梅花的品赏存在两种相反的见解。陈善引友人之语谓“格高似梅花，韵胜似海棠”(《扪虱新话》下集卷一)。范成大说“梅以韵胜”(《梅谱后序》)。韵指色泽美艳，格指格调意趣。我们从古人咏梅之作的情形来看，基本上都是赞美梅之格调高的，与牡丹、芍药、海棠等比较起来不如它们的韵胜。但似乎“梅以韵胜”之说仍有一定的影响。清照实际上是认为梅之格高的。“从来，知韵胜”，是她暂且按一般的或传统的对梅的看法而言。当然，江梅盛开之时也相对地是色泽美艳的，但清照并不欣赏这点，而是将词笔转向梅花零落之后所显示的格调意趣，“知韵胜”，即知道梅之为花也以韵胜，可是其韵是会很快消失的……“疏影尚风流”是非常精警的句子，突出了梅花格调意趣优雅高远的特点，远非徒以韵胜者之可比拟了。这样的结句，使全词的思想境界达到了一个新的高度。它赞美了一种饱经苦难折磨而仍孤高自傲、对人生存有信心的高尚的精神品格。关于这首词的写作时间，因缺乏必要的线索而无法详考，但从词中所描述的冷清寂寞“无人到”的环境和表现凋残迟暮“难言”的感伤情绪来看，它应是清照遭到家庭变故后的作品。这种变故使清照的词作具有凄凉悲苦的情调。因而在咏残梅的词里，我们不难发现作者借物咏怀，暗寓了身世之感，其主观抒情色彩十分浓厚，达到了意与境谐、情景交融的程度，故难辨它是作者的自我写照还是咏物了。它和清照那些抒写离别相思和悲苦情绪的作品一样，词语轻巧尖新，词意深婉曲折，表情细腻，音调低沉谐美，富于女性美的特征，最能体现其基本的艺术特色。这首《满庭芳》不仅是《漱玉词》中的佳作，也应是宋人咏物的佳作之一。(《李清照作品赏析集》，巴蜀书社 1992 年 9 月出版)

四、孙崇恩《李清照诗词选》：上阕写人。“小阁藏春”以下五句，描写深暗环境，接着“手种江梅更好”两句，抒赏梅之情；“无人到”三句，发寂寞之感。这一阕由闺房而庭院，由赏梅人的环境而抒怀，婉而有致，宕而有序。下阕咏梅。先言梅花“韵胜”，接着笔势急转，写梅花“难堪雨藉，不耐风揉”，怨恨冷风凄雨对梅花的摧残，蕴含爱梅惜梅之情；“莫恨”、“须信道”、“难言处”五句，咏叹梅花孤高不俗、潇洒不羁的风度。这一阕由爱梅、惜梅而咏梅，层层转折，跌宕生姿。全

词赏梅亦自赏，咏梅亦自咏，表现了女词人坚贞不屈、鄙弃庸俗的胸怀。(人民文学出版社 1994 年 12 月出版)

五、刘瑜《李清照全词》：……林（指林逋诗《山园小梅》）、李、陆（指陆游词《卜算子·驿外断桥边》）三首诗词，都是咏梅的诗词，都是托物言志的。林诗托梅花自赞其高雅芳洁；陆词托梅花自喻其高风亮节；李词托梅花赞颂爱情。在各有寄托这点上是相同的。然而林、陆咏梅的诗词，从字面上说通篇都是写梅的。李词则不然，把咏梅放在人物的生活、活动中，加以描写和赞颂，把相思和咏梅结合起来，自成高格，正是易安匠心独运处。(山东友谊出版社 1998 年 1 月出版)

# 多　丽

咏白菊

小楼寒，夜长帘幕低垂。恨萧萧、无情风雨，夜来揉损琼肌①。也不似、贵妃醉脸②，也不似、孙寿愁眉③。韩令偷香④，徐娘傅粉⑤，莫将比拟未新奇。细看取、屈平陶令⑥，风韵正相宜。微风起，清芬蕴藉，不减酴醾⑦。　　渐秋阑⑧、雪清玉瘦，向人无限依依。似愁凝、汉皋解佩⑨，似泪洒、纨扇题诗⑩。朗月清风，浓烟暗雨，天教憔悴度芳姿。纵爱惜、不知从此，留得几多时。人情好，何须更忆，泽畔东篱。

【注释】

①琼肌：指花瓣像玉一般的白菊。

②贵妃醉脸：唐李浚《松窗杂录》记载，中书舍人李正封有咏牡丹

花诗云："天香夜染衣，国色朝酣酒。"唐明皇很欣赏这两句诗，笑着对他的爱妃杨玉环说："妆镜台前，宜饮以一紫金盏酒，则正封之诗见矣。"此句意谓：杨贵妃醉酒以后的脸蛋儿，就像李正封诗中的牡丹花那样娇艳动人。

③孙寿愁眉：《后汉书·梁冀传》："妻孙寿，色美而善为妖态，作愁眉、啼妆、堕马髻、折腰步、龋齿笑，以为媚惑。"

④韩令偷香：韩令，指韩寿。《晋书·贾充传》谓：韩寿本是贾充的属官，美姿容，被贾充女贾午看中，韩逾墙与午私通，午以晋武帝赐充奇香赠韩寿，充发觉后即以女嫁韩。

⑤徐娘傅粉：徐娘，指梁元帝的妃子徐昭佩。《南史·梁元帝徐妃传》："妃以帝眇一目，每知帝将至，必为半面妆以俟，帝见则大怒而去。"傅粉：此处当指徐妃"为半面妆"之故实。

⑥屈平陶令：屈平是屈原的名，字原，又自名正则，字灵均。陶令：指陶渊明，一名潜，字元亮，曾任彭泽令。

⑦酴醾：花名。初夏开白色花。

⑧秋阑：秋深。

⑨汉皋解佩：汉皋，山名，在今湖北襄阳西北。佩：古人衣带上的玉饰。《太平御览》卷八〇三引《列仙传》云："郑交甫将往楚，道之汉皋台下，有二女，佩两珠，大如荆鸡卵。交甫与之言，曰：'欲子之佩。'二女解与之。既行返顾，二女不见，佩亦失矣。"此处当指男子有外遇。

⑩纨扇题诗：纨扇，细绢制成的团扇。班彪之姑班婕妤，有才情，初得汉成帝宠爱，后为赵飞燕所谮，退处东宫。相传曾作《怨歌行》："新裂齐纨素，皎洁如霜雪。裁为合欢扇，团团似明月。出入君怀袖，动摇微风发。常恐秋节至，凉风夺炎热。弃捐箧笥中，恩情中道绝。"这种被弃女子的慨叹，称为婕妤之叹或婕妤之悲。

【讲解】

此首当与《满庭芳》作于同年的春、秋两季。词中除了含有尚未完全化解的政治块垒外，又都平添了对一个少妇来说更难以承受的"婕妤之叹"。

这是一首地道的咏物词，其特别耐人寻味之处，一是"汉皋"以下三句所涉及到的两个典故，分别指男子有外遇、女子被弃捐。二是"人情好"以下三句的寓意所在：其中“泽畔东篱”指代屈原、陶潜两位爱菊的诗人。“泽畔”语出屈原《渔夫》的：“屈原既放，游于江潭，行吟泽畔，颜色憔悴。”其有涉于菊的诗句是：“朝饮木兰之坠露兮，夕餐秋菊之落英。”“东篱”语出陶渊明《饮酒》诗二十首其五的：“采菊东篱下，悠然见南山。”以上三句，字面上是说要是处境好，何必一而再地去回忆屈原、陶潜呢！屈原因为奸邪当道才被流放，陶潜因为不满晋宋之交的黑暗统治才辞官归隐，要是“当今”朝政清明，“我”又何必去回忆屈、陶！然而词人要说的心里话还不止这些，恐怕她是想说：要是夫妻间还像新婚时那么甜蜜美好，我何必去填什么咏菊词呢，更何必在词中使用“解佩”、“纨扇”等与咏菊不相干的有关男遇、女叹之类的典故呢！

从表面看，此词用事用典过于堆砌，几乎成了掉书袋和獭祭鱼，实际很可能是作者故意用一些无关紧要或不相干的故实，来掩盖“泽畔东篱”和“解佩”、“纨扇”这四个涉及她内心创伤的重要故实。

【辑评】

一、清况周颐《珠花簃词话》：李易安《多丽·咏白菊》，前段用贵妃、孙寿、韩掾、徐娘、屈平、陶令若干人物，后段雪清玉瘦、汉皋纨扇、朗月清风、浓烟暗雨许多字面，却不嫌堆垛，赖有清气流行耳。“纵爱惜，不知从此，留得几多时”三句最佳，所谓传神阿堵，一笔凌空，通篇具活。歇拍不妨更用“泽畔东篱”字。昔人评《花间》镂金错绣而无痕迹，余于此阕亦云。

二、潘君昭《〈多丽〉赏析》：此词在《乐府雅词》本中题为“咏白菊”。李清照写这一首词，是因为白菊是高洁的象征。她所钦慕的是爱菊者屈原、陶渊明的高风亮节，并且也借此自抒襟抱，达到咏物见志之目的。上片用反衬手法形容所咏白菊的颜色姿态，借此显出其风度韵致，从而咏赞了屈平（原）和陶潜（渊明）的雅量高标。首四句写秋夜风雨凄其，小楼上帘幕重重，还是抵不住寒气的侵袭。在这漫漫的长夜里，词人所担心的是那庭院中的丛丛白菊花，它的琼肌玉骨，恐怕经受不起冷雨凄风毫不留情的摧残。接着四句举出几个历史人物的品貌特征，说明白菊既不像贵妃醉酒后的脸庞，以娇态媚人，也不像孙寿故意描成纤细弯曲的愁眉，以妖姿惑人，至于贾女私赠给韩寿的奇香的芬馨，还有徐娘半面妆上所涂抹的白粉，更是不足取，不能与白菊相比较。关于本词的艺术手法，是通过上下片内容相对比和首尾相呼应，以写白菊显示出人物的高风亮节，借此透露出作者自身的志向。上片以杨玉环和孙寿等低俗的容止来反衬白菊不同流俗的风采。下片的汉皋仙女和汉宫婕妤乃是从正面来作为白菊的陪衬，“也不似”是从反面说，“似”则是从正面写，而屈原和陶渊明，则是以爱菊者的身份出现，他们的风度韵致也堪与白菊相比拟。另外，全词先从自身感受写起，只恨风雨无情，摧损白菊，末尾仍从自身爱菊收束，深怕芳姿憔悴，做到首尾呼应；末句更进一层，是慰安兼以挽留，意思是说可以不必为苦忆昔人而萎谢化去，此地亦有爱菊之知音。词意至此，拓开意境，以旷达之语道出作者轻视鄙俗，不甘随俗浮沉的志趣，这种首尾相呼应而又在结句开拓词境的写法，使词句显得宛转而多不尽之意。(《李清照词鉴赏》，齐鲁书社 1986 年 4 月出版)

三、陆坚、卫军英：古代咏物之作，常常有所寄托。李清照的这首咏菊词即是一例。词中所咏写的白菊具有一种人格化倾向，她高洁自爱的本质实际上也可看做是作者胸臆的自然流露。因此，作品中所塑造的“白菊”形象，就具有双重意义：既是菊，又是人。作品起句没有直接言菊，而是着笔写人，“小楼寒，夜长帘幕低垂”，是写昨夜景事。“小楼”、“帘幕”都是人的居室，讲“夜长”，讲“楼寒”，则更是人的感受。这种感受暗示出了一种辗转难眠景象，这就很自然地与下面的“恨萧萧、无情风雨，夜来揉损琼肌”相契合了。有人认为这里“琼肌”是特指白菊像玉一样的美好晶莹，虽然所说不无道理，然细加品味犹嫌过于坐实。从我们所说的形象的双重意义上来理解，这里“揉损琼肌”还含有对人彻夜难眠、辗转反侧的呼应。所以说，恨风雨之无情，正是在言人之多情。惟其多情，方始睹物感人，把人情物态两相叠合，赋予了这首咏菊词以特别的意蕴，从而也就使得其下接连运用的一系列以人为中心的历史典故显得贴切自然、入情入理，不觉有生涩之感……从不即不离的角度来说，这首咏菊词，一方面紧扣白菊本身，从不同侧面写其形、意、格；另一方面又自然而然地把白菊的风神雅韵与屈原、陶渊明的超凡拔俗相联系，这就使得咏物之情不拘泥于物象本身，而达到了一种“神”的一致。同时，作者在对白菊的描写中，从一开始就融入了自身的情感，以菊为托，诉尽衷肠。像“朗月清风，浓烟暗雨，天教憔悴度芳姿”，清丽舒畅，形神毕肖，情韵兼具，在简淡素雅之中，把情、理、趣融为一体，构成了一种高超的艺术境界。作品中富于理想而又深于情致，于超越之中隐含着深沉，又在缠绵之间创造出一种高致，赏物而不滞于物，用情而不溺于情，轻灵之思见诸于缱绻之意，这是李清照作为一个杰出抒情词人的不同凡响之处，也是她咏物之作的高韵独到之点。易安词作，向以明丽素雅、淡朴清新著称，虽重质情，却不尚故实，但这首词中却通篇用典，这可说是一个例外。从作者的寄寓和形象的要求来看，词中一系列典故的运用无疑对加强感情，赋予白菊一种人格化力量增色不少，使形象得以丰满和深化，具有一种真切实在的生命感。当然，从读者阅读的角度讲，这种过多的用典，虽然不感堆砌，但也不免有一些文字上的障碍。(《李清照作品赏析集》，巴蜀书社 1992 年 9 月出版)

四、孙崇恩《李清照诗词选》：词的上阕描写吟咏白菊的高洁姿质。起笔写秋寒、长夜，衬出孤寂不安的心情；接着抒情，“恨无情风雨”“揉损琼肌”，写出了白菊所处的恶劣环境，表现了爱憎，点明了题旨。然后用对比法，并引一系列历史人物做反衬，赞颂白菊高洁清芬，傲岸不屈的性格。下阕续写白菊的高洁品质，转而抒发惜菊之情。先寓情于物，赋予白菊以人的品格，赞美白菊在寒秋仍清白如雪，瘦姿如玉，惋惜它在“浓烟暗雨”侵逼下日渐枯萎的姿质；接着写爱菊之心，抒惜菊之情……结尾承上文，用“泽畔东篱”突出表现了对屈原、陶渊明的仰慕之情。全词委婉雅致，含意深远，化用许多典故而不嫌堆垛，通篇不着一个“菊”字，而以白菊隐喻自咏，表现了女词人憎恶鄙俗，追求高洁人格的情怀，以及在咏物词中卓尔不群，创意出奇的艺术追求。(人民文学出版社 1994 年 12 月出版)

五、刘瑜《李清照全词》：“也不似、贵妃醉脸，也不似、孙寿愁眉。韩令偷香，徐娘傅粉，莫将比拟未新奇。”白菊的容颜不像贵妃醉酒那样脸泛红晕，娇妍柔媚，也不像孙寿那样故作愁眉，妖态惑人。如果用靠从他人那里得来的香味装点自己的韩令，用青春已过而靠傅粉打扮容颜的徐娘来比拟白菊，那未免太新鲜离奇了。“贵妃醉脸”，“孙寿愁眉”，靠的是自己的矫揉造作；韩令、徐娘是靠外来的东西来美化自己。作者运用两组对偶句，既是拟人，又是用典，兼用多种艺术手法，赞美

白菊“清水出芙蓉，天然去雕琢”的天生丽质、纯洁高雅的自然之美。(山东友谊出版社 1998 年 1 月出版)

## 新荷叶

薄露初零，长宵共、永昼分停①。绕水楼台，高耸万丈蓬瀛②。芝兰为寿，相辉映、簪笏盈庭③。花柔玉净，捧觞别有娉婷④。　鹤瘦松青⑤，精神与、秋月争明。德行文章，素驰日下声名⑥。东山高蹈⑦，虽卿相、不足为荣。安石须起，要苏天下苍生⑧。

【注释】

①“薄露”三句：意谓时值薄露初降、昼夜一般平的秋分之际。分停：平分。

②“绕水”二句：以传说中海上“蓬莱”、“瀛洲”等神山比喻寿星家的亭台楼阁。

③“芝兰”三句：意谓前来祝寿的人中，既有子侄辈，亦有身居高官者，使寿诞为之生辉。芝兰：香草。喻指佳子侄。《世说新语·言语》：“谢太傅（指谢安）问诸子侄：‘子弟亦何预人事，而正欲使其佳？’诸人莫有言者，车骑（指谢玄）答曰：‘譬如芝兰玉树，欲使其生于阶庭耳。’”簪笏：官吏所用的冠簪和手板。这里指代众高官。

④娉婷：此指美女。

⑤鹤瘦松青：鹤鸟寿长谓之仙鹤，松柏常年青翠，故合用为祝寿之辞。

⑥日下：指京都。(详见《晋书·陆云传》)

⑦东山高蹈：一则以隐居会稽东山的晋人谢安比喻寿主；二则寿主晁补之之原籍齐州，即今山东一带。在宋朝，人们习惯地把齐州一带叫做东山、东郡或东州。当年苏轼称自己知密州为“赴东郡”或“知东

州”。南渡后，李清照曾有诗句“欲将血泪寄山河，去洒东山一抔土”，“东山”即指其原籍今之山东。

⑧“安石须起”二句：谢安，字安石。隐居后屡诏不仕，时人因言：“安石不肯出，将如苍生何!”（详见《世说新语·排调》）苍生：指百姓。这里借“时人”希望谢安“东山再起”，以喻作者自己企盼正在“东山”隐居的寿主复出做官。

【讲解】

这首词录自孔凡礼《全宋词补辑》，原见于《诗渊》第二十五册。将此词视为早期寿词当无甚异议，对其进行注释时，首先遇到的一个颇费斟酌的问题是确定寿主。在笔者所承担的《中国诗苑英华·李清照卷》于1997年4月出版之前，与此词有关的论著曾经眼过一篇文章、两本书。其中一文、一书将此词的寿主说成是朱敦儒；另一本书虽对将寿主视为朱氏加以质疑，但亦未明确指出其寿主是何许人。笔者未曾苟同前二者，而对寿主做了这样一番初步认定：

宋大观元年（1107年）冬季前后，李清照偕赵明诚屏居青州。宋大观二年（1108年）恰是晁补之闲居金乡的第六个年头。是年晁氏重修了他在金乡隐居的松菊堂。青州、金乡同属今山东，二地相隔不远。晁补之与李格非素有通家之谊，更是清照文学上的忘年交和“说项”者，在晁氏五十六岁生日时，清照或前往祝寿，从而写了这首词。

笔者之所以把寿星说成是晁补之，因为除了词之下片的“德行”以下三句很符合晁氏为人和行实外，从上述所推定的时间、地点看，此时此地很难有第二位寿星值得词人如此景仰。话虽这么说，毕竟没有更多佐证，加之又是很早期的寿词，所以也没有很充分的把握。这才又说了这样几句留有后路的话：“当然，如果此词不是写于词人屏居青州期间，而是后期在杭州，为别的寿星所作，亦不无可能。”

在笔者一直未曾完全消除关于此词寿主的疑虑之际，于1999年10月在济南举行的李清照学术讨论会上，拜读了徐培均先生关于此词的笺证稿。在这一大作中，徐先生虽然非常谦逊地说算作是对上述拙文的补遗。实际上，徐先生旁征博引地、有力地证实了朱敦儒的生日是正月十四日，而晁补之的生日恰在秋分时节，并十分明确地指出：这首《新荷叶》“盖为祝晁补之寿诞而作”。（《关于李清照两首词的笺证》，1999年10月，济南李清照学术讨

论会论文）

【辑评】

一、侯健《新发现的李清照词》：（这首《新荷叶》）可能是写给当时的词人朱敦儒的……李清照与他有过交往，朱敦儒词集《樵歌》中，有《鹊桥仙·和李易安金鱼池莲》一首便是佐证。（《北京晚报》，1982 年 5 月 22 日）

二、徐北文《济南名士丛书·李清照全集评注》：该词并非一般祝寿考，歌功颂德的庸俗之作。从作者对寿人的诚恳愿望，可以看出她对国家的前途和人民的命运的深切关心。这是很可宝贵的，爱国爱民的思想在闪闪发光。此词用“鹤瘦”、“东山”、“安石”等典故，使词含蓄蕴藉。上片不直接写寿人，作者泼墨渲染环境、祝寿人、侍女的不同凡俗，在于突显寿人的名望身价之高。乃用烘云托月之法。此词的寿人为谁？有人说为朱敦儒。朱敦儒（1081~1159 年），字希真，河南洛阳人。《宋史》称其“志行高洁，虽为布衣，而有朝野之望”。又云“北宋靖康中召至京师，将处以学官。敦儒辞曰：‘麋鹿之性，自乐闲旷，爵禄非所愿也。’因辞还山”。屡荐而不受。北宋灭亡，他避乱广东。宋绍兴二年（1132 年），在朋友的劝说下方肯出仕，任秘书省正字等职。秦桧时被任用，为鸿胪少卿。桧殁后被罢黜。不仅原词毫无显证，而且寿主所居“高耸万丈蓬瀛”，其家族之“簪笏盈庭”，又以“安石再起”望之，皆与朱敦儒之中下层官员身份不类。此说不足信。（济南出版社 1990 年 12 月出版）

三、喻朝刚、周航《中国历代才子传丛书·旷代才女李清照全传》：……李清照曾写了一首《新荷叶》为朱敦儒祝寿，希望他不要再继续隐居不出，而应像东晋时的谢安那样为“天下苍生”而起，表达了清照以国事为重的高尚情操。这首词是近年一位学者从一部明代手抄本《诗渊》中新发现的，其确切的写作年代已不考。

四、徐培均《关于李清照两首词的笺证》：案，《钦定词谱》此调（指《新荷叶》）共收黄裳、赵彦端、赵抃、赵长卿四首，并在黄裳词末注云：“此调以此词及赵彦端词为正体，宋人皆如此填。若赵抃词之句读不同，赵长卿词之句读参差，皆变格也。”清照此词格律基本依黄词，然上下片第一韵，黄词作四、六两句，而清照作四、七两句，中多一“共”字。此当为别创一体……案：敦儒生日为正月十四。《樵歌》载《如梦令》云：“生日近元宵，占早烧灯欢会。”又《洞仙歌》云：“今年生日，庆一百省岁，喜趁烧灯作欢会。”又有《鹧鸪天·正月十四日夜》云：“来宵虽道十分满，未必胜如此夜明。”皆可证。而此词起二句则指生日在秋分时刻，显然不合……考《苏诗总案》卷三十五，苏轼于元祐七年三月十六日知扬州，时晁补之为州倅，轼有《次韵晁无咎学士相迎》诗。七月七日与晁端彦、补之游大明寺品泉。八月五日与晁补之、昙秀山光寺送客，不久以兵部尚书召还，至九月初离任。则八月中旬“秋分”之际，苏轼定能参与晁补之生日家宴，其贺诗“要与郎君语夜深”，即词“薄露初零”时刻。而“樽酒朋簪”，亦与词中“簪笏盈庭”相合。由是可知，清照此词虽晚于苏诗十七年，而所咏内容与时令颇相近，故可定为上晁补之寿词。(1999年10月，济南李清照学术讨论会论文)

## 凤凰台上忆吹箫[①]

香冷金猊[②]，被翻红浪，起来慵自梳头。任宝奁尘满[③]，日上帘钩。生怕离怀别苦[④]，多少事、欲说还休。新来瘦，非干病酒，不是悲秋。　休休，这回去也，千万遍《阳关》[⑤]，也则难留。念武陵人远，烟锁秦楼[⑥]。惟有楼前流水，应念我、终日凝眸。凝眸处，从今又添，一段新愁。

【注释】

①《凤凰台上忆吹箫》：作为词调名始见于晁补之《晁氏琴趣外篇》，但将伉俪睽违之意引入此调，则当始于此词。

②金猊：狮形金属香炉。陆容《菽园杂记》卷二：“金猊，其形似狮，性好火烟，故立于香炉盖上。”

③宝奁：镜匣的美称。

④生怕：最怕。

⑤阳关：王维《送元二使安西》："渭城朝雨浥轻尘，客舍青青柳色新。劝君更尽一杯酒，西出阳关无故人。"后以为送别曲。

⑥秦楼：指秦穆公女弄玉与恋人萧史所居之楼。（详见《列仙传》）此处借喻李清照、赵明诚之青州居所。

【讲解】

这首词是写于李清照偕丈夫"屏居乡里十年"结束，赵明诚重返仕途之际。其旨是写临别心神，也就是写作者在丈夫远行前夕难以为别的心情，以及对别后孤寂情状的拟想。

此时作者的心情之所以不胜悲苦，问题在于，此时不管赵明诚到哪里做官，均可携眷前往。在作者看来，她和丈夫也应像弄玉、萧史一样随凤飞升，但他却偏偏要她独自留在青州。为此，她可能不止一次地祈求将她带上。而他却不肯答应，她便心灰意冷，什么也不想干了——炉香熄灭了她不管，被子也不叠，太阳老高才起床。起床后，头也懒得梳，贵重的首饰匣上已经落满了灰尘。她口头上说最害怕的是"离怀别苦"，实际上还有更担心的事，话到嘴角又说不出口。她近来这么消瘦，并不是因为饮酒过多沉醉如病，也不是因为悲秋，而是因为作者有难以启齿的隐衷。

至于这隐衷是什么，下片也不便直说，却又不能不说，只是隐去了她要跟他走的意思，径说为了留住他，她便反复咏唱宛转凄切的《阳关曲》。然而没有用，他执意要走，即使唱上千万遍《阳关曲》，也留不住。他已经铁了心，也就罢了！这当是"休休"二字的深层语义。按说丈夫出去做官不是坏事，她为什么这样苦苦挽留不愿让他走呢？在此，如果将"烟锁秦楼"之句的用典，理解为《陌上桑》中的好女罗敷所居之楼（王学初先生之语意），那就错解了李清照的原意。她笔下的"秦楼"，当是与秦穆公女弄玉和其夫萧史所居凤台（亦称秦楼）有关，但也不是照搬萧史、弄玉的爱情故事，倒可能同时取意于李白《凤台曲》的"曲在身不返，空馀弄玉名"。在神话故事中，弄玉和萧史共居秦楼十年后，一旦随凤比翼飞升，而李清照虽然也曾陪伴丈夫屏居十年，到头来，自己却像被萧史遗弃了的弄玉一样，孤单单地留住在被烟雾笼罩的闺楼之中。

词人以萧史、弄玉故事为典，来写这样的送别词可谓用心良苦。想必她是在感化丈夫不要忘她另图新欢。特别是“念”字领起的下文，多么委曲动人！她拟想中盼望丈夫归来的急切心情，没人理解。她将终日痴呆呆地瞅着丈夫归来时的必经之处，那种望眼欲穿的样子，或有“天台之遇”的“武陵人”是不会知道的，只有“楼前流水”才是惟一的见证。

这里把作为赵明诚代称的“武陵人”和“天台之遇”相联系，可能让人疑惑。这当中有几个弯子，亦即李清照词的“曲折尽人意”之处。对此不妨略作诠释：“武陵”，即指“武陵源”，典出陶潜《桃花源记》。其中说晋太元中武陵郡渔人入桃花源事。故“桃花源”又称“武陵源”。“武陵源”因与“桃花”有关，它又涉及另外一个神话传说，即刘义庆《幽明录》所载汉刘晨、阮肇入天台山采药遇仙女并与之媾和事。仙女住在河之源头的桃林之中，这片桃林又在今浙江的天台山上。所以，刘、阮与仙女相会事又称“天台之遇”。因为“武陵”和“天台”都与“桃花”有关，而“桃花”在我国古典诗词中又是代表美女的特定意象。此词“念武陵人远”的寓意，说白了就是作者担心丈夫有“天台”、“崔护”（详见《本事诗·情感》）之遇，也就是类似于今天所说的外遇或“桃花运”。丈夫的“桃花运”，往往就是妻子的危难和不幸。身为人妻者在这方面的担心，恐怕在迄今为止的任何时代都不一定是完全多馀的，更何况处在纳妾被视为天经地义、青楼冶游等于家常便饭的赵宋。那时几乎没有平等意义上的夫妻关系可言，即使被认为是“夫妇擅朋友之胜”的赵、李之间，其性爱关系也难免存在着有始无终或有名无实的一面，从而可能给女词人造成了沉重的心理压力。这首词的深婉之意和作者的难言之隐，恐怕正在于此。

【辑评】

一、明杨慎批点本《草堂诗馀》卷四：“欲说还休”与“怕伤郎、又还休道”同意。端的为著甚的？（评“新来瘦”以下三句）

二、明茅映《词的》卷四：出自然，无一字不佳。

三、明李攀龙《草堂诗馀隽》卷二：（眉批）非病酒，不悲秋，都为苦别瘦。又：水无情于人，人却有情于水。（评语）写出一腔临别心神，而新瘦新愁，真如秦女楼头，声声有和鸣之奏。

四、明沈际飞《草堂诗馀正集》卷三：懒说出，妙。瘦为甚的，尤妙。“千万遍”，痛甚。转转折折，忤合万状。清风朗月，陡化为楚雨巫云；阿阁洞房，立变成离亭别墅。至文也。

五、明李廷机《草堂诗馀评林》卷三：宛转见离情别意，思致巧成。

六、明陆云龙《词菁》卷二：满楮情至语，岂是口头禅。

七、明徐士俊《古今词统》卷十二：亦是林下风，亦是闺中秀。

八、明竹溪主人《风韵情词》卷五：雨洗梨花，泪痕有在；风吹柳絮，愁思成团。易安此词颇似之。

九、清邹祗谟《倚声初集》卷十六：清照原阕，独此作有元曲意。阮亭（王士祯）此和不但与古人合缝无痕，殆戛戛上之。清照而在，当悲暮年颓唐矣。

十、清王又华《古今词论》节录《〈掞天词〉序》：张祖望曰“词虽小道，第一要辨雅俗。结构天成，而中有艳语、隽语、奇语、豪语、苦语、痴语、没要紧语，如巧匠运斤，毫无痕迹，方为妙手。”古词中如……“惟有楼前流水，应念我、终日凝眸”……痴语也……此类甚多，略拈出一二……”。

十一、清陈世焜（陈廷焯）《云韶集》卷十：此种笔墨，不减耆卿、叔原，而清俊疏朗过之。“新来瘦”三语，婉转曲折，煞是妙绝。笔致绝佳，馀韵尤胜。

十二、沈祖棻《宋词赏析》：“武陵”，在宋词、元曲中有两个含义：一是指陶渊明《桃花源记》中的渔夫故事；一是指刘义庆《幽明录》中的刘、阮故事。（上海古籍出版社 1980 年 3 月出版）

十三、刘乃昌：……柳永写离情，细密有馀，蕴藉不足。李清照吸收了柳词精微细密之长，而以典重之笔出之。如柳永《凤栖梧》中：“酒力渐浓春思荡，鸳鸯绣被翻红浪”，虽刻画工致，但失之轻浮。李清照把“被翻红浪”化用入词，与“香冷金猊”相配合，不仅笔力工，含蕴厚，且词格变得蕴藉典重。词的沉挚、曲折、典重，容易导向密丽晦暗，李清照这首词却又以语言平易、意脉贯串见长。所用几个典故，既贴切自然，又如盐溶于水，浑化不涩，以此又具有疏畅的特点……（《李清照词鉴赏》，齐鲁书社 1986 年 4 月出版）

十四、徐培均：这首词写离愁，步步深入，层次井然。前片用“慵”来点染，用“瘦”来形容；后片用“念”来深化，用“痴”来烘托，由物到人，由表及里，层层开掘，揭示到人物灵魂的深处。而后片的“新愁”与前片的“新瘦”遥相激射，也十分准确地表现了“离怀别苦”的有增无已。在结构上，特别要注意“任宝奁尘满”中的“任”字，“念武陵人远”中的“念”字。这是两个去声领格字，承上启下，在词中起着关键性的转捩作用。从语言上看，除了后片用了两个典故外，基本上是从生活语言中提炼出来的，自然中节，一片宫商，富有凄婉哀怨的音乐色彩。前人所谓“以浅俗之语，发清新之思”（邹祗谟《远志斋词衷》），信不虚也！（《唐宋词鉴赏辞典——唐·五代·北宋》，上海辞书出版社 1988 年 4 月出版）

十五、王延梯、聂在富：情真意切是这首词艺术上取得成功的基础。词人现身说法，直抒实感，故词中妙语实为感情的自然流露、浑然天成，是“天真之词”，非“人工之词”。以离别为苦本是人之常情，而李清照夫妇恩爱至深，又多次分离，这就使她对离别之苦有更深的体会。写这首词时词人已识尽了离愁的滋味，她不是“为赋新词强说愁”。凭过去的经验，她想象得出空闺独守的寂苦，以致使她以“惜别”到“生怕”离别。过去分别虽然也愁，但她往往是不甘寂寞，或泛舟以遣愁，或借酒以浇愁，而今却是事不想做，话不愿说，只是沉默不语。感情沉静得多了，也复杂得多了，作品也就格外含蓄曲折。（《百家唐宋词新话》，四川文艺出版社 1989 年 5 月出版）

十六、蔡厚示：这首词开头还似乎是平静的叙述，女词人只倾诉她心情的慵懒。但经过极力渲染，色彩便越涂越浓，从中勾勒出一个“愁”字。一触到“愁”字，女词人便欲说还休，欲休还说；而说又不肯直说，不直说却又比直说更使人感到深沉。这样愈深愈曲，愈曲愈深。既有濒于绝望的哀鸣，又有近乎天真的痴想。处处都流露出她对丈夫的一片真情。调子虽然嫌低沉一点，但还是能使读者体会到她对生活的热爱和对幸福的向往。在当时理学家大力倡导封建礼教和漠视妇女地位的宋代，李清照敢于如此直率地表达自己的感情和欲望，不能不说是有点儿反抗性格。从语言看，这首词用了不少口语，如“起来”、“生怕”、“新来”、“这回”和“也则”等。通篇语言，既流畅、易懂；而仔细玩味，又觉得它一字一句都经过磨炼，精美、细密。如开头两句，不仅对仗工稳，而且活泼有趣；既说明女词人的心情慵懒，又渲染出她的思绪纷繁。张祖望说它“如巧匠运斤，毫无痕迹”（《古今词论》引），确是不假。（《李清照作品赏析集》，巴蜀书社 1992 年 9 月出版）

# 念奴娇

## 春　情

萧条庭院，又斜风细雨，重门须闭[①]。宠柳娇花寒食近，种种恼人天气。险韵诗成[②]，扶头酒醒，别是闲滋味。征鸿过尽，万千心事难寄。　楼上几日春寒，帘垂四面，玉阑干慵倚[③]。被冷香消新梦觉，不许愁人不起。清露晨流，新桐初引[④]，多少游春意。日高烟敛[⑤]，更看今日晴未[⑥]。

【注释】

①“又斜风”二句：张志和《渔歌子》：“青箬笠，绿蓑衣，斜风细雨不须归。”这里反用其意。重门：多层的门。

②险韵诗：以生僻而又难押之字为韵脚的诗。人觉其险峻而又能化艰僻为平妥，并无凑韵之弊。

③玉阑干：栏杆的美称。

④“清露”二句：此系引用《世说新语·赏誉》篇的成句。

⑤烟敛：烟收、烟散的意思。烟，这里指像烟一样弥漫在空中的云气。

⑥晴未：天气晴了没有？未，同否，表示询问。

【讲解】

对于《漱玉词》的系年虽然多有南辕北辙之误，但对此词写作背景的理解一般都是正确的。也就是说，它是作于赵家人已经离开青州，特别是赵明诚业已外出做官之后。往日大家庭熙熙攘攘的庭院，如今变得冷冷清清，毫无生气。女词人独自留在这里，怎能不备感寂寞和伤心！

事实上，在朝廷给故相赵挺之“落实政策”之后，其遗孀郭氏和她的长子、次子等等，已于宋政和（1111~1118 年）初年返回汴京。赵明诚最晚在宋宣和三年（1121 年）上半年就离开了青州，到莱州做知州。临行之际，李清照写了《凤凰台上忆吹箫》一词。这首词的真意，既不是单纯的送别，更不是“扯后腿”，而是想跟丈夫一起走。然而他却把她甩下，自己成了走远了的“武陵人”。设身处地地想想看，被视为赵家多馀人的作者，心里该是一种什么样的滋味！所以，此词上片字面上的“斜风细雨”和“种种恼人天气”，那是词人内心苦闷的外化。为了排遣这种苦闷，她故意作那种费事的“险韵诗”、又故意喝那种容易使人醉的“扶头酒”。但是，再难作的诗她也作成了，醉酒的时间再长她也醒过来了。而那种使人烦恼的“天气”和百无聊赖的心情，并没有改变。由此所派生的“万千心事”，一则无法向丈夫诉说，二则即使诉说他也听不进去。词中所谓“别是闲滋味”，实际上是一种令人难以言传的极为苦涩的滋味。

下片从“楼上”到“不许”五句，与《凤凰台上忆吹箫》上片的涵义几无二致，略有不同的是一谓“被翻红浪”、一谓“被冷香消”。前者是说没有心思整理卧榻；后者意犹“玉枕纱橱，半夜凉初透”，即言其单枕孤眠之苦。紧接下去的“清露晨流，新桐初引”之成句，从字面上只能读出这样的意思：晶莹的露滴和新长出的桐叶，表明春光还未消逝，它还具有使人外出游赏的吸引力。透过这些话，我们仿佛听到了词人如此这般的内心独白——德甫啊，你何时才能回心转意，叫我到你的身边去，与你一同再度携手“游春”……结拍二句，仿佛是借天气由恼人的阴雨转为晴朗，来表达词人希望丈夫由对她的冷淡转为体贴温馨。

鉴于诗词无达诂，如将此词视为作者正受党争株连时的早期所作，从而将“斜风细雨”、“种种恼人天气”，看做政治气候的隐语；将“日高烟敛”等句的深层语义释为皇帝开恩，似亦无不可，但此词绝不是晚期所作。

**【辑评】**

一、宋黄升：花庵词客云：前辈常称易安“绿肥红瘦”为佳句。余亦谓此篇“宠柳娇花”之语亦甚奇俊，前此未有道之者。（《增修笺注草堂诗馀》）

二、明杨慎《草堂诗馀》卷四：情景兼至，名媛中自是第一。（评“被冷”以下二句）二语绝似六朝。又《词品》卷一：……填词虽于文为末，而非自《选》诗、乐府来，亦不能入妙。李易安词“清露晨流，新桐初引”，乃全用《世说》语。女流有此，在男子亦秦、周之流也。

三、明李攀龙《草堂诗馀隽》卷一：（眉批）心事有万千，岂征鸿可寄？“新梦”不知梦何事？（评语）心事托之新梦，言有寄而情无方。玩之自有意味。上是心事，难以言传，下是新梦，可以意会。

四、明王世贞《弇州山人词评》：……易安又有“宠柳娇花寒食近，种种恼人天气”，“宠柳娇花”，新丽之甚。

五、明沈际飞《草堂诗馀正集》卷四：真声也。不效颦于汉魏，不学步于盛唐，应情而发，能通于人。有首尾。“宠柳娇花”，又是易安奇句。后人窃其影，似犹惊目。

六、明陆云龙《词菁》卷一：苦境，亦实境。

七、明徐伯龄《蟫精隽》卷十四：……又“宠柳娇花”之言，为词话所赏识。晦庵朱子云：今时妇人能文，只有李易安与魏夫人。

八、清毛先舒《诗辨坻》卷四：……李易安《春情》，“清露晨流，新桐初引”，用《世说》全句，浑妙。尝论词贵开拓，不欲沾滞，忽悲忽喜，乍近乍远，所为妙耳。如游乐词，须微著愁思，方不痴肥。李《春情》词本闺怨，结云“多少游春意”、“更看今日晴未”，忽而开拓，不但不为题束，并不为本意所苦。直如行云，舒卷自如，人不觉耳。

九、清王士禛《花草蒙拾》：前辈谓史梅溪之句法，吴梦窗之字面，固是确论，尤须雕组而不失天然。如“绿肥红瘦”、“宠柳娇花”，人工天巧，可称绝唱。

十、清彭孙遹《金粟词话》：李易安“被冷香消新梦觉，不许愁人不起”、“守着窗儿，独自怎生得黑”，皆用浅俗之语，发清新之思，词意并工，闺情绝调。

十一、清沈雄《古今词话·词品》卷下：李易安“被冷香消新梦觉，不许愁人不起”，又“如今憔悴，风鬟霜鬓，怕见夜间出去”，杨用修以其寻常语度入音律，殊为自然……易安之“清露晨流，新桐初引”，全用《世说》。若在稼轩，诸子百家，行间笔下，驱斥如意矣。

十二、清许昂霄《词综偶评》：此词造语，固为奇俊，然未免有句无章。旧人不加评驳，殆以其妇人而恕之耶？

十三、清冯伯金《词苑萃编》卷八引《倚声集》：……羡门云：“作意催花柳”天然微妙；“宠柳娇花”未免组织矣。

十四、清黄蓼园《蓼园词选》：只写心绪落寞，遇寒食更难遣耳。陡然而起，便尔深邃。至前阕云“重门须闭”，后阕云“不许不起”，一开一合，情各戛戛生新。起处雨，结句晴，局法浑成。

十五、清陈廷焯《白雨斋词话》卷六：李易安之“绿肥红瘦”、“宠柳娇花”等类，造句虽工，然非大雅。

十六、清沈祥龙《论词随笔》：用成语，贵浑成脱化，如出诸己……李易安“清露晨流，新桐初引”，用《世说新语》，更觉自然。稼轩能合经史子而用之，自有才力绝人处。他人不宜轻效。

十七、清李继昌《左庵词话》：作词须用词眼，如潘元质之“燕娇莺姹”，李易安之“绿肥红瘦”、“宠柳娇花”，梦窗之“醉云醒月”，碧山之“挑云研雪”，梅溪之“柳昏花暝”，竹屋之“玉娇香怨”……

十八、唐圭璋《唐宋词简释》：此首写心绪之落寞，语浅情深。“萧条”两句，言风雨闭门；“宠柳”两句，言天气恼人，四句以景起。“险韵”两句，言诗酒消遣；“征鸿”两句，言心事难寄，四句以情承。换头，写楼高寒重，玉阑懒倚。“被冷”两句，言懒起而不得不起。“不许”一句，颇婉妙。“清露”两句，用《世说》，点明外界春色，抒欲图自遣之意。末两句宕开，语似兴会，意仍伤极。盖春意虽盛，无如人心悲伤，欲游终懒，天不晴自不能游，实则即晴亦未必果游……（上海古籍出版社 1981 年出版）

十九、平慧善《李清照诗文词选译》：本词有的本子词调作《壶中天慢》，题目还有《春情》《春日闺情》《春忍》。此词着力于描述愁情。词人以阴雨连绵的恼人天气，重门深闭的萧条庭院，四面垂帘的楼头，幽闭闷人的景色来衬托自己心绪的落寞，以诗成、酒醒和新梦觉后的百无聊赖来写自己愁绪的难以排遣。结束前词境忽而开拓，“清露晨流，新桐初引”，清新的初春之晨，勾起游兴。但结尾“更看今日晴未”，又表现了词人忧虑的心情。词人抒情，忽悲忽喜，乍近乍远，恰如行云，施展自如，表现了人物矛盾心情的变化。（巴蜀书社 1988 年 10 月出版）

二十、王延梯、聂在富：“扶头酒”一语在诗词中常见。注家多释为“易醉的酒”或“烈性酒”。非是。易醉的烈性酒酒精含量高，用蒸馏法制造，元代以后始有。李时珍《本草纲目·烧酒》：“烧酒非古法也，自元始创其法……其清如水，味极浓烈。”元代以前的酒是发酵酒，也叫酿造酒，酒精含量低，可以大碗地喝。故将“扶头酒”释为“易醉的酒”、“烈性酒”，显然不妥。“扶头”，谓所饮之酒有使醉头扶起、振奋头脑的作用。宋人范成大有“扪腹蛮茶快，扶头老酒中”（《食罢书字》）之句，以“扪腹”同“扶头”相对，是说用酒振奋头脑像用茶帮助消化一样有效。辛弃疾“寻常中酒扶头后，歌舞支持”（《丑奴儿》）中的“扶头”也是醉头扶起、振奋头脑之意。扶头酒多为卯时所饮，故亦曰“卯酒”或“扶头卯酒”。古代习俗，夜饮醉酒，次日晨起困乏如病，便以饮酒来除酒病，使醉头扶起，头脑振奋，叫做“解酲”。杜牧《醉题》诗：“醉头扶不起，三丈日还高。”解酲之意甚明。直至明清，也还有这一习惯。孔尚任的《桃花扇》中侯朝宗与李香君酒醉后入洞房，次日一早杨龙友来贺喜，李贞丽说：“请老爷同到洞房，唤他出来好饮扶头卯酒。”清照显然是为排遣其“闲滋味”夜饮致醉而早饮扶头酒解酲的。因扶头酒系醒酒、提神之酒，故多用淡酒、薄酒。（《百家唐宋词新话》，四川文艺出版社 1989 年 5 月出版）

二十一、吴小如：……我的看法是，上片与下片说的并非同一天内的事，而关键则在于过片“楼上几日春寒”的“几日”。可见上片所说的是以“几日”之前或“几日”中间的某一天的生活作为典型事例，由于自己心事重重从而导致生活百无聊赖。而下片则写在一连几日阴雨天气之后终于有了放晴迹象的具体描述。这样讲，则词意之贯穿虽有跳跃性，而前后层次却并无矛盾可言。所以我认为《蓼园词选》的说法还是比较确切的……从全篇结构看，我以为上下片各有两层，全词共分四个小段落，而在每个小段落中又有虚笔、实笔之分。第一小段从开头到“种种恼人天气”，写客观的环境和自然景象。庭院是萧条寂寞的，又赶上“斜风细雨”的天气，只好紧闭“重门”。请注意词中“须”和“定”这两个副词。“须”似虚而意却实，如姜白石词“一春须有忆人时”，其意乃谓必定有忆人之时。所以这里说“须闭”，其实倒是非闭不可。（至于“定”则似实而意却虚，如周邦彦词“定有残英，待客携尊俎”，其意反而说是到那时未必有“残英”可“待客”也。此与本文无涉，故附记于此。）以上三句是实写。下二句则为虚写。“宠柳娇花”实乃拟人化手法，“宠”和“娇”的用法一如说“宠妻”、“娇女”。现在移来形容春柳春花，说明草木之妩媚妍丽。其所以为虚写，意思说寒食节近了，原应是春光明媚的时刻，如果没有风风雨雨，人们将看到“宠柳娇花”，那该有多美，多么使人赏心悦目啊！然而却碰上了“种种恼人天气”。这里面有好几层意思，盖春色本易恼人，花娇柳宠，已不免撩人情思；但遇到了细雨斜风，有花也无法去欣赏，岂不更加恼人？如果过了这段好时光，则柳既飘絮，花亦零落，无复“宠”与“娇”之可言，那就未免大杀风景，纵有多少离情愁思也无从寄托了。这里面有怨情，也有遗憾，总之是虚笔……所谓“闲滋味”者，即无聊的滋味也。一个人找点不相干的事来做以寻求排遣，本已够无聊的了；然而连这点儿可排遣的事都已做完，再想不出什么可排遣的事好做，这可真是无聊到极点了，这就叫做“闲滋味”。这当然是作者的真情实感。但强度仍嫌不够，于是补充了两句：“征鸿过尽，万千心事难寄。”说明无聊的情绪乃由无穷的心事所造成。但这两句似不应讲成由于征鸿已经过尽，纵有万千心事，也无从凭借它们寄给远人；而应理解为：我是有万恨千愁的，即使调动飞过此间的所有征鸿，请它们为我寄信，也不能把我全部心事带到远人身边。盖征鸿本不能代人传递心事，这里只是用了夸张的比兴手法而已。所以我说这两句是虚笔……接下去“日高烟敛，更看今日晴未”乃是预期之辞，故又属虚笔。意思说，等一会儿太阳升起，烟云敛迹，天终于要晴了，诗人因而又产生了新的希望。末句似不应讲成“说不准今日是否能晴”，而应讲成“倒要看看今天究竟是不是晴天”。因为从“清露”二句已明白告知读者天已放晴，所以“日高烟敛”已是十拿九稳的事，这种重又开朗的心情自然使“愁人”感到生趣盎然了。有人认为这是李清照因愁苦已极而故作反语，恐怕有点儿刻意求深，把一首结尾带有朝气的词给曲解了。（《李清照作品赏析集》，巴蜀书社1992年9月出版）

二十二、刘乃昌《宋词三百首新编》：此为清照前期春闺独处怀人之作。前五句写环境天气，烘染出一派寂寞无聊氛围。萧条、风雨、寒食、闭门，归结为“恼人”，映现出作者心境。次五句写日常生活内容，作诗遣兴，饮酒却愁，醒而愈无聊赖。“心事难寄”，补述“闲滋味”，略点离思。再五句仍从日常生活映现思绪，小楼独居，无心凭栏，拥被入梦，梦觉再难成眠。“春寒”回应“萧条”，“帘垂”绾合闭门，“慵倚”见出没情没绪，“新梦”与“心事”相关，“不许”句疏懒无聊之至。末五句写感春意绪，春意逗发游兴，却担心未能云散天晴，枯坐？出游？犹移不觉，宕开一笔，忽又收煞。以清新之语，记述生活片段，借日常情态，显示内在心绪，乍远乍近，忽开忽合，应情而发，戛戛生新。(岳麓书社 1994 年 4 月出版)

## 点绛唇

### 闺 思

寂寞深闺，柔肠一寸愁千缕①。惜春春去，几点催花雨。　　倚遍阑干，只是无情绪。人何处②，连天芳草，望断归来路③。

【注释】

①“寂寞”二句：此系对韦庄调寄《应天长》二词中有关语句的隐括和新变。韦词详见本词之〔讲解〕部分。

②人何处：所思念的人在哪里？此处的“人”，当与《凤凰台上忆吹箫》的“武陵人”及《满庭芳》的“无人到”中的二“人”字同意，皆喻指作者的丈夫赵明诚。

③“连天”二句：化用《楚辞·招隐士》“王孙游兮不归，春草生兮萋萋”之句意，以表达亟待良人归来之望。

【讲解】

此首与《念奴娇》(又名《百字令》、《壶中天慢》)立意差同。写作地点在青州的可能性更大，甚至可以说，这首词的规定情景只能在赵明诚离开青州以后。写作时间大致在清明过后的“花事了”的季节。此词的立意，又与《凤凰台上忆吹箫》有所衔接。也就是说，当初不论是对“武陵人”之

“念”，抑或对“烟锁秦楼”的自身孤寂之叹，都还是在拟想之中。但到写这首《点绛唇》时，“人”已远走高飞，闺中更加孤独寂寞，对“人”的思念更加深切。其断肠之“念”，恰与韦庄《应天长》之情思相仿佛。韦词曰：

绿槐阴里黄莺语，深院无人春昼午。画帘垂，金凤舞，寂寞绣屏香一炷。　　碧天云，无定处，空有梦魂来去。夜夜绿窗风雨，断肠君信否？

别来半岁音书绝，一寸离肠千万结。难相见，易相别，又是玉楼花似雪。　　暗相思，无处说，惆怅夜来烟月。想得此时情切，泪沾红袖黦。

看来，李清照的这首《点绛唇》，不仅“柔肠”句是对韦词中“一寸”句的隐括，整个作品的立意，韦、李二人的这三首词亦几无二致。李词之于韦词的借取之妙还在于，她写这首《点绛唇》时，恰恰是其夫妻分别“半岁”左右，很可能她也是长达“半岁”没有收到丈夫的来信。这对于“曾经沧海”的赵、李之爱来说，无疑是一个天大的变故，所以她为此所生愁丝竟有“千缕”之多！接下去的“惜春”二句，除了其字面上的意义之外，深层语义当如是说——词人本来像爱惜春天一样，爱惜她和丈夫之间的种种美好感情。但是他这一走，就像风雨催落春花一样，使夫妻感情遭到了挫折！

下片说，主人公久久地倚栏眺望，但却看不到良人的踪影，所以心情很不好。结拍的诘问意谓：你这位“王孙”到底到哪里去了、为何还不归来？其实丈夫到哪里去，词人是一清二楚的、他为何不偕其前往，她心里也有数，只是都是一些难言之隐，不能对他人诉说，就是在词里也不能直接倾吐，只好借《楚辞·招隐士》的意境宛转表达。

需要略加说明的是“王孙”二字，其意暗含在“连天芳草，望断归来路”二句之中，以之喻指赵明诚。只是这里是对《招隐士》“王孙”句的反意隐括，因为此时的赵明诚已隐而复仕，早已成了走“远”了的“武陵人”！

【辑评】

一、明茅映《词的》卷一：易安往矣，不可复得。每作词时，为酬一杯酒。

二、明钱允治《续选草堂诗馀》卷上：草满长途，情人不归，空搅寸肠耳。

三、明沈际飞《草堂诗馀续集》：简当。

四、明黄河清《草堂诗馀续集，序》：夫词体纤弱，壮夫不为。独惜篇什寂寥，彼歌《金缕》、唱《柳枝》者，其声宛转易穷耳。所刻《续集》中如李后主之“秋闺”，李易安之“闺思”，晏叔原之“春景”，萧竹屋之“纪梦”、“怀旧”，周美成之“春情”……以此数阕，授一小青蛾，拨银筝，倚绿窗，作曼声，则绕梁遏云，亦足令多情人魂销也。

五、明陆云龙《词菁》卷一：泪尽个中。

六、清陈廷焯《云韶集》卷十：情词并胜，神韵悠然。

七、曹济平《读〈点绛唇〉》：……这里词人以点滴春雨来比喻千缕愁思，不仅使画面和谐统一，而且把抽象的愁思化为具体的可感形象，同样富有情景交融的艺术感染力量。下片承上由景及人，进一步抒写离别的愁苦和盼归的心境。“倚遍阑干，只是无情绪。”女主人公从幽居的闺房里步出户外，依靠着高高的栏杆在痴望。然而始终不见情人归来，因而不能放下重重的心事，也提不起情绪来，只是增添无限的烦恼与惆怅。这里词人用细致的笔墨刻画女主人公焦虑不安的愁绪，而着一“遍”字，更加生动地表现了她那种急盼归来的微妙的心理状态。这首小词结构简当，条理清楚。上片是由情及景，在抒情中写景；下片是在写景中抒情，全篇情景融为一体。词人从闺房转到户外，由深闺相思写到凭栏远眺，紧扣住离别相思。起写深闺寂寞之愁，结写切盼归来之情，前后照应，一气贯注。而手法白描，不用典故，不假藻饰，充分体现了她词作明白如话、语浅情深的艺术特色。（《李清照词鉴赏》，齐鲁书社1986 年 4 月出版）

八、侯健、吕智敏：开篇处词人将一腔愁情尽行倾出，将“一寸”柔肠与“千缕”愁思相提并论，这种不成比例的并列使人产生了一种强烈的压抑感，仿佛看到了驱不散、扯不断的沉重愁情压在那深闺中孤独寂寞的弱女子心头，使她愁肠欲断，再也承受不住的凄绝景象。“惜春”以下两句，虽不复直言其愁，却在“惜春春去”的矛盾中展现女子的心理活动。淅沥的雨声催逼着落红，也催逼着春天归去的脚步。惟一能给深闺女子一点慰藉的春花也凋落了，那催花的雨滴只能在女子心中留下几响空洞的回音。人的青春不就是这样悄悄地逝去的吗？惜春、惜花，也正是惜青春、惜年华的写照，因此，在“惜春春去”的尖锐矛盾中，不是正在酝酿着更为沉郁凄怆的哀愁吗？……这里词人在“倚”这个动词后面缀以“遍”字，就把深闺女子百无聊赖的烦闷苦恼鲜明地点染了出来；下句中又以“只是”与“倚遍”相呼应，托出了因愁苦而造成的“无情绪”，这就有力地表现了愁情之深，之重，之无法排解。结尾处，遥问“人何处”，这一方面点明了女子凭阑远望的目的，同时也暗示了“柔肠一寸愁千缕”、“只是无情绪”的根本原因是思念远出的良人。在这里，词人巧妙地安排了一个有问无答的布局，却转笔追随着女子的视线去描绘那望不到尽头的萋萋芳草，正顺着良人归来时所必经的道路蔓延开去，一直延伸到遥远的天边。然而望到尽头，惟见“连天芳草”，不见良人踪影，这凄凉的画面不就是对望眼欲穿的女子的无情回答吗？寂寞、伤春，已使她寸肠生出千缕愁思；望夫不归，女子的愁情又将会是何许深，何许重，何许浓呢？这自然就意在言外了。全词由写寂寞之愁，到写伤春之愁，到写伤别之愁，到写盼归之愁，全面地，层层深入地表现了女子心中愁情沉淀积累的过程。到煞尾处，感情已积聚达到最高峰，全词也随之达到了高潮……（《唐宋词鉴赏辞典——唐·五代·北宋》，上海辞书出版社 1988 年 4 月出版）

九、平慧善《李清照诗文词选译》：这首词以抒情开题，以“一寸”与“千缕”并举，极言愁绪浓密，再移情入景，作景语、情语，以雨催花落衬托。下片由表及里，先描摹玉人慵懒形态，再写她的内心愁苦。“人何处”句，情景交融，点明“愁千缕”的原因，道出无限相思。化用欧阳修《踏莎行》“寸寸愁肠，盈盈粉泪，楼高莫近危栏倚”及晏殊《蝶恋花》“独上高楼，望尽天涯路”词句，并巧出新意，不逊名篇。(巴蜀书社，1988 年 10 月出版)

十、徐北文《济南名士丛书·李清照全集评注》：运化前人诗句，为神妙之境，熨帖无迹。“柔肠一寸愁千缕”一句，运化唐韦庄《应天长》：“别来半岁音书绝，一寸离肠千万结”句，其意境是相同的。易安为表达自己的真实思想感情，根据自己的独特的生活感受，只改三字。韦词“离”与“别来半岁”意义重复。易安改为“柔”字，突出表现女主人的多情善感，感情脆弱，禁受不住离别造成的打击，极为切当而传神。“缕”字较“结”字更为生动、形象，恰当地表达愁思的千头万绪，心情的缭乱不堪。尽管易安于前句写出女主人深闺索居的苦况，但何以如此，是蕴藉含蓄的，这较韦词的一览无馀更有韵味……（济南出版社，1990 年 12 月出版）

十一、彭靖：……这里所谓“催花”，当然不是催其放而是催其落。春本不管人们如何珍惜它，还是得去！那么，人们是多么希望它多留一下啊！而无情的雨又催花速落，亦即催春速去！杜甫《曲江》句：“一片花飞减却春。”在诗人的感觉上，即使只是一片花飞，也意味着春天减少了一分。那么，即使只有几个雨点也能使春天减少几分。这就使人更难过了。“几点”，语似淡而意却深。欧阳修句“雨横风狂三月暮，门掩黄昏，无计留春住”。那是以浓墨泼深情；而易安此语，则是以淡笔含深致。欧阳语直，而李语婉。惟其婉，故能含不尽之意，耐人寻思……（《李清照作品赏析集》，巴蜀书社 1992 年 9 月出版）

十二、孙崇恩《李清照诗词选》：上阕开头两句点明题旨，写独处深闺之苦；接着两句以景寓情，表现青春易逝的闲愁。下阕笔势一纵，换头两句写倚栏远眺的情景，接着一问极富深情，结句“连天芳草，望断归来路”，情景交融，表现盼望远行的丈夫归来未果而失望的心情。全词曲折深婉，跌宕有致，情调凄切，风格婉丽，细腻入微地表现了女词人伤春伤别的心理情态和孤寂凄苦之情……（人民文学出版社 1994 年 12 月出版）

## 声声慢

寻寻觅觅，冷冷清清，凄凄惨惨戚戚①。乍暖还寒时候②，最难将息③。三杯两盏淡酒，怎敌他、晓来风急④。雁过也，正伤心，却是旧时相识⑤。
满地黄花堆积，憔悴损，如今有谁堪摘⑥。守着窗儿，独自怎生得黑⑦。梧桐更兼细雨，到黄昏、点点滴滴。这次第⑧，怎一个、愁字了得⑨。

【注释】

①“寻寻觅觅”三句：此词起拍连用十四叠字，既使词家倾倒，亦为历代论词者所称道，并公认为这在形式技巧上是奇笔，甚至谓其前无古人，后无来者。其实，此十四叠字，既是李清照的独创，亦有其对韩偓《丙寅二月二十二日抚州如归馆雨中有怀诸朝客》诗中“凄凄恻恻又微颦”等句的一定取义和隐括。

②乍暖还寒：脱胎于张先《青门引》的“乍暖还轻寒”之句，谓天气忽冷忽暖。

③将息：保养休息之意。

④晓来：今本多作“晚来”，误。

⑤“雁过也”三句：化用赵嘏《寒塘》诗“乡心正无限，一雁度南楼”、吴均《赠杜容成》诗“一燕海上来，一燕高堂息。一朝相逢遇，依然旧相识。”李词的这三句意谓，正伤心时，有雁群飞过，原来这是替词人带过信的“旧时相识”。

⑥有谁堪摘：言无甚可摘。谁：何，什么。

⑦怎生：怎样，如何。

⑧这次第：这情形，这光景。

⑨怎一个愁字了得：意谓词人本来就“伤心”地“寻觅”和等待“良人”归来，但从“晓来”到“黄昏”，“良人”未归，却又秋雨连绵，点点滴滴打落在梧桐上。“人”不归来，天不作美，词人又要“独自”等待。此情此景，不是一个“愁”字所能概括得了的。

【讲解】

此首前人和他人大都以为是赵明诚去世以后所作，表现了国破、家败、人亡的凄惨境况。这恐怕是一种误解。对此，笔者有以下几点不同理解：

第一，词中有与“玉阑干慵倚”（《念奴娇》）和“望断归来路”（《点绛唇·闺思》）等寓意差同的“守着窗儿，独自怎生得黑”的明显的“等人”语，而其等待和寻觅的不是别人，正是词人在《凤凰台上忆吹箫》中“千万遍《阳关》，也则难留”的、走“远”了的“武陵人”——赵明诚！故此词当写于作者正值中年的青、莱时期。

第二，李清照不仅提出词“别是一家”的理论主张，并在其前、中期的创作中严格遵守，故此时所作词中一无乡国之意、惟有儿女情事——丈夫的“武陵”之行和自己的“被疏无嗣”等等。这既是人生中最高尚、最强烈的痛苦，又是个人的难言之隐，此类事只要露出一点儿痕迹，也会被认为“不雅”。成书于李清照六十三岁时的《乐府雅词》，之所以没有收录这首《声声慢》，绝不是因为此词写于《乐府雅词》成书之后，当主要是因为涉及隐衷，而被视为“不雅”所致。

第三，此词基调不胜悲苦，主要是由于所写内容系被马克思所认为的痛苦中最痛苦的爱情痛苦，这当然有甚于嫠纬之忧和悼亡之悲。诗词中有时被作为夫妻双双生命象征的“梧桐”意象，在此词中只是处于“梧桐更兼细雨”的困境之中，而未沦为“飘落”之时。这种困境不是指生命的陨灭，只是象征处境的难堪，而这又与当时主人公的心境十分吻合。对于梧桐的“飘落”和“半死”在诗词中含有悼亡之意，看来李清照是十分清楚的，所以在她有涉于梧桐意象的四首词中，掌握得极有分寸。只有赵明诚病故，她所写的悼亡词《忆秦娥》中，始用“梧桐落”这一真正含有悼亡之意的意象。把“细雨”中的“梧桐”视为悼亡意象，当是导致误解此词的主要缘由之一。

误解此词的另一主要缘由是受到不够可靠版本的影响所致。这主要是指此词中的“晓来风急”，多被误作“晚来风急”。始作俑者恐怕是在明代被推为著述第一的杨慎，他在尚未看到《漱玉集》的情况下，不知从哪里抄录了这首《声声慢》，其《词品》卷二引述此词时，第七句便作“怎敌他晚来风急”。在这类版本的影响下，人们便以为此词是写作者“黄昏”时一段时间的感受。因“晓”字与下片的“黄昏”相抵牾，即便是《词综》及其前后的约十几种版本皆作“晓来风急”，亦未引起应有注意，以致今人的版本和论著，除俞平伯、唐圭璋、吴小如、刘乃昌等很少数几家外，多作“晚来风急”。这里特别值得一提的是梁令娴《艺蘅馆词选》，此句不仅作“晓来风急”，并附有其父梁启超这样一段眉批：“这首词写从早到晚一天的实感。那种茕独凄惶的景况，非本人不能领略，所以一字一泪，都是咬着牙根咽下。”这几句话，对词旨阐释得深入浅出尚且不说，更要紧的是它走出了此词流传中的一大误区。“从早到晚”，也就是词中的由“晓来”到“黄昏”

云云。

只有版本可靠，才能正确地解读原作。对这首《声声慢》来说，其第七句只有作“晓来风急”时，才有可能发现此句当系取义于《诗·终风》篇的“终风且暴”句。《终风》篇的题旨有二说，一是《诗序》谓：“《终风》，卫庄姜伤已也。遭州吁之暴，见侮慢而不能正也。”二是《诗集传》云：“庄公之为人，狂荡暴疾，庄姜盖不忍斥言之，故但以‘终风且暴’为比。”今天看此二说均有牵强之处，且第二种说法李清照无缘看到。但对第一种说法，她当与多数古人一样，恐怕是深信不疑的。况且她能够读到的尚有《左传·隐公三年》的这类说法：卫庄公娶于齐东宫得臣之妹，曰庄姜，美而无子，卫人所为赋《硕人》；《诗序》谓，庄公宠幸其妾，冷遇庄姜，故庄姜无子，国人悯之，为作此诗。不要说李清照，在她之后近千年的朱自清也相信此说，并认为“《硕人》篇要歌给庄公听”（《诗言志辨》）。李清照将那些与自己身世有关的材料，在词中加以隐括，从而歌给赵明诚听，这不是没有可能的。

再从训诂方面看，“终风且暴”，王引之《述异》曰：“终，犹既也”、《毛传》曰：“暴，疾也”、《尔雅·释天》：“‘日出而风曰暴。’孙炎曰：‘阴云不兴而大风暴起，然则为风之暴疾。’故云疾也。”至此意思甚明，“日出而风曰暴”，“暴”又作“疾”解，那么“暴”也就是“晓来风急”的意思。词人以此暗喻自己与庄姜相类似的“无嗣”和何以“无嗣”，可谓用心良苦！

这里一再涉及的庄姜之事，亦称“庄姜之悲”。其来龙去脉大致是这样的：庄姜其人约生活于公元前 757 年前后，即春秋前期。她是齐庄公的女儿，嫁与卫庄公。周朝的齐国为姜姓，故称卫庄姜。她是我国第一个独自抒写其隐衷的女诗人。庄姜美而无子，庄公又娶陈国厉妫、戴妫姊妹。厉妫生子孝伯，早卒；戴妫生子名完，庄姜以为己子，完被立为太子。卫庄公另有宠妾，生子州吁。州吁好兵，其母恃宠骄僭。庄姜贤而被疏，终以无子。其所作《诗·邶风·绿衣》，以黄、绿二色颠倒，喻其被庄公嬖妾僭越之怨。卫庄公卒后，太子完继位，是为卫桓公。州吁骄纵，为桓公所废逃亡国外。后纠集流亡卫人回国弑桓公，自立为卫君。桓公被杀后，其母戴妫被遣归陈国，时值三四月间。庄姜为戴妫送行之际，正莺燕纷飞之时，她托物寄兴，赋《燕燕》篇。《诗序》谓此篇系卫庄姜送归妾戴妫所作。《诗·燕燕》与其首句“燕燕于飞”，是我国首屈一指的送别名篇名句。在《诗·邶风》的十九首中，收载卫庄姜诗四首，除上述《绿衣》、《燕燕》外，尚有《日月》、《终风》二首。四首均系怨悒之辞，后者更是女子抒写其被疏无嗣之篇，其首句“终风且暴”，可释为：破晓时分既风且疾。李清照将卫庄姜这一契合于自己身世的“被疏无嗣”之事，隐括于其《声声慢》词作“晓来风急”。所以此词之旨既非亡国之痛，亦非嫠纬之忧，而是以“铺叙”之法，表达词人从“晓来”到“黄昏”，寻觅和等待良人，而不见其踪影的难言之隐和“被疏无嗣”之苦。因而词中作“晓来风急”，则顺理成章，如作“晚来风急”，则是以讹传讹，恐有悖于词人初衷。

关于此词之所以作如是解，而不把“雁过也”以下三句，等同于朱敦儒南渡以后的“年年看塞雁，一十四番回”；也不把“梧桐更兼细雨”以下数句，与张炎的“只有一枝梧叶，不知多少秋声”等等忧伤国事之作加以并列的原由，还在于考虑到它的立意，而词的立意又往往与选用何种调式密切相关。《声声慢》，又作《凤求凰》，其与贺铸“殷勤彩凤求凰”之意有关，而贺词又是用司马相如琴挑卓文君事。看来，此词的曲折所尽之意，就是要把作者自己眼下的苦衷，歌给当初梦寐以求想作“词女之夫”的赵明诚听！

【辑评】

一、宋张端义《贵耳集》卷上：……炼句精巧则易，平淡入调者难。且《秋词·声声慢》：“寻寻觅觅，冷冷清清，凄凄惨惨戚戚。”此乃公孙大娘舞剑手。本朝非无能词之士，未曾有一下十四叠字者，用《文选》诸赋格。后叠又云：“梧桐更兼细雨，到黄昏、点点滴滴。”又使叠字，俱无斧凿痕。更有一奇字云：“守定窗儿，独自怎生得黑。”“黑”字不许第二人押。妇人中有此文笔，殆间气也。有《易安文集》。

二、宋罗大经《鹤林玉露》卷十二：近时李易安词云：“寻寻觅觅，冷冷清清，凄凄惨惨戚戚。”起头连叠七字。以一妇人，乃能创意出奇如此。

三、明杨慎《词品》卷二：宋人中填词，李易安亦称冠绝。使在衣冠，当与秦七、黄九争雄，不独雄于闺阁也。其词名《漱玉集》，寻之未得。《声声慢》一词，最为婉妙。其词云（略）……山谷所谓以故为新，以俗为雅者，易安先得之矣。

四、明茅映《词的》卷四：连用十四叠字，后又四叠字，情景婉绝，真是绝唱。后人效颦，便觉不妥。

五、明吴承恩：易安此词首起十四叠字，超然笔墨蹊径之外。岂特闺帏，士林中不多见也。（抄本《花草新编》卷四，自王学初《李清照集校注》卷一转引）

六、明陆云龙《词菁》卷二：连下叠字无迹，能手。“黑”字妙绝。

七、明徐士俊《古今词统》卷十二：（眉批）才一斛，愁千斛，虽六斛明珠何以易之！

八、清刘体仁《七颂堂词绎》：……惟易安居士“最难将息”、“怎一个愁字了得”，深妙稳雅，不落蒜酪，亦不落绝句，真此道本色当行第一人也。

九、清沈谦《填词杂说》：予少时和唐、宋词三百阕，独不敢次“寻寻觅觅”一篇，恐为妇人所笑。

十、清彭孙遹《金粟词话》：李易安“被冷香消新梦觉，不许愁人不起”、“守着窗儿，独自怎生得黑”，皆用浅俗之语，发清新之思，词意并工，闺情绝调。

十一、清沈雄《古今词话·词品》卷下：……但“守着窗儿，独自怎生得黑”，又“梧桐更兼细雨，到黄昏点点滴滴”，正词家所谓以易为险，以故为新者，易安先得之矣。

十二、清王又华：晚唐诗人好用叠字，义山尤甚，殊不见佳。如：“回肠九叠后，犹有剩回肠。”“地宽楼已迥，人更迥于楼。”“行到巴西觅谯秀，巴西唯是有寒芜。”至于三叠者“望喜楼中忆阆州。若到阆州还赴海，阆州应更有高楼”之类。又如《菊》诗“暗暗淡淡紫，融融冶冶黄”亦不佳。李清照《声声慢·秋情》词，起法似本乎此，乃有出蓝之奇。盖此等语自宜于填词家耳。《秦楼月》，仄韵调也，孙夫人以平声作之；《声声慢》，平韵调也，李易安以仄声作之。岂二调原皆可平可仄，抑二妇故欲见别逞奇，实非法邪？然此二词，乃更俱称绝唱者，又何也？（《古今词论》引毛稚黄）

十三、清万树《词律》卷十：用仄韵。从来此体皆收易安所作，盖此遒逸之气，如生龙活虎，非描塑可拟。其用字奇横而不妨音律，故卓绝千古。人若不及其才，而故学其笔，则未免类狗矣。观其用上声、入声，如“惨”字、“戚”字、“盏”字、“点”字、“摘”字等，原可做平，故能谐协，非可泛用仄字而以去声填入也。其前结“正伤心，却是旧时相识”，于“心”字豆句，然于上五下四者，原不拗，所谓此九字一气贯下也。后段第二、三句“憔悴损，如今有谁堪摘”，句法亦然……

十四、清徐钪《词苑丛谈》卷三：……首句连下十四个叠字，真似“大珠小珠落玉盘”也。

十五、清孙致弥《词鹄·凡例》：须戒重叠。字面前后相犯，虽绝妙好词，毕竟不妥，万不得已用之。如李易安《声声慢》，叠用三“怎”字，虽曰读者全然不觉，究竟敲打出来，终成白璧微瑕，况未能尽如易安之善运用。慎之是也。

十六、清孙原湘：易安居士，千古绝调，当是德父亡后，无聊凄怨之作。(张寿林辑本《漱玉词》)

十七、清周济《宋四家词选·序论》：双声叠韵字要著意布置。有宜双不宜叠，宜叠不宜双处。重字则既双且叠，尤宜斟酌。如李易安之“凄凄惨惨戚戚”，三叠韵、六双声，是锻炼出来，非偶然拈得也。

十八、清周之琦《晚香室词录》卷七：……其“寻寻觅觅”一首，《鹤林玉露》及《贵耳集》皆盛称之，惟海盐许蒿庐谓其颇带伧气，可谓知言。

十九、清陆昶《历朝名媛诗词》卷十一：……其《声声慢》一阕，张正夫称为公孙大娘舞剑器手，以其连下十四叠字也。此却不是难处，因调名《声声慢》，而刻意播弄之耳。其佳处，后又下“点点滴滴”，叠四字，与前照应有法，不是单单落句。玩其笔力，本自矫拔，词家少有，庶几苏、辛之亚。

二十、清许昂霄《词综偶评》：此词颇带伧气，而昔人极口称之，殆不可解。

二十一、清梁绍壬《两般秋雨庵随笔》卷二：诗有一句三叠字者，吴融《秋树》诗“一声南雁已先红，槭槭凄凄叶叶同”是也。有一句连三字者，刘驾诗“树树树梢啼晓莺”、“夜夜夜深闻子规”是也。有两句连三字者，白乐天诗“新诗三十轴，轴轴金石声”是也。有一句四叠字者，古诗“行行重行行”、《木兰诗》“唧唧复唧唧”是也。有两句互叠字者，“年年岁岁花常发，岁岁年年人不同”是也。有三联叠字者，古诗“青青河畔草”六句是也。有七联叠字者，昌黎《南上》诗“延延离又属”十四句是也。至李易安词“寻寻觅觅，冷冷清清，凄凄惨惨戚戚”，连下十四叠句，则出奇制胜，匪夷所思矣。

二十二、清陆以湉《冷庐杂识》卷五：李易安《声声慢》词：“寻寻觅觅，冷冷清清，凄凄惨惨戚戚。”连叠七字，昔人称其造句新警。其源盖出于《尔雅·释训篇》……此千古创格，亦绝世奇文也。又同上卷六：李易安词“寻寻觅觅，冷冷清清，凄凄惨惨戚戚。”乔梦符效之，作《天净沙》词云“莺莺燕燕，春春花花，柳柳真真事事。风风韵韵，娇娇嫩嫩，停停当当人人。”叠字又增其半，然不若李之自然妥帖。大抵前人杰出之作，后人学之，鲜有能并美者。

二十三、清陆蓥《问花楼词话·叠字》：叠字之法最古，义山尤喜用之。然如《菊》诗“暗暗淡淡紫，融融冶冶黄”，转成笑柄。宋人中易安居士善用此法。其《声声慢》一词，顿挫凄绝。词曰：“寻寻觅觅，冷冷清清，凄凄惨惨戚戚。乍暖还寒时候，最难将息。”又云：“梧桐更兼细雨，到黄昏点点滴滴。”二阕共十馀个叠字，而气机流动，前无古人，后无来者，可谓词家叠字之法。

二十四、清王闿运《湘绮楼词选》前编：亦是女郎语。诸家赏其七叠，亦以初见故新，效之则可欧。“黑”韵却新，再添何字？

二十五、清陈廷焯《白雨斋词话》卷二：易安《声声慢》一阕，连下十四叠字，张正夫叹为公孙大娘舞剑手。且谓本朝非无能词之士，未曾有一下十四叠字者。然此不过奇笔耳，并非高调。张氏赏之，所见亦浅……易安《声声慢》词，张正夫云：“此乃公孙大娘舞剑手。本朝非无能词之士，未曾有一下十四叠字者。后叠又云‘到黄昏，点点滴滴’又使叠字，俱无斧凿痕。‘怎生得黑’，‘黑’字不许第二人押。妇人有此词笔，殆间气也。”此论甚陋。十四叠字，不过造语奇隽耳，词境深浅，殊不在此。执是以论词，不免魔障。

又《云韶集》卷十：叠字体，后人效之者甚多，且有增至二十馀叠者。才气虽佳，终著痕迹，视易安风格远矣。“黑”字警。后幅一片神行，愈唱愈妙。

二十六、梁令娴《艺蘅馆词选》乙卷：（梁启超所作批语：此词最得咽字诀，清真不及也；又：这首词写从早到晚一天的实感。那种茕独凄惶的景况，非本人不能领略，所以一字一泪，都是咬着牙根咽下。）

二十七、唐圭璋《读李清照词札记》：此词上片既言“晚来”，下片如何可言“到黄昏”雨滴梧桐，前后言语重复，殊不可解。若作“晓来”，自朝至暮，整日凝愁，文从字顺，豁然贯通。（《南京师大学报》，1984年第二期）

二十八、傅庚生《中国文学欣赏举隅》：此十四字之妙，妙在叠字，一也，妙在有层次，二也，妙在曲尽思妇之情，三也。良人既已行矣，而心似有未信其即去者，用以“寻寻”。寻寻之未见也，而心似仍有未信其便去者，用又“觅觅”；觅者，寻而又细察之也。觅觅之终未有得，是良人真个去矣，闺闼之内，渐以“冷冷”；冷冷，外也，非内也。继而“清清”，清清，内也，非复外矣。又继之以“凄凄”，冷清渐蹙而凝于心。又继之以“惨惨”，凝于心而心不堪任。故终之以“戚戚”也，则肠痛心碎，伏枕而泣矣。似此步步写来，自疑而信，由浅入深，何等层次，几多细腻！不然，将求叠字之巧，必贻堆砌之讥，一涉堆砌，则叠字不足云巧矣。故觅觅不可改在寻寻之上，冷冷不可移植清清之下，而戚戚又必居最末也。且也，此等心情，惟女儿能有之，此等笔墨，惟女儿能出之。设使其征人为女，居者为男，吾知其破题儿便已确信伊人之不在迩也，当无寻寻觅觅之事，男儿之心粗故也。能词之士，多昂藏丈夫勉学莺莺燕燕者，故不能下如此之十四叠字耳。

二十九、夏承焘《唐宋词欣赏》：这首词用了许多双声叠韵字。一开头就用连串的叠字，是为加强刻画她的百无聊赖的心情，从前人认为这是了不起的创造。尤其是末了几句，“梧桐更兼细雨，到黄昏，点点滴滴。这次第，怎一个愁字了得！”二十多个字里。舌音、齿音交相重叠，是有意以这种声调来表达她心中的忧郁和惆怅。这些句子不但读起来明白如话，听起来也有明显的音乐美，充分体现出词这种配乐文学的特色。因为词原来是唱的，要使人容易听得懂。刘体仁说这首词是“本色当行”，就是指它明白易懂而言。这首词借双声叠韵字来增强表达感情的效果，是从前词家不大用过的艺术手法。李清照是一个有高度文化修养的女作家，有真挚丰富的生活感情，又有她自己独特的见解，因此她确实当得起婉约词派杰出作家的称号。她这首《声声慢》词以细腻而又奇横的笔墨，用双声叠韵啮齿叮咛的音调，来写她心中真挚深刻的感情，这是从欧（阳修）、秦（观）诸大家以来所不曾见过的一首突出的代表作。（百花文艺出版社1980年出版）

三十、沈祖棻《宋词赏析》：此词之作，是由于心中有无限痛楚抑郁之情，从内心喷薄而出，虽有奇思妙语，而并非刻意求工，故反而自然深切动人。陈廷焯《云韶集》说它“后幅一片神行，愈唱愈妙”。正因为并非刻意求工，“一片神行”才是可能的。但说此三句“自然妥帖”，“无斧凿痕”，也还是属于技巧的问题。任何文艺技巧，如果不能够为其所表达的内容服务，即使不能说全无意义，其意义也终归是有限的。所以，它们的好处实质上还在于有层次，有深浅，能够恰如其分地、成功地表达词人所要表达的难达之情。（上海古籍出版社 1980 年 3 月出版）

三十一、俞平伯《唐宋词选释》：“晓来”，各本多作“晚来”，殆因下文“黄昏”云云。其实词写一整天，非一晚的事。若云“晚来风急”，则反而重复。上文“三杯两盏淡酒”是早酒，即……《念奴娇》词所谓“扶头酒醒”；下文“雁过也”，即彼词“征鸿过尽”。今从《草堂诗馀》别集、《词综》、张氏《词选》等各本，作“晓来”。（人民文学出版社 1979 年版）

三十二、吴熊和：……词调取名《声声慢》，声调上也因此特别讲究，用了不少双声叠韵字，如凄、惨、戚，将息，伤心，黄花，憔悴，更兼，黄昏，点滴，都是双声；冷清，暖还寒，盏淡，得黑，都是叠韵。李清照作词主张分辨五音，这首词用齿音、舌音特别多，齿音四十一字（如寻、清、凄、惨、戚等），舌音十六字。全词九十七字，这两声字却多至五十七字。尤其到了末了，“梧桐更兼细雨，到黄昏点点滴滴，这次第，怎一个愁字了得！”二十多个字里舌、齿两声交加重叠，看来是特意用啮齿叮咛的口吻，来表达忧郁惝恍的心情，这些都是经过惨淡经营的，却绝无雕琢的痕迹，同时用心细腻而笔致奇横，使人不能不赞叹其艺术手腕的高明。（《唐宋诗词探胜》，浙江文艺出版社 1983 年 10 月出版）

三十三、朱靖华《〈声声慢〉赏析》：当一个人苦闷难熬的时候，往往要设法排遣。作为“女中之杰”的李清照，她常常要与不幸的命运抗争：“何以解忧，惟有杜康”（曹操《短歌行》），古人借酒消愁的事例霎时涌来，清照喝了“三杯两盏淡酒”，但哪里能敌得过急促凛冽的秋风袭击呢？“晚来风急”的“晚”字，据《草堂诗馀别集》、朱彝尊、汪森编《词综》及张惠言《词选》皆作“晓”字，是可从的。故词的上下文，显然是写一整天的愁绪和感受。譬如下文便有：“守着窗儿，独自怎生得黑？”可见此时尚未到“晚”；再下句：“梧桐更兼细雨，到黄昏，点点滴滴”，也证明雨是下了一整天的，直到黄昏，才越下越大。再者，“淡酒”，一般多指早酒而言，古人在卯时（晨五时至七时）饮酒，称“卯酒”，也称“扶头酒”。如用“晓来风急”，则使词境更添一番情趣：即说女主人公昨夜是辗转反侧，刚刚度过了一个无人共语、独宿不眠的夜晚，因而她才起来喝“早酒”。也只有在这样的情况下，女主人公被一阵凛冽寒冷的晨风袭击，吹醒了酒意，才仰望天空，发现了使她更为难堪的景象……“守着窗儿，独自怎生得黑！”这个“守”字，写得十分准确。因为只有独自一人倚着窗口，才能使用“守”字。也只有心存愁绪的人，时间才是长的。所以李清照在万般难熬的愁戚中，感到度日如年，从而发生了无声的慨叹：怎样才能捱到黄昏天黑呀！“这次第，怎一个愁字了得！”“愁”字实是全词的总旨，作者在最末画龙点睛的写出它，实起到了牵动全词各个部位的作用。回顾全篇，则无一字无一句、无一事无一物不是在抒发愁情，加以种种典型的动作、神情、环境气氛等多层次多侧面的渲染，积累了众多愁绪的种子，最后归笼到这个“愁”字时，就带动全篇，突现了女主人公复杂的内心世界，也把女主人公的愁情推向了最高峰。再者，“怎一个愁字了得”，又是一句反诘语，说明女主人公在这个“愁”字之外，尚有更广泛、更幽深的愁情未能概括进去，这就给读者留下了无限驰骋想象的馀地，达到了钟嵘在《诗品》中所说的“味之者无极，闻之者动心”的强烈艺术效果。因此，这最末一个“愁”字，从表面看，似乎是一个“露”笔，而它的实体，却是一个“藏”笔，它包含着更为丰富、更为含蓄的内容，颇具言外之意、弦外之音的妙处。通过以上分析，我们可以看到，这首词在艺术方法上的主要特点，是把握了女主人公内在心绪和外界事物之间的矛盾关系，进行了“滚雪球”般的推进描写。女主人公的主观情感和心理活动的每一个波澜起伏，全与客观景物的更迭发生密切的配合，一句扣紧一句，一事沾连一事，在心境与物境的相互作用和相互矛盾的不断扩大过程中，把愁绪愈积愈浓、愈结愈大，最后达到难以遏制的地步，而使人有九曲回肠、愁肠百结之感。（《李清照词鉴赏》，齐鲁书社 1986 年 4 月出版）

三十四、吴小如《诗词札丛》：“乍暖还寒时候”这一句，也是此词的难点之一。“乍……还……”的句式正如现代汉语中“刚……又……”的说法。“乍暖还寒”如译成口语，当作“刚觉得有点儿暖和却又冷了起来”，这是什么样的天气呢？此词作于秋天，自无疑问；但秋天的气候应该说“乍寒还暖”，只有早春天气才用得上“乍暖还寒”。我以为，这是写一日之晨，而非写一季之候。秋日清晨，朝阳初出，故言“乍暖”；但晓寒犹重，秋风砭骨，故言“还寒”。至于“时候”二字，有人以为在古汉语中应解为“节候”。但柳永《永遇乐》云：“熏风解愠，昼景清和，新霁时候。”由阴雨而新霁，自属较短暂的时间，可见“时候”一词在两宋时代已与现代汉语无殊了。“最难将息”句则与上文“寻寻觅觅”句相呼应，说明从一清早自己就不知如何是好……这里我认为“满地黄花堆积”是指菊花盛开，而非残英满地。“憔悴损”是指自己因忧伤而憔悴瘦损，也不是指菊花枯萎凋谢。正由于自己无心看花，虽值菊堆满地，却不想去摘它赏它，这才是“如今有谁堪摘”的确解。然而人不摘花，花当自萎；及花已损，则欲摘已不堪摘了。这里既写出了自己无心摘花的郁闷，又透露了惜花将谢的情怀，笔意比唐人杜秋娘所唱的“花开堪折直须折，莫待无花空折枝”要深远多了。从“守着窗儿”以下，写独坐无聊，内心苦闷之状。比“寻寻觅觅”三句又进一层。“守着”句依张惠言《词选》断句，以“独自”连上文。秦观（一作无名氏）《鹧鸪天》下片：“无一语，对芳樽，安排肠断到黄昏。甫能炙得灯儿了，雨打梨花深闭门。”与此词意境相近。但秦词从人对黄昏有思想准备方面着笔，李则从反面说，好像天有意不肯黑下来而使人尤为难过。“梧桐”两句不仅脱胎淮海，而且兼用温庭筠《更漏子》下片“梧桐树，三更雨，不道离情正苦；一叶叶，一声声，空阶滴到明”词意，把两种内容融而为一，笔更直而情更切。最后以“怎一个愁字了得”句作收，也是蹊径独辟。盖自庾信以来，或言愁千斛万斛，或言愁如江如海（分别见李煜、秦观词），总之是极言其多。这里却化多为少，只说自己思绪纷茫复杂，仅用一个“愁”字如何包括得尽。妙在又不说明于一个“愁”字之外更有什么心情，即戛然而止，仿佛不了了之。表面上有“欲说还休”之势，实际上已倾泻无遗，淋漓尽致矣。（北京出版社 1988 年 9 月出版）

三十五、平慧善《李清照诗文词选译》：此词写词人历遭国破家亡劫难后的愁苦悲戚。开头三句，有层次地表现词人寻求、失望，因而凄凄惨惨戚戚的心情。突兀的开头，使词人的愁情第一次迸发出来，接着是比较平缓婉曲的借景抒情，以晚风、淡酒、归雁、黄花、梧桐、细雨，抒发种种愁情，到"独自怎生得黑"，感情渐趋强烈，最后一句则是将无边无际的愁情推向高峰，为全词作了高度的概括和总结。本词在语言上的成就历来为论者所赞赏。首先表现在叠字的运用上，开头三句全为叠字，却毫无雕琢的痕迹，自然妥帖地表现了词中的情和景，因此被誉为"公孙大娘舞剑手"、"情景婉绝"、"绝唱"。其次是口语的运用，如"最难将息"、"独自怎生得黑"、"这次第，怎一个愁字了得"以浅俗之语入词，发清新之思，令人叹绝。(巴蜀书社 1988 年 10 月出版)

三十六、刘乃昌《宋词三百首新编》：……全篇字字写愁，层层写愁，却不露一"愁"字，末尾始画龙点睛，以"愁"归结，而又谓"愁"不足以概括个人处境，推进一层，愁情之重，实无法估量。全词语言家常，感受细腻，形容尽致，讲究声情，巧用叠字，更以舌齿音交加更替，传达幽咽凄楚情悰，肠断心碎，满纸呜咽，撼人心弦。无怪古人誉为"千古创格"，"绝世奇文"（《冷庐杂识》卷五）。（岳麓书社 1994 年 4 月出版）

## 蝶恋花

### 离　情

暖雨晴风初破冻，柳眼梅腮，已觉春心动。酒意诗情谁与共，泪融残粉花钿重。　乍试夹衫金缕缝，山枕斜欹①，枕损钗头凤②。独抱浓愁无好梦，夜阑犹剪灯花弄③。

【注释】

①山枕：两头隆起如山形的凹枕。攲：同倚，靠着。

②钗头凤：古代妇女的一种头饰，钗头作凤凰形。马缟《中华古今注》卷中："始皇又（以）金银作凤头，以玳瑁为脚，号曰凤钗。"

③夜阑：夜深。

【讲解】

此首亦当作于赵明诚屏居十年后重新出仕、李清照独自仍居青州之时。

真挚大胆而又曲折委婉地表达伉俪之情，是李清照的擅场。这首词是作者所谓词"别是一家"理论主张的较完美体现，也就是过去评论者所说的："她不向词的广处开拓，却向词的高处求精；她不必从词的传统范围以外去寻新原料，却只把词的范围以内的原料醇化起来，使成更精致的产物。"（傅东华著《李清照》）诚然，此词的原料是婉约词家常用的良辰美景和离怀别苦，而经过作者的一番浓缩醇化，的确酿出了新意。比如，紧接破题的"柳眼梅腮"，与"绿肥红瘦"、"宠柳娇花"相并列，也可以称得上"易安奇句"（沈际飞《草堂诗馀正集》卷四）。此句之奇，在于意蕴丰富、承前启后，既补充起句的景语，又极为简练地领出了一个春心勃发的思妇形象。正是这个姣好的形象，被离愁折磨得坐卧不安，如痴如迷。到底是谁，值得作者如此思念？词中巧妙的构思和设问，简直收到了如同戏剧悬念般的艺术效果。

词论家在称道此作写景之工的同时，多已注意到词人以乐景衬哀情，倍增其哀的匠心所在。她先大笔渲染冬去春来，雨暖风晴，柳萌梅绽，景色宜人。接着写面对大好春光，之所以无心观赏，是因为没有亲人陪伴，只得独自伤心流泪。宜人的美景、华贵的服饰她全然不顾，在"暖雨晴风"的天气里，竟无情无绪地斜靠在枕头上，任凭首饰枕损。此词感情真挚而细腻，形象鲜明而生动，恰似"蛱蝶穿花，深深款款"（《越缦堂读书记》卷八），贴切地表达了作者的"一别怀万恨，起坐为不宁"、"忧来如循环，匪席不可卷"（《柳亭诗话》卷二七）的对亲人深切眷念的情愫。

结句"独抱浓愁无好梦，夜阑犹剪灯花弄"，虽不像"人似黄花瘦"和"怎一个愁字了得"等句那样被人传诵，然而，就词意的含蓄传神，以及思妇情思的微妙而言，此句亦颇有意趣。杜甫有"灯花何太喜，酒绿正相亲"（《独酌成诗》）的诗句，相传灯花为喜事的预兆。思妇手弄灯花，比她矢口诉说思念亲人的心事，更耐人寻味，更富感染力。况且此句的含义尚不止于此。不独有偶，沈祖棻《涉江词》有云："风卷罗幕，凉逼灯花如菽。夜深共谁剪烛？"盼人不归，主人公自然会感到失望和凄苦，这又可以加深上片的"酒意诗情谁与共"的反诘语义，使主题的表达更深沉含蓄。总之，这首词写得蕴藉而不隐晦，妍婉而不靡腻；流畅不失于浅易，怨悒不陷于颓唐：正是一首正宗的婉约词。

陈廷焯曾说："宋闺秀词自以易安为冠"（《白雨斋词话》卷六）。但他紧接着又说："葛长庚（道士）词脱尽方外气，李易安词却未能脱尽闺阁气。"如果这是一种微辞，那么，这首《蝶恋花》恰好证明这一隐约的批评是说中了的。这首词确实使人感到闺阁气（包括脂粉气）甚重，但这又是与作者的身世生活有关的。话说回来，要一个封建时代的大家闺秀填词脱掉闺阁气，而且要"脱尽"，这哪能做得到呢？

**【辑评】**

一、明徐士俊《古今词统》卷九：（眉批）此媛手不愁无香韵。近言远，小言至。

二、清贺裳《皱水轩词筌》：写景之工者，如尹鹗"尽日醉寻春，归来月满身"，李重光"酒恶时拈花蕊嗅"，李易安"独抱浓愁无好梦，夜阑犹剪灯花弄"，刘潜夫"贪与萧郎眉语，不知舞错伊州"，皆入神之句。

三、喻朝刚《试析〈蝶恋花〉》：词的上片以初春景物为背景，抒发了作者怀念亲人的寂寞心情。起处三句，绘景状物，烘托环境气氛。漫长的寒冬已过，春风送暖，沉睡的大地开始解冻，万物正在苏生。柳树上长出了新芽，那又细又长的嫩叶，好似一双脉脉含情的眼睛；梅花迎风而开，那粉红色的花瓣，如同美女的香腮。这旖旎的风光，如画的景色，实在令人陶醉，使人为之心动。这三句的笔调是轻快的，流露出一种春回大地的喜悦之情。其中"柳眼梅腮"一句，用词新巧，说明作者观察事物的细致，善于联想，能赋予自然景物以生命和感情，因而使形象显得十分生动具体。从全词的构思看，这三句仅仅是作势，用轻松欢快的笔调，为反衬后面的愁思和忧伤作铺垫。这首词写的是离愁别思，题材并无新意，但由于作者抒发的是内心的真情实感，笔触颇为细腻，因而显得委曲动人。词中用"酒意诗情谁与共"一句，点明词旨，向读者打开了伤春怀远的心扉。上片的景物描写和下片的动态刻画，都是为了表现抒情主人公的心理活动。试夹衫、欹山枕、抱浓愁、剪灯花，从白天到黑夜，这一连串动作，反映了女词人孤独寂寞的心境。此时李清照和赵明诚的分别是暂时的，虽然给她带来了烦恼和忧愁，但不久即可见面，这种烦恼和忧愁便将烟消云散。所以词的结拍处自然地流露出了一种喜悦和希望之情。这与她后期在国亡家破夫死以后所抒发的哀愁，在情调和意境方面都是不同的。(《李清照词鉴赏》，齐鲁书社 1986 年 4 月出版)

四、平慧善《李清照诗文词选译》：本词大约是靖康之乱前赵明诚两次出仕，李清照家居时所作。上片三句写大地回春的初春景色，轻松欢快，为反衬离情作铺垫。第四句一转，直抒离情，末句以伤心泪淋，精神不支的形态，形容离别的痛苦。下片首句与上片开头呼应，初试春装似欣喜，可结果却以不卸梳妆、放浪形态的慵懒动作，表现忧伤之情。结拍两句写独处难眠，痴弄灯花。俗传灯心结花，喜事临门，词人通过这一情态描写，含蓄地表现盼望亲人归来的心情。看似清闲，寄情深沉。本词将无形的内在感情，通过有形的形态动作来表现，为词中名笔。(巴蜀书社 1988 年 10 月出版)

五、徐北文《济南名士丛书·李清照全集评注》：……作者把春人格化，乐景哀写，通过人物活动细节描写，表现女主人的离愁别绪和无限凄寂……易安"夜阑犹剪灯花弄"，用剪灯花消磨时光，聊以解闷，表现了女主人相思之挚真。馀韵袅绕，不绝如缕。宋苏轼说："言有尽而意无穷者，天下之至言也。"诚如是。(济南出版社 1990 年 12 月出版)

六、张璋《试论李清照的词学成就》：第二反衬法。如《蝶恋花》，先以"暖雨晴风初破冻，柳眼梅腮，已觉春心动"来写心情的喜悦；接着又以"酒意诗情谁与共？泪融残粉花钿重"来写诗情酒意没人相伴而引起悲伤落泪。这种以喜衬悲而愈觉悲的写法，比直写感人更深。(《李清照研究论文集》，齐鲁书社 1991 年 5 月出版)

七、孙崇恩《李清照诗词选》：这首词可能是李清照居青州时与丈夫赵明诚离别后所作。上阕描写初春迷人的春光景色，和由此撩拨起的怀春怀人之思，委婉细腻地刻画了女词人孤苦的心态；下阕描写试夹衫、欹山枕、抱浓愁、剪灯心、弄灯花一连串生活细节，曲折生动地刻画了

女词人独处闺房，夜不能寐，和孤寂难耐的形象。（人民文学出版社1994年12月出版）

## 蝶恋花

泪湿罗衣脂粉满，四叠《阳关》，唱到千千遍①。人道山长山又断，萧萧微雨闻孤馆。　惜别伤离方寸乱②，忘了临行，酒盏深和浅。好把音书凭过雁，东莱不似蓬莱远③。

【注释】

①“四叠《阳关》”二句：《阳关》指王维《送元二使安西》诗，此诗和乐后成为送别名曲，反复演唱谓之《阳关三叠》。此言“四叠”，意谓唱了无数次的送别曲。

②方寸乱：《三国志·诸葛亮传》（徐庶）云：“今已失老母，方寸乱矣。”方寸：指心。

③东莱：今之山东莱州。曾名掖县。

【讲解】

此首系宋宣和三年（1121年）八月，作者赴莱州，途经今山东昌乐县，于驿馆中所作。一本题作《晚止昌乐馆寄姊妹》。以往关于李清照研究均分为前后二期，并谓其在前期生活美满、婚姻幸福。“诸书皆曰与夫同志，故相亲相爱之极”（明郎瑛《七修类稿》卷十七）。这是一种有代表性的看法，但却不完全符合事实。依照二期说，此首无疑系前期作品。此时作者只有三十八岁，离“靖康之变”尚有五年多，离丈夫逝世整整八年。词中所写内容并非伉俪暌违，倒是夫妻即将相见，而且是她自己主动前往，按说其情绪举止应该是“载欣载奔”才是，但词的基调为什么如此悲苦，诚可谓哀感顽艳，凄入肝脾。这一谜底在哪里呢？

愈是对李清照的身世有某种了解的人，愈可能对此词提出疑问，至少是对词题“寄姊妹”持有异议。因为据张耒《李格非墓志铭》，李清照是墓主的长女，她自己在《〈金石录〉后序》中，只说“有弟”，她是没有亲生姊妹的。因此，这里所谓“寄姊妹”，不必指同胞姊妹，也不可能指亲姊妹。但是，李清照当有数位堂姊妹，她们既有从章丘嫁到青州的可能，也有在词人心情欠佳时，从四乡赶来安慰她、为她送行的可能。赵明诚至少有姊妹四人，两位姐姐分别嫁与史姓和王姓，两位妹妹，一位嫁与历城李擢，一位嫁与济源傅察，想必她们同样是与词人有着手足之情的好姊妹，再加上仰慕词人才华的其他女伴，在赵明诚作为“武陵人”走“远”之后，她们都有可能成为李清照的精神寄托对象，甚至与其相濡以沫。词人很珍重这种情谊，遂写了这首感人至深的词。

但凡设身处地地来读这首词，谁都不难想到这样的问题：一个主动前去与丈夫团聚的多情女子，在即将与最亲密、最想念的人见面时，怎么写出了这么一首极端伤感的词？当然，她之所以那么伤心，以至泪水冲掉脸上的脂粉，污染了衣衫，一方面自然是因怀念对她恩义深厚的姊妹；另一个更主要的方面当是担心前程未卜，不知自己到了“东莱”丈夫会怎么对待她！青州到莱州的实际空间，谈不上那么山高水长。词中所云“人道山长山又断”，当是喻指前不着村后不着店的心理空间。丈夫与她之间已有了某种阻隔，眼下又离别了姊妹，孤馆闻雨，凄苦无似！这当是上片所蕴含的词人的心中块垒。

下片写她临行时乱了方寸，以至于忘记了喝了多少酒。这其中亦当别有寓意，即她是身在离筵，心里却悬挂着——自己即使到了丈夫身边，倘若他把她视为不受欢迎的人，该如何是好！心里藏着这样的难言之隐，其“方寸”如何不乱？这种难言之隐，也就是词人不得不加以隐匿的心志和词旨。

李清照写作此词时的苦心，除了以山高水长之意喻指心理距离以外，结拍的“好把音书凭过雁，东莱不似蓬莱远”二句中，恐怕也隐含着她的一段心事。此二句尽管字面上可意译为：“姐妹们别忘了给我写信，莱州不像蓬莱那么遥远。”但其深层语义却要委婉丰富得多，可否这样理解：对姐妹们的雁书，词人看得很珍重，她绝不会像她们那个作为“武陵人”的姐（妹）夫那样，词人给她写了那么多信，竟如石沉大海，只字不回。原因是他置身“蓬莱”，向往的是“武陵源”，哪里还把“老妻”放在心上！假如他仍然冷遇她，那么她到“东莱”后的惟一希望和安慰，就是收到姐妹们的信函。

这里需要进一步解释和阐发的是有关“蓬莱”之事。对此，注家或引《史记·封禅书》，或引《汉书·郊祀志》，认为是指渤海中的蓬莱、方丈、瀛洲三神山。这样注释虽不能算错，但对于李清照所赋予它的特定含义来说，谓此“蓬莱”为一神山仍不够确切。其原因乃是把“蓬莱”只作为一般的典故看，没有看到在那上面沾有李清照的“指纹”。看来这首《蝶恋花》中的“蓬莱”，与李清照前此不久所写的《凤凰台上忆吹箫》中的“武陵”同义，所蓄之旨，都是妻子担心丈夫有“天台之遇”。同一个赵明诚，既然彼时可以把他称为“武陵人”，此时为何不可以称为“蓬莱”客呢？不管彼时抑或此时，词人最担心的都是丈夫可能与刘、阮为伍。惟因词写得深婉，怨情被离情掩盖了而已！

【辑评】

一、黄盛璋《李清照事迹考辨》：……近人于元《翰墨大全》中发现此词前有一序，乃宿昌乐驿寄姊妹之作，故有“潇潇微雨闻孤馆”之句，末两句乃是望其姊妹寄书东莱，非望明诚自东莱寄书，昌乐即今昌乐县，为青州赴莱州必经之道，而又距青州不远，故此词必作于赴莱州途中，时间应在宣和三年七月底八月初。（《李清照集》，中华书局上海编辑所 1962 年 9 月出版）

二、王学初《李清照集校注》卷一：……此首既见于宋曾慥《乐府雅词》，题李易安作，而曾慥又与易安同时，必无错误。《诗女史》等以为延安夫人作，皆非。《翰墨大全》作无名氏，疑误夺李易安姓名。此首殆为宣和三年辛丑（1121 年）八月间清照由青州至莱州途中宿昌乐寄姊妹所作。按地理图，由青至莱，须经昌乐。《建炎以来系年要录》卷十九载建炎三年（1129 年），赵晟由青赴莱，刘洪道令权知昌乐县张成伏兵中途邀击，可以证明。《翰墨大全》所题《暂止昌乐馆寄姊妹》，恐为原题。《诗女诗》等误以“昌乐馆”为“乐昌馆”，《闽词抄》至误作“东昌馆”，鲁鱼亥豕，不可究诘矣。词中有“萧萧微雨闻孤馆”句，必清照在旅途中作也。近人多以为此词乃清照自诸城或青州寄至莱州赵明诚者，非是。（人民文学出版社 1979 年 10 月出版）

三、黄墨谷《重辑李清照集·李清照评论》：《蝶恋花》（泪揾征衣脂粉满）是一首开阖纵横的小令，王维的“劝君更尽一杯酒，西出阳关无故人”，到了她的笔下变成“四叠阳关，唱到千千遍”的激情，极夸张，却极亲切真挚。通首写惜别心情是一层比一层深入，但煞拍“好把音书凭过雁，东莱不似蓬莱远”，出人意外地而作宽解语，能放能淡。所谓善言情者不尽情。令词能够运用这种变幻莫测的笔法是很不容易的。(齐鲁书社 1981 年 11 月出版)

四、龚克昌《谈〈蝶恋花·晚止昌乐馆寄姊妹〉》：此词写作背景有两说，一是以为作者在滞留青州时写给移守莱州的丈夫；一是以为作者在赴莱州途中的昌乐馆写给留居青州的姊妹们。我以为，当以后说为胜。理由是：一、元代刘应李《事文类聚翰墨大全》后丙集卷四收此词，题为《晚止昌乐馆寄姊妹》。但刘氏对作者失考，归入无名氏。其实，在此之前，也即在宋代曾慥的《乐府雅词》里，已标明此词为李易安作。曾氏生活年代与作者同时，其说当较可信，正可补正刘氏将此词编入无名氏之误。而以为此词为清照思夫念旧之作均出后代，殊无实据。二、词中出现的“人道山长山又断，萧萧微雨闻孤馆”句，与所标“晚止昌乐馆寄姊妹”题意正合，且词中所流露的也恰是作者身处旅途中的口气，和寄宿孤馆中的心境。因此，断此词为作者寄姊妹之作，当较近是……这首词布局极具匠心。词上下片前三句都是追忆与姊妹离别时的情景——重点表现作者个人；上下片后两句都是写作者在旅途孤馆中的心情。但两者又有区别，上片前三句作者主在自绘外表，下片前三句作者意在表露自己内心。上片后两句肆笔于哀思，下片后两句寄意于希望。从而使整首词前后之间或相呼应，或相对照，波涛迭起，而秩序井然，令人耳目一新。且词的开头突然破笔，震慑人心；收篇写意深远，馀味深厚。可见清照妙笔之一斑。(《李清照词鉴赏》，齐鲁书社 1986 年 4 月出版)

五、平慧善《李清照诗文词选译》：宣和三年辛丑（1121 年）八月间，李清照自青州赴莱州，途经昌乐宿馆，作此词寄姊妹。本词布局颇具匠心，上下两片前三句都是写离别情景，后两句都是写旅途中的心情，但又有差异。上片前三句重在写外部表现，泪湿罗衣，《阳关》千唱；下片前三句则重在写内心活动，乱了方寸时的情景。上片后两句渲染路途遥远、高山阻隔，相见之难，以及在孤馆中的凄苦思念之情，放笔写哀思；下片后两句，词意转折，词人有意缩短距离，“东莱不似蓬莱

远”，嘱咐姐妹音书时寄，劝人自慰，意似通脱。（巴蜀书社 1988 年 10 月出版）

六、徐北文《济南名士丛书 · 李清照全集评注》：……该词换头与上片首三句绾合，承写别离时情景。“乱”、“忘”二词，朴实无华，揭示了临行时姊妹间依依难舍的复杂心理。结句写对姊妹的叮嘱和安慰。“蓬莱”是传说中的虚无缥缈的神仙境界，人莫可及。而东莱却是可通音讯，借以宽慰骨肉亲情。此词上下两片并列对称。上片头韵追溯姊妹临别的情景，侧重人物外貌、行动描写；次韵写独处孤馆的凄伤。下片先写姊妹临别的情景，侧重心理的开掘；次写东莱音讯可通，安慰姊妹。结构精巧。在时间上，作者从过去（临行）写到现在（孤馆）；由现在（孤馆）又折回写到过去（临行）；又从过去（临行）设想将来（青州莱州间的书信）。在空间上，作者从青州写到征途；又从征途写到昌乐；从昌乐又折回写到青州；从青州折进写到莱州、蓬莱。真可谓“若九曲湘流，一波三折”。可见作者才情敏赡，有才女如此，真是中国文坛的骄傲。（济南出版社 1990 年 12 月出版）

七、宋红：这首词以浅近之语写深挚之情，虽所用皆为平字、陈字，但却见出新意，见出精巧。如“四叠阳关，唱到千千遍”；“阳关”一词的由来是人们非常熟悉的，其始出于唐代诗人王维的《送元二使安西》，中有“劝君更尽一杯酒，西出阳关无故人”的动人诗句。其诗后被作为送别曲谱入乐府，以诗的首句“渭城朝雨浥轻尘”得名《渭城曲》，或称《阳关曲》，又因歌词要反复吟唱三遍而名《阳关三叠》。宋人在送别时是否必歌此曲未曾详考，但“赋阳关”已成为表示惜别的代用语，在中国古代的语言文化中积淀下来。因此，李清照以唱阳关来写离别，本无甚新奇，但妙处在于数词的使用上。《阳关曲》本是三叠，词中说成“四叠”，已在人们心中多加了一层烙印，然至此还不尽意，还要将这“四叠阳关”“唱到千千遍”，一遍即四叠，“千千遍”又该是多少叠呢？如此，便收到了陈字见新，平字见奇的效果。“四叠”，有本作“三叠”，在版本意义上难定谁尊，在文学创作的意义上则“四叠”较“三叠”更能淋漓尽致地传达情感。且作“三叠”者更有系后人篡改的可能：因《阳关曲》通作三叠，此其一；《蝶恋花》词谱此句为“（平）仄平平”，虽第一字平仄不限，但以平声为正体，此其二。所以在流传中“四叠”

被改成“三叠”的可能性要远大于逆向改动。而且词的下阕，与“四叠阳关”处相同位置的“忘了临行”，第一字也用了仄声，因此我以为“四”才是李清照所使用的本字。此外，“东莱不似蓬莱远”，在平平仄仄平平仄这样一种轻重律的复沓位置上将东莱（莱州）与蓬莱巧妙地联系起来，亦使人感到句式精巧而词意清新。这首词的主旋律是仄仄平平、仄仄平平仄（四叠阳关，唱到千千遍），此前一句是这一旋律的压缩，此后两句是这一旋律的伸展，上下两阕是相同节奏的复沓，这一主旋律的变奏和反复，与词中所诉说的内容，所表现的情绪自相应合，形成内在的波动起伏的感情流，使读者的情绪受到潜移默化的感染。……从词中可以看出，李清照当时内心十分痛苦，但又在极力排遣这种痛苦，致使有人误以为这首词是她在青州写给在莱州的丈夫的。的确，人间种种离别，最伤怀者莫过于情侣之别，而词中的伤离情绪似乎已超出了姐妹相别的程度。而且李清照这种孤独痛苦而又故做淡泊的心态不仅表现在赴莱的羁旅途中，到莱之后亦有增无减。应与这首《蝶恋花》联系起来读的是她抵达莱州后所写的一首《感怀诗并序》……既然见到了“眉头”、“心上”、朝思暮想的丈夫，为什么还有“独坐一室”的孤独之感，为什么还要以“乌有先生子虚子”为“至交”呢？这是不合常理的。一些研究者曾提出赵明诚是否蓄妾的问题，细玩李清照赴莱途中的《蝶恋花》和到莱以后的《感怀》诗，不禁也会生出这样的疑问，此是赘语。(《李清照作品赏析集》，巴蜀书社 1992 年 9 月出版)





## 蝶恋花

上巳召亲族[①]

永夜恹恹欢意少[②]，空梦长安[③]，认取长安道[④]。为报今年春色好，花光月影宜相照。　　随意杯盘虽草草，酒美梅酸，恰称人怀抱[⑤]。醉莫插花花莫笑，可怜春似人将老。

【注释】

①上巳：节日名。秦汉时，以阴历三月上旬巳日为“上巳”（详见《后汉书·礼仪志上》）。魏晋以后改为三月三日。

②恹恹：精神不振貌。

③长安：原为汉唐故都，这里代指北宋都城汴京。

④认取：认得。

⑤“随意”三句：杯盘：指酒食。梅酸：梅是古代所必需的调味品，故此三句意谓酒席虽简单，但很合口味。

【讲解】

宋钦宗靖康二年（1127年）三月，赵明诚由淄州奔母丧至江宁（今江苏南京）。同年四月北宋亡，五月，宋徽宗第九子康王赵构即位于南京（今河南商丘）应天府之正厅，改元建炎，史称南宋，赵构谥号高宗。赵构继位时信誓旦旦，要收复失地。实际上是遏制抗战，奉行投降主义，一路逃跑，不久即以江宁为行在，丢弃了北方的大片国土。这就是李清照写作此首《蝶恋花》的时代政治背景。时代是苦难衰败的，但是赵家却在“振兴”，三兄弟相继复官晋升。至宋建炎元年（1127年）七月，赵明诚起复知江宁府，兼江东经制副使，八月即到任，成为江宁重镇的最高长官。这时李清照还在青州，她正夜以继日地挑选文物以备南运江宁。不料，是年十二月青州发生兵变，赵家十馀屋的文物收藏化为灰烬。李清照死里逃生，携《赵氏神妙帖》途经镇江遇盗掠勿失，将这一出自蔡襄之手的极为珍贵的书帖完璧归“赵”。为此，赵明诚对“老妻”感戴不已！这是宋建炎二年（1128年）初春的事。

第一次来到金陵故都，李清照的心里很不平静。她常常在雪天，身披蓑衣、头戴斗笠，登高以觅诗。以往人们将李清照的这一举动，每每理解为文士雅兴或闲情逸致。其实，她在登高远眺之际，怎么能不想到战乱中的故乡和沦陷了的北方国土！她所寻觅的是伤时忧国之歌的素材，这在她不久所写的若干诗句中可以得到证实。

转瞬冰澌雪霁，时近阳春三月。“靖康之变”以前，在今山东济南一带，居住着赵、李两家的许多亲友，如今已纷纷逃往江南避难。在赵明诚膺任江宁知府的消息传开后，不少亲族便来到江宁。注重礼仪的赵家三兄弟，从善如流般地接受了李清照的建议，于“上巳”日设家宴招待相继南来的诸亲友。按照李清照《〈金石录〉后序》的记载，赵家南渡后，仅在江宁的家什就包括官窑瓷器和锦绣被褥，足足可以接待一百位客人，所以此次家宴的规模可想而知。但是此词没有着意描述家宴的排场，倒很可能具有“新亭对泣”的气氛。对此，细审词意当可得知。仅从字面上，亦可看出——

此词虽将作者近一年来所经历的苦乐参半之事，同时诉诸悲苦之言和欢愉之辞，但令人深思的还是起拍三句：此时此刻，作为江宁“第一夫人”的主人公，她之所以精神不振，就是因为常常梦见国都“长安”，也认得去“长安”的道路，但却总是落空，无法回到自己日思夜梦的京都“长安”。前三句如此，结拍的感慨当是“年年岁岁花相似，岁岁年年人不同”。不仅如此，细想，此句很可能是对词人初婚时，所作《减字木兰花》结拍的反意照应——彼时她把花斜插在“云鬓”上，叫“郎”“比并”相看，娇嗔地问他：是花好看，还是自己的脸蛋儿好看？如今，花朵依旧春意盎然，自己却老之将至，再也不愿把花往头上“斜簪”了。

【辑评】

一、周振甫《读〈蝶恋花·上巳召亲族〉》：这首词，是李清照阴历三月三日上巳节宴会亲族时作的，是哪一年写的已无可考。从“人将老”看，当是婚后作品。从召集亲族宴会，赞美“春色好”看，该是北宋没有覆亡时作。从“空梦长安”看，赵明诚当在京里做官，所以要梦长安了。下片才讲到上巳节的宴会。宴会是在白天，所以不提月色了。古人在上巳节是到水边戏游，称为“修禊”，用来驱除不祥，争取吉利。最有名的是王羲之的《兰亭集序》，称“暮春之初，会于会稽山阴之兰亭，修禊事也”。那是“群贤毕至，少长咸集”，是一时盛会。作者这次宴会，不在水边，只有亲族，也没有其他的人。草草杯盘，也显得简单，有酒菜，有梅子，那也恰好配合亲族过上巳节的要求。上巳节已到了“暮春之初”，即春将老了，从而感叹“人将老”了。所以“醉莫插花”，不要让花来笑人了，这是一。假如醉里在头上插了花，劝花也莫笑，这是二。这是以花有知的拟人化手法。这是一首抒情的词。上片的含意，在“空梦长安”里透露，含蕴着深挚的感情。下片的含意，在“人将老”里透露，含有深沉的感慨。（《李清照词鉴赏》，齐鲁书社 1986 年 4

月出版)

二、黄墨谷：此词建炎三年（1129年）上巳作于建康（今江苏南京）。上片首韵“永夜恹恹欢意少”，采用一起入情、开门见山的手法。南渡以后，政局动荡，金兵不断攻迫，忧国伤时的激越情绪，使清照隽永含蓄的风格，一变而为沉郁苍凉。上巳虽是传统的水边修禊节日，词人此时心情不愉，入手即表明此意。次韵“空梦长安，认取长安道”，“长安”代指汴京。长夜辗转反侧，梦见汴京，看到汴京的宫阙城池，然而实不可到，故说“空”，抒写对汴京被占的哀思……《蝶恋花》是一首六十字的令词，这一首词题是“上巳召亲族”，带含丰富的思想内容，深厚的感伤情绪，写得委婉曲折，层层深入而笔意浑成，具有长调铺叙的气势。清照是南北宋之交的词人，她寓南渡之恨的词作，对南宋一些词人，如辛稼轩、姜白石等，影响都很大。辛稼轩有一首寓南渡之痛最深切的《摸鱼儿》，结尾“闲愁最苦，休去倚危阑，斜阳正在烟柳断肠处”，和清照这首的“可怜春似人将老”一样，都是将“斜阳”、“春暮”暗喻国家社稷现状的。（《唐宋词鉴赏辞典——唐·五代·北宋》，上海辞书出版社1988年4月出版）

三、平慧善《李清照诗文词选译》：本词是李清照晚年之作，这时她生活略为安定，已能召集亲族聚会饮宴。但是，美好的春光月色，意在消愁的酒宴，并未给词人带来欢快，相反更勾起对故国的深沉思念和旧家难归的惆怅。在梦中她还很熟悉汴京的道路，可以想见其忆念之切，但是一个“空”字，毕现失望之情。所以起首三句为全词定下基调。接着两处转折：上阕以春夜迷人的景色来反衬词人的愁闷情绪；下阕在怡乐的酒宴中，发出“醉莫插花花莫笑，可怜春似人将老”的悲叹，从而委婉曲折地表达了词人的忧国情怀和对人生的感慨。（巴蜀书社1988年10月出版）

四、靳极苍：李清照《蝶恋花》“上巳召亲族”，是建炎二年（1128年）清照逃到南方不久时作。念国、怀乡、伤老等情绪表现在全词之中。“醉莫插花”两句，插花是北宋洛阳人的习惯。欧阳修《洛阳风俗记》：“洛阳之俗，大抵好花。春时城中无贵贱皆插花。”现在亡国亡乡都逃到南方了，一插花就会引起乡国之思，所以是避免插花的。可是醉了，就会忘其所以地习惯地插花；一插花自己不觉，旁人就会望而生悲，所以作者事先告诫说："醉莫插花。"但这是难的，作者自己就难，所以又告诫花说：万一插了花，花也别笑，笑我，就是笑我老了还插花。这取意于武元衡诗"花笑白发人"。为什么要"花莫笑"呢？因为"春似人将老"，春还像个春天，人却将老了，所以说"可怜"。这取意于刘希夷《代悲白头吟》："年年岁岁花相似，岁岁年年人不同。"作者《偶成》："今看花月浑相似，安得情怀似旧时。"也正是春相似、人不同。这是很好的一首现实主义作品，故国之思，深隐于"醉莫插花"中，伤老之情，表现于"花莫笑"中，意义极为深刻。张端义《贵耳集》说清照"南渡以来，常怀京洛旧事"。"插花"就是所怀的一件。（《百家唐宋词新话》，四川文艺出版社 1989 年 5 月出版）

五、吴庚舜：这是一首抒情词，自它问世之日起，没有人说它是无病呻吟。但它究竟是写爱情还是写爱国之情，看法却不一致。若说是写夫妇离别之苦，自然也可以成为好作品，但它却与内容不符，因为题目上明明写着"上巳召亲族"，在亲族面前孟浪地宣称昨夜做了个相思梦，岂不是取笑自己，贻人话柄？因而把这首词理解为抒发故国之思或许更符合作者的原意。词人在作品中慨叹"人将老"，词必作于五十岁前。李清照南渡抵达江宁府（今江苏南京）赵明诚任所时为建炎二年（1128年）春，时年四十五岁。翌年二月，赵明诚罢守江宁。三月，清照西迁，避难赣水上。八月，赵明诚病逝。此后数年，在金人渡江南侵的形势下，她间关道路，飘泊不定，已无心情和条件宴请亲族。因此，这首《蝶恋花》很可能是她南渡之初的作品。下片前三句"随意杯盘虽草草，酒美梅酸，恰称人怀抱"是用朴实之笔叙写亲族共聚的生活。因为是战乱之中，又因为相邀之人不是外人，所以设的是便宴。"杯盘草草"借用前人诗中语可以增强亲切感。王安石《示长安君》"草草杯盘供笑语，昏昏灯火话平生"，写的就是亲人团聚之乐。便宴不等于酒肴粗劣，由于亲族长期交往，便宴的口味倒挺合大家的心意。"酒美"二句通过与宴的感受，写出了亲人聚会的融洽气氛。（《李清照作品赏析集》，巴蜀书社 1992 年 9 月出版）

六、孙崇恩《李清照诗词选》：简单分析，上阕"永夜恹恹欢意少"三句，是写长夜惆怅不快和空梦回汴京的情景，接着"为报"两句，以形象语言"花光月影宜相照"隐喻时局并未好转，反映出女词人感时伤乱之情和故国之思；下阕“随意杯盘虽草草”三句，写宴请亲族的情景，结尾“可怜”两句隐喻春光依旧，风景不殊，痛惜江河日下，人事已非。饱含泪水，含意颇深。作者从现实生活实感运笔，寓国愁于家愁，曲折地表现了深沉的忧国思乡之情。（人民文学出版社1994年12月出版）

七、刘瑜《李清照全词》：……一个农历上巳，这是个古老的节日，“每逢佳节倍思亲”，她怀着对故国乡关的深深眷念和对不能收复中原的愤懑及与亲朋不能团聚的怅惘之情，召集邻近的亲族叙旧，以慰绵绵的乡思，写下《蝶恋花》这首词。上片，写上巳的夜晚，女主人深深怀念故国乡关。首句写女主人整夜病病恹恹，郁郁寡欢，是实写；次两句，“空梦长安”是虚写，化虚为实，梦里长安街道的景象还是可见的；末两句，先提出一个假设的前提，是虚写。后写花光月影未能相照，这是真实的，化虚为实。虚实相生，相辅相成，可见艺术手法的多样、灵巧、纯熟，运斤成风。下片，写上巳宴请亲族，以慰乡思。先从“杯盘”写到“人怀抱”，由物及人；后从“醉”写到“花”，由人及物；又从花拓展写到“春”，又折回写“人”，这是由物及人。寥寥三十字，描写对象动荡的频率之高，简直形成一个清晰的曲线图像，映入读者的眼底，宕荡有致，曲尽其妙……上片，头三句，言外之意是，心怀悒怅，中原未能收复，有乡不能回；次两句，弦外之音是，年景好，应该美好、团圆、幸福、吉祥，让人们回到久别的故乡去，然而却不能，抱恨无穷。下片，头三句言外之意是，劝慰亲族用清香淳甘的美酒来洗解乡愁；末两句，弦外之音是，人虽然老了，饮酒时插花的兴致消了，但怀念故乡之心却有增无减……此词，写“眼前景，口头语”，看来似乎一目了然，但认真推究，却含有深沉的家国之思。词不长，但采用了多种艺术手法。大将杰才“不示人以璞”，又不见运斤操斧，妙哉！（山东友谊出版社1998年1月出版）

# 临江仙　并序

欧阳公作《蝶恋花》①，有深深深几许之句，予酷爱之。用其语作庭院深深数阕，其声即旧《临江仙》也。

庭院深深深几许，云窗雾阁常扃②。柳梢梅萼渐分明，春归秣陵树，人老建康城③。　　感月吟风多少事，如今老去无成。谁怜憔悴更凋零，试灯无意思④，踏雪没心情⑤。

【注释】

①欧阳公作《蝶恋花》：欧阳修作《蝶恋花》词："庭院深深深几许，杨柳堆烟，帘幕无重数。玉勒雕鞍游冶处，楼高不见章台路。雨横风狂三月暮，门掩黄昏，无计留春住。泪眼问花花不语，乱红飞过秋千去。"

②云窗雾阁：语出韩愈《华山女》诗："云窗雾阁事恍惚，重重翠幔深金屏。"后张炎《朝中措》词又有句云："燕帘莺户，云窗雾阁。"此谓云雾缭绕以喻楼阁之高。扃：关锁。

③秣陵、建康：均指今江苏南京。(历代数次更名经过下详)

④试灯：我国阴历正月十五日为元宵节，晚上张灯结彩，以祈丰年。十四日张灯预赏，谓试灯日。

⑤踏雪：指作者雪天顶笠披蓑，循城远览觅诗之事。据周辉《清波杂志》卷八记载："……顷见易安族人，言明诚在建康日，易安每值天大雪，即顶笠披蓑，循城远览以寻诗，得句必邀其夫赓和，明诚每苦之也……"

【讲解】

此首当作于宋建炎三年（1129 年）元宵节前后。

李清照在《词论》中，曾对欧阳修等人的词表示不满云：“至晏元献、欧阳永叔、苏子瞻，学际天人，作为小歌词，直如酌蠡水于大海，然皆句读不葺之诗尔，又往往不协音律者。”这里虽然在音、声方面对欧阳修的批评不无苛求之嫌，但作为名公大臣，欧阳修热衷于作“小歌词”，这在当时被认为是不够光彩的事，况且欧词，特别是其《醉翁琴趣外篇》还被认为：“鄙亵之语，往往而是，不止一、二也”（《吴礼部诗话》）。这种对于欧词的尖锐批评，虽然出自李清照不得而知的后人之口，但欧词本身的这类问题却是早已存在了的。对于致力于词的纯洁和尊严的李清照来说，对这类问题表示不满，洵为顺理成章之事。那么，她为什么又说“酷爱”欧句、怎样理解这种前后龃龉之说呢？

原来其中有词人的一段令人不易觉察的内心隐秘，即欧词中的女主人公既与班婕妤的命运相类似，也与常年被锁在危楼高阁中的李清照有某种同病相怜之处。同时，欧词中所写的那个乘坐着华贵的车骑的“章台”“游冶”者，恐怕正是词人所担心的自己丈夫所步之后尘。原来在这里她是借“醉翁”的酒杯浇自己的块垒。所以其不满和“酷爱”欧词，各有道理，不是一码事的前后矛盾。

词中的“秣陵”、“建康”，作为古都它历代数次更名。楚威王以其地有王气，埋金镇之，名曰金陵。“秣陵”系秦始皇所改，东汉孙权迁都于此改名建业。晋初又改名秣陵。后分秦淮河南为秣陵，北为建邺。晋建兴元年（313 年），因避晋愍帝司马邺讳改名建康。北宋时称江宁，南宋高宗建炎三年（1129 年）五月又改称建康。此处说明李清照用语既有根据，又灵活多变。

这首词最耐人寻味的是“感月吟风多少事，如今老去无成”二句。上句当指李清照偕丈夫在青州时，花前月下相从赋诗等标志着其夫妇情深意切的诸多往事，而对下句的“无成”，却不能理解为：“词人在感叹事业无成！”因为彼时的女子谈不上事业有成无成，这当是作者自叹年华已去、丈夫又甘作月下不归的“武陵人”，自己再无老蚌生珠之望，故谓“无成”！她一再重复的“老”字，主要当是指生育年龄，实际上她当时至多四十六岁。看来这首词所隐含的是一种有甚于“婕妤之叹”的“庄姜之悲”。而“庄姜之悲”又是“婕妤之叹”的自然后果。简而言之，就是指女子的命运类似于春秋前期的卫庄姜，她因被卫庄公疏远而无亲生子嗣。正因为笼罩词人内心世界的是这样深重而难言的苦衷，所以连正月十四日预赏花灯和踏雪寻诗这样的雅兴，亦不复存在了。

【辑评】

一、清徐釚《词苑丛谈》卷一："一句中连三字词"：……欧阳修蝶恋花春暮词也。李易安酷爱其语，遂用作庭院深深调数阕。杨升庵云：一句中连三字者，如"夜夜夜深闻子规"，又"日日日斜空醉归"，又"更更更漏月明中"，又"树树树梢啼晓莺"皆善用叠字也。

二、清王鹏运：四印斋本《漱玉词》注，此首亦疑有伪，似借前《临江仙》调，模拟为之者。

三、清况周颐《〈漱玉词〉笺》：第一阕，朱竹垞云"庭院深深"一阕，载冯延巳《阳春录》，刻作欧九，误也。玉梅词隐云：据《漱玉词》，则是《阳春录》误载也。易安宋人，性复强记，尝与明诚坐归来堂烹茶，指堆积书史，言某事在某卷某叶某行，以是否决胜负，为饮茶先后，何至于当代名作向所酷爱者，记述有误？竹垞云云，未免负此佳证。

四、王学初《李清照集校注》卷一：此首因各本文字之不同，可能作于"建安""远安""建康"，三者必居其一。远安在今湖北省，清照平生踪迹未至其地，可置勿论。至于建康，则清照曾至其地，其时赵明诚守郡。如原文确为"春归秣陵树，人老建康城"，则此词自应为清照在建康所作。惟四印斋本《漱玉词》、赵辑本《漱玉词》刊刻、排印有无错误，其文字根据何本？赵辑是否根据赵辑宁星凤阁抄本《乐府雅词》（此本被劫往国外，尚未收回，亦无显微胶卷。），尚待证实。而词中云"人老建康城"，又云"而今老去无成"，明为感旧伤今之语，与在建康时情境不甚相合，不似从明诚居建康时作。疑从《词学丛书》本《乐府雅词》作"建安"为是。清照似曾至闽，其时赵明诚已死，与张汝舟已离异，流离漂泊。在建康时每大雪辄循城远览，意兴甚豪，而此云"踏雪没心情"，情境完全不合。（人民文学出版社 1979 年 10 月出版）

五、周笃文：词旨凄黯，流露出很深的身世之恸……（《李清照词鉴赏》，齐鲁书社 1986 年 4 月出版）

六、黄墨谷：此词作于建炎三年（1129 年）初春，是胡马饮河、宋室南渡的第三个年头。词上片结拍“春归秣陵树，人老建康城”十个字，沉痛地写她流离迁徙，岁月蹉跎的悲叹。宋建炎元年（1127 年），赵构初即帝位于南京（河南商丘），起用李纲为相。时四方勤王之师都向行在结集，士气振旺，如能誓师北伐，中原恢复，计日可待。但当时昏庸自私的小朝廷，罢力主抗金的宰相李纲，任用奸邪黄潜善、汪伯彦之辈。他们已经在南京建造宫室，预备巡幸游乐，早把中原抛在脑后。宋建炎三年（1129 年），岳飞曾上书斥黄潜善、汪伯彦奉驾益南，奏请恢复中原。朝廷还责他越职上书，罢他的官。清照《临江仙》词中的“人老建康城”，不单是她个人的悲叹，而且道出了成千上万想望恢复中原的人之心情。（《唐宋词鉴赏辞典——唐·五代·北宋》，上海辞书出版社 1988 年 4 月出版）

七、平慧善《李清照诗文词选译》：本词大约是建炎二、三年（1128、1129 年）李清照住在建康时所作。词的开头通过景色描绘表现词人矛盾的心情。深锁庭院，怕见春光，柳芽梅萼，又见春光，这是第一层对照；“春归秣陵”与“人老建康”，是第二层对照；往昔的感风弄月与今日的憔悴飘零，是第三层对照。词人通过各种对比，抒发了思乡之情和老去无成的感慨，“试灯无意思，踏雪没心情”，以极朴素的语言真切地表现心灰意懒的精神状态，其中含有无限今昔悲欢的辛酸！（巴蜀书社 1988 年 10 月出版）

八、靳极苍：李清照《临江仙》“春归秣陵树，人老建康城”人皆以为巧。其实这句是仿取于梁范云诗：“风断阴山树，雾失交河城。”而“秣陵”“建康”更是同一地方的地名，所以巧得很。（《百家唐宋词新话》，四川文艺出版社 1989 年 5 月出版）

九、罗忼烈：其《临江仙》序云“（略）”。隐然有方驾之意，而其词不过云：“（略）”。浅露清泚，不独与原作之沉郁浑厚不可同日而语，结拍语尽意尽，勉强凑合，尤为词家大忌。（《百家唐宋词新话》，四川文艺出版社 1989 年 5 月出版）

十、徐北文《济南名士丛书·李清照全集评注》：《临江仙》系易安从明诚守建康时作，当作于建炎三年（1129 年）春为是。该词引前人词句入词，浑化无迹。两组对仗的运用，深化了词旨，增强词的建筑美、韵味美。含蓄蕴藉，耐人寻味……引欧阳修词首句“庭院深深深几许”开端，劈头一个疑问句，不需作答，这种开头的好处在于能引起读者注意，加深印象，避免平板，使文势跌宕。并用“深深深”一字三叠，使读者感到庭院甚为阴森幽凄，缘景布情，起到了衬托的作用。(济南出版社 1990 年 12 月出版)

十一、孙崇恩《李清照诗词选》：……赵万里辑本《漱玉词》则作“人老建康”。案：李清照一生未曾到过建安，从上下文的词意连属来看，应作“人老建康”为是。这首词上阕写景言情。首句写庭院用欧词句，一问极有情，连叠三个“深”字；二句写楼舍，不只“云窗雾阁”，而且“常扃”，寓情于景，含情深微，融化不涩，别有境界。第三句笔势一宕写春色，“柳梢梅萼渐分明”极富初春特征，著一“渐”字，更觉观物细致入微，且为下文抒怀作铺叙。结拍“春归秣陵树，人老建康城”，想象对比，忆旧伤今，孤凄郁闷之情极深。下阕直抒胸臆。首二句“感月吟风”、“老去无成”，寄托无限身世之感；末二句“试灯无意思，踏雪没心情”，抒当今心灰意冷、悲怆沉痛之情。全词委婉曲折，意境深远，情调凄怆，风格沉郁，表现了女词人南渡后在流亡中对身世凋零和家国危难的悲痛。(人民文学出版社 1994 年 12 月版)

十二、蔡厚示《唐宋词鉴赏举隅》：“庭院深深深几许？云窗雾阁常扃。”李清照酷爱“深深深几许”之语，是很有艺术见地的。因为它一连叠用三个“深”字，不仅渲染出庭院的深邃，而且收到了幽婉、复沓、跌宕、回环的声情效果。它跟下句合起来，便呈现出一幅鲜明的立体图画：上句极言其深远，下句极言其高耸。用皎然的话说，这就叫“取境偏高”(《诗式·辨体有一十九字》)；用杨载的话说，这就叫“阔占地步”(《诗法家数》)。它给欣赏者以空间无限延伸的感觉。但句尾一缀上“常扃”二字，就顿使这个高旷的空间一变而为令人窒息的封闭世界。真如一拧电钮，就顿使光明变成了黑暗一样。秣陵、建康，同地异名。它被分别置于上下对句之中，看似合掌（诗文内对句意义相同谓之“合掌”）。但上句写春归，是目之所见；下句写人老，是心之所感。它把空间的感受转化为时间的感受，从初春来临联想起人的青春逝去。情致丰富，毫不显得单调、重复。它貌似“正对”（即同义对）而实比“反对”（即反义对）为优，可视为本篇的警策。（紫禁城出版社 1997 年

2月出版)

# 临江仙

梅

庭院深深深几许，云窗雾阁春迟。为谁憔悴损芳姿，夜来清梦好，应是发南枝[①]。　　玉瘦檀轻无限恨[②]，南楼羌管休吹[③]。浓香吹尽又谁知，暖风迟日也[④]，别到杏花肥。

【注释】

①南枝：向南，亦即朝阳的梅枝。

②玉瘦檀轻：谓梅花姿态清瘦，颜色浅红。檀：原为木名，此处指浅绛色。

③羌管休吹：意谓不要吹奏音调哀怨的笛曲《梅花落》。

④暖风迟日：语出孙光宪《浣溪沙》词："兰沐初休曲槛前，暖风迟日洗头天。"迟日：春日。语出杜审言《渡湘江》诗："迟日园林悲昔游，今春花鸟作边愁。"

【讲解】

从上一首同调词的小序可知，李清照明明作了数阕《临江仙》，显然应该包括此首在内。它之所以被怀疑，除了人们时常提到的原因之外，窃以为更主要的原因是曾慥所编《乐府雅词》只收了前一首而未收此首的缘故。那么，曾编为何不收此首呢？答案很简单，就是曾慥认为此首不雅，这与他对《声声慢》的看法相类似。李清照著作的大量散佚大约是在明末清初，作为略晚于李清照的同代人曾慥，他有缘看到更多的《漱玉词》，《乐府雅词》只收入23首，很可能是曾氏与其同代人王灼一唱一和，前者以为李氏的许多词不雅，后者则说她“无所羞畏”（《碧鸡漫志》卷二）。有些后人或学究式的，或想当然地将此类词存疑，甚至将它们从《漱玉词》中驱除之。此词想必就是遭到了这种厄运！

这两首《临江仙》的寓托之意既相关联又相衔接。此首的字面更为通俗易懂，但其寓意，则可能被认为是不雅的——词人把未出场的男主人公（赵明诚）比做春天的和煦东风（“暖风迟日”），而担心自己将成为芳姿憔悴、浓香吹尽的落梅。结拍二句“暖风迟日也，别到杏花肥”，意谓春风离梅而去，却掉头（“别到”）吹拂杏花，遂使之“肥”！“梅”是公认的作者的化身，而“杏花”可喻指美女，其中的含义不言而喻。

【辑评】

一、清王鹏运四印斋本《漱玉词》注：此首疑亦有伪，似借前《临江仙》调，模拟为之者。

二、赵万里辑《漱玉词》云：案《梅苑》九引作曾子宣妻词，《乐府雅词》下魏夫人词不收。以《草堂》所载前阕自序证之，自是李作无疑。王鹏运云：借前调模拟为之者，盖未之深考也。

三、唐圭璋《宋词四考·宋词互见考》：案《花草粹编》收此首作李清照词，但《梅苑》作曾子宣妻词。据《草堂诗馀》载清照别一首《临江仙》自序云：“欧阳公作《蝶恋花》，有深深深几许之句，予酷爱其语，作庭院深深数阕，其声即《临江仙》也。”是清照曾作数阕《临江仙》，此阕起处相同，或亦清照作也。（江苏文艺出版社 1959 年 4 月出版）

四、王学初《李清照集校注》卷一：按此首泛咏梅花，情调与另一首完全不同，未必同时所作。《乐府雅词》李词亦未收此首。《梅苑》以此首为曾子宣妻词，《花草粹编》以为李易安词，俱不详所本，存疑为是。（人民文学出版社 1979 年 10 月出版）

五、黄墨谷《重辑李清照集》：此词《花草粹编》作李词，《梅苑》作魏夫人词，其他宋代总集均未录，且词笔劣陋，半塘老人《漱玉词》注：此首亦似伪作，乃借前《临江仙》调模拟为之者。兹不录。（齐鲁书社 1981 年 11 月出版）

六、周笃文：……据《草堂诗馀》所引，在这一组《临江仙》之前，李清照缀有小序，对作词的缘起有所说明。序云：“（略）”。可知乃是刻意仿效欧阳修迭字佳构而作的。然而却写得风致嫣然，没有一点斧凿痕迹。这首词以咏梅为题（《花草粹编》调名下本有“梅”字），人花合写，把闺人幽独的离思与韶华易逝的怅惘，极其高华而深至地表现了出来。“庭院深深深几许”起句袭用欧词，一字不改，而又融化不涩，别具意境。这种问鼎名篇的作法，表现了漱玉词人的魄力与艺术上的自信。以设问的口气一连迭用三个“深”字，能在读者心中唤起一种院宇深邃，气象雍容的声情效果。迭字用得好，却能形容尽妙，动人于不自觉之中……李清照这首《临江仙》一、二两句用得浑成而富有变化。因而避免了袭用成句容易造成的雷同之感。“庭院”句言其深，“云窗”句状其高。一纵一横，交相映衬，便将一座贵家池馆的富丽与清幽的气象勾画出来了。云簇疏棂，雾迷高阁，这是何其缥缈清幽、高出尘寰的所在呵。“春迟”二字语义双关，包蕴甚深，不可草草读过。乍看起来，仿佛是主人公慨叹春光的姗姗来迟。然而这仅是表面的理解。其实，阳春有序，天地无私，烂漫的春光是不会遗弃这锦屏府第的，这个“迟”字所反映的意蕴，不只是客观的景物，而且是一种主观的感情。作者是借春光不到的艺术构思来表现春闺思妇的凄黯心绪。它同“羌笛何须怨杨柳，春风不度玉门关”“玉颜不及寒鸦色，犹带昭阳日影来”等等，可说是同其委婉的手法。“为谁憔悴损芳姿？”更设一问，以跌宕的笔触，补足上文。指出了原来使闺中人赏春无绪、芳姿悴损的，不正是对远人的思念和被爱情的折磨吗？几经铺垫，到此才将一篇题旨揭出来。“夜来清梦好，应是发南枝”，歇拍处点出梅花，承上启下之笔，高华中带有一些凄丽的意味。“清梦”云何？乃是结想而成的南柯相会。远人纵未得归，这梦里的欢娱便也是一分消受了。以清词写苦思，倍增凄苦……她不是以梅花直接比人，而是把梅花同清梦联系起来，因好梦而溯及梅花，又以“应是”云云推测之词，加以摇曳，愈觉意折层深，令人回味不尽。漱玉词富于形象之美，尤长于活用比况类形容词。如“绿肥红瘦”与此处之“别到杏花肥”等，皆能别出巧思，一新耳目。“杏花肥”犹言杏花盛开也。然而不用常语而换一“肥”字，把形容词活用作谓语，就大增其直观的美感。巧而不尖，新而不怪，真能超越凡庸，别开生面。此处着一“肥”字，上与“瘦”字关合，以梅花之玉瘦，衬红杏之憨肥，益觉鲜明生动。同时两相映带，还点明了时间的跨度。从早梅绽蕊直盼到杏花开遍，二十四番花信风，已吹过十一番了。春光半过，伊人未归，花落花开，只成孤赏。难怪园中的春色，尽作愁痕了。末尾以景结情，骚情雅韵，令人凄然无尽，洵为小令中精品。(《李清照词鉴赏》，齐鲁书社1986年4月出版)

七、徐北文《济南名士丛书·李清照全集评注》：这首咏梅词，托物言志，以梅喻人。表面写梅，实际上写人。写梅花运用了拟人的写法。“为谁憔悴损芳姿”、“夜来清梦好”、“无限恨”，赋予梅花以人的思想、感情和行为。说是写人，却有梅花的物态形象：“发南枝”、“玉瘦檀轻”、“浓香”，真是亦花亦人，梅与人浑然一体。寄托着女主人对远离身边的心上人的深情思念，为相思而憔悴瘦损，忧心韶华易逝、红颜衰老，心上人会对自己冷落和疏远。意味悠远深长。(济南出版社1990年12月出版)

## 诉衷情

夜来沉醉卸妆迟，梅萼插残枝[①]。酒醒熏破春睡，梦远不成归。　　人悄悄，月依依，翠帘垂[②]。更挼残蕊，更捻馀香，更得些时[③]。

【注释】

①“夜来”二句：此二句中的“沉醉”云云，当系化用《诗·邶风·柏舟》的“微我无酒，以敖以游”二句。梅萼：梅的萼片，此处代指梅。

②“人悄悄”三句：既是化用《诗·邶风·柏舟》的“忧心悄悄”等等的句意，亦可能同时对顾敻《献衷心》一词（其词云：“绣鸳鸯帐暖，画孔雀屏欹。人悄悄，月明时。想昔年欢笑，恨今日分离。银釭背，铜漏永，阻佳期。　　小炉烟细，虚阁帘垂。几多心事，暗地思维。被娇娥牵役，梦魂如痴。金闺里，山枕上，始应知。”）有所取意。

③挼：揉搓。捻：用手搓转，如捻麻绳，其揉搓程度比“挼”更进一层。

【讲解】

此首当系赵明诚做江宁知府期间（1127年八月至1129年二月），李清照所作的数首闺怨词之一。称此首为“闺怨词”，或有论者为之哗然，而笔者的这一看法是根据此词中的用典得出的。尽管这类典故像溶于水的盐一样，几乎无影无踪，但如果不从这类典故说起，就很难了解作者的内心，遂误以为词人借酒浇愁至于“沉醉”，完全是思念故国故家所致。这是作者用的障眼法。

词的起拍二句所化用的“微我无酒，以敖以游”之句意，古今的理解多有分歧。但词人很可能是受到刘向《列女传》的影响，相信《柏舟》篇是一女子所作。平心而论，这一理解，要比汉唐某些旧解更切实际。尽管李清照不大可能见到朱熹《诗序辨说》对《柏舟》题旨的见解，说朱熹受到李清照的影响也很玄，可能性比较大的是不谋而合。朱熹不仅以为《柏舟》确系女子所写，并进而指出：此系妇人不得于夫而作。这简直是说出了李清照不敢明说的内心怨言。惟其不敢明言，才在起拍借用“微我”二句委曲道之。“微我无酒，以敖以游”二句，在《柏舟》篇的原意是：不是要喝没有酒，也不是想游无处游，而是我心中别有隐忧。李清照笔下的“夜来”二句则意谓：昨夜我喝得沉醉不醒，以致首饰卸迟、梅妆凋残，那是因为我正像《柏舟》篇的作者一样，心中亦有隐忧的缘故啊。

“酒醒熏破春睡，梦远不成归”二句的表层语义是说，酒劲渐消，梅花的浓香将我从春睡中熏醒，使我不能在梦中返回日夜思念的遥远故乡，而其深层语义则当是这样的：梅的香气把人熏醒，不得返回故里重温往日夫妻恩爱的美梦。对于这种解释很可能有不同看法，认为这是无视此词的思想意义，把李清照的家国之感，竟当成儿女私情！

不能这样看。不是说词人不忧国不思乡，而是按照她词“别是一家”的观点，其忧国思乡等等能够摆到桌面上的庄重情思，主要是诉诸诗、文。在赵明诚去世之前的现存《漱玉词》中，除了二三首风物、时令词和仅见的一首寿诞词，其他几乎全是抒发儿女私情，何况《诉衷情》这一词牌又名《桃花水》，李清照此词所承续的当是《花间集》中毛文锡的两首同调儿女情事词。

在这里有必要赘言的是，解读《漱玉词》有一点须特别留意，即李清照与男性作者很不一样。他们往往把政治抱负托之于“美人香草”、把怀才不遇寓之于儿女情怨。如果说秦少游把他日思夜想的“苏门”师友，有意说成是他与“玉楼”佳丽和“东邻”靓女的藕丝之连，那么，李清照则往往故将其内心怀恋的伉俪亲情，托之以故国旧家之思。再者，作为解读此类作品钥匙的，更有一段马克思的人情味很浓的名言，其大意是：痛苦中最高尚、最强烈、最个人的，乃是爱情的痛苦！此词的结拍更加雄辩地说明，如果是亡国之痛，她哪能眼巴巴地用消磨时间来等待痛苦的缓解呢？很显然，在这里作为思妇的主人公，她手捻“馀香”所等待的只能是“良人”！

“人悄悄”当是化用《柏舟》篇的“忧心悄悄”之句意，极言忧愁之深。如果把“人悄悄，月依依，翠帘垂”合解，其意当是：帘幕低垂，明月多情，照我“无眠”。如果以流行语译之则是，你问我忧愁有多深，明月知道我的心！

“更挼残蕊”，与以下将要涉及的《清平乐》的“挼梅”意象埒同，它是以冯延巳《谒金门》一词所刻画的那个“终日望君君不至”的宫女的“手挼”之物为典的，只不过宫女的纤手所揉搓的是“红杏蕊”罢了。此词的最后三句意思是，作者用揉搓残梅来消磨难熬的时光。言外之意当是：从沉醉到酒醒，从天黑到夜深，丈夫迟迟不归，词人则想方设法拖延些时间，殷切等待。李词之于冯词等既有借取，更有发展，她在自诉“婕妤之怨”时极为含蓄空灵。同样是“望君”，无言地等待更深沉、更耐人寻味——因为这时词人的心事远不止丈夫对她本人情意如何的问题。在实际生活中，赵明诚已不同于当初的那个重情笃学的夫君加“同志”的“人”了。“六朝金粉”之都的靡丽繁华之景，不仅使他沾染了纨绔之习，更叫她脸上无光的是他还曾“缒城宵遁”临乱逃脱和将他人的贵重书画留作己有……在一定的时代和心理背景下，李清照的这首《诉衷情》，不仅比《柏舟》《花间》、南唐诸作有青蓝之胜，究其底蕴，其中兼含多种伤心断肠之事，这比单纯的“婕妤之叹”更为难堪。

【辑评】

一、清况周颐《〈漱玉词〉笺》：玉梅词隐云《漱玉词》屡用叠字，“寻寻觅觅，冷冷清清，凄凄惨惨戚戚”，最为奇创。又“庭院深深深几许”，又“更挼残蕊，更捻馀香，更得些时”，又“此情此恨，此际拟托行云，问东君"，又"旧时天气旧时衣，只有情怀不似旧家时"，叠法各异，每叠必佳，皆是天籁肆口而成，非作意为之也。欧阳文忠《蝶恋花》"庭院深深"一阕，柔情回肠，寄艳醉魄。非文忠不能作，非易安不许爱。

二、刘逸生《宋词小札》：……整首词写的就是这些。你看，事情有多么琐屑，而写来却多么细腻，表达的人物感情又何其曲折幽深，耐人寻味。不知道这首小词是不是为了寄给她丈夫的。可以想象，假如赵明诚读了它，决不会不受感动的。妻子这一缕细微委宛的柔情，难道会比"帘卷西风，人比黄花瘦"更逊色吗？

三、王延梯、胡景西《〈诉衷情〉赏析》：后一句"酒醒熏破春睡，梦远不成归"写酒醒后的情形。酒意逐渐消退，"枕畔闻残梅喷香"，美好的"春睡"被浓烈的香气熏醒，回归遥远家乡的梦也做不成了。"酒醒"从首句"沉醉"而来，由醉到醒，在内容上进了一层，在笔法上宕开一笔，同时为"熏破春睡"张本：酒意渐消，春睡才会被梅香熏破；醒后，才有对断梦的回忆。可见作者构思精巧的匠心。而在炼字上，"熏破"勾出人物觉醒时的动态，颇为传神。"梦远不成归"，作者以梦写愁，揭示全词主旨。"梦远"是梦中返回遥远的故乡。但现实是故乡已在金人的铁蹄之下，回去谈何容易！词人只有借助梦境才能得到精神上的暂时慰藉，这是何等的不幸！而怀乡之情，故国之思又是多么殷切！李煜在其《菩萨蛮》中有"故国梦重归，觉来双泪垂"的句子。看来，用梦表达在现实中久萦于心而实际上又无法实现的强烈愿望，确实能收到情在词外的效果。"不成归"是指梅香惊梦，梦没有做完就醒了。断梦，给人留下遗憾，留下回味的馀地，它比一个完整的梦更富有艺术感染力。下片写词人在孤寂的环境中思念故土的执著情态。"人悄悄，月依依，翠帘垂。"是说梦醒以后，久不成寐，夜深人静，月亮缓缓移动，绿色的窗帘低垂着。此句描绘寂静的环境。作者寓情于景，抒发其思念故乡的深沉感情。"人悄悄，月依依"是对偶句。孤独一人，中夜不寐，故觉"悄悄"；皓月缓缓移动，含情脉脉，故曰"依依"。"悄悄"不仅活现人物的姿态，还能令人想见人物的凝思冥想之状。用"依依"来描绘月亮移动，十分切贴，它又和"人悄悄"所显示的夜深人静的气氛和谐统一，具有很强的艺术魅力。"翠帘垂"在描写客观物态中，更增加几分静谧。过片之后的第一句，作者在勾勒客观环境的同时，寓情于景，达到了情景交融，浑然一体的境地。写梦远思乡之情的作品，在李清照的词作中并不少见。这一首则以细腻的笔法塑造栩栩如生的人物形象见长。词一开章，就是沉醉而卧的自画像。“卸妆迟”、“压残枝”这些细节描绘增强了酒醉时人物形象的真实感。梦醒后的形象，是通过环境的勾勒和人物的举止动作来塑造的。“人悄悄，月依依，翠帘垂。”及“更挼”句不仅把人物外在的动作神情刻画得惟妙惟肖，而且是人物灵魂中的内在因素发掘出来，从而使人物形象完整统一，有血有肉。(《李清照词鉴赏》，齐鲁书社 1986 年 4 月出版)

四、平慧善《李清照诗文词选译》：本词上阕写梅香熏破春梦，归梦被扰；下阕写醒后百无聊赖的心情。表面上看，未写一个愁字，似乎只是有些幽怨的情绪，实际上处处都有愁意。以酒浇愁，以致沉醉；归梦不成，怨梅正是怨故土难归；春夜无眠，百无聊赖，最后三句不是表现词人热爱梅花的心情，而是通过单调连续的下意识的动作，表现词人月夜中愁结难解的心情。“梦远不成归”是本词的点题之句，读者可以从中体会到愁绪之所在。残梅则是词人用来表达种种情绪的引线。本词不是咏残梅的咏物词，而是抒发思妇愁绪的抒情词。(巴蜀书社 1988 年 10 月出版)

五、孙崇恩《李清照诗词选》：这首词，上阕描写从沉醉到酒醒时的情景。起头两句勾画沉醉而睡的形象，后两句描述醒后梦中乡思的神态。笔墨工致，形神毕现。下阕刻画梦醒后的动态与心态，起笔“人悄悄，月依依”，寓情于景，情景交融，对偶工致，含情深微，既是环境描写，又是人物刻画。“悄悄”既表现了女词人孤寂难耐和夜不能寐的情思，又显现了环境的寂静；“依依”既表现了明月中空，缓缓而移的情景，又似对人洒落无限情意，暗含女词人的乡思之情。“翠帘”一句，一个“垂”字更增加了环境异常沉寂的特点。结尾连用排句，别开生面，细腻地描写了女词人在特定环境中的心理情态美和行为动态美。“更挼残蕊，更捻馀香”既描绘了女词人爱梅惜梅的连续有序的动作，又刻画了女词人怀乡忧国的绵绵情怀。(人民文学出版社 1994 年 12 月出版)

六、刘瑜《李清照全词》：金昌绪《春怨》，使女主人惊觉的是黄莺的歌唱声。岳飞《小重山》：“昨夜寒蛩不住鸣，惊回千里梦，已三更”，使主人公惊梦的是蟋蟀的鸣声，总之破梦的是音响，是听觉受到强烈刺激的结果。但是在诗词里写花的馨香强烈刺激了人嗅觉，而使人的美好梦境受到破坏，这不能不说是个创造，是个发展，十分新鲜……作者用寥寥四十四个字，写女主人种种含蓄的活动及复杂曲折的心理，惟妙惟肖。女主人的思想感情波澜起伏，因愁而“沉醉”，因“梦远”而高兴，因“熏破”而愤怒。对梅花，因爱而插戴，因憎而“挼”、“捻”。情节的发展也如此跌宕曲折，人物形象栩栩如生，读者不禁拍案称绝，惊叹不已。前人云：“词以婉转为上，宜若九曲湘流，一波三折”是有一定道理的。易安此词正是。（山东友谊出版社 1998 年 1 月出版）

## 鹧鸪天

寒日萧萧上琐窗[①]，梧桐应恨夜来霜。酒阑更喜团茶苦[②]，梦断偏宜瑞脑香。　　秋已尽，日犹长，仲宣怀远更凄凉[③]。不如随分尊前醉[④]，莫负东篱菊蕊黄[⑤]。

【注释】

①萧萧：冷落萧索的样子。琐窗：雕刻有连环图案的窗子。多本作锁窗，当以琐窗为胜。

②酒阑：酒尽，酒酣。团茶：这里指一种特制的贵重茶饼。欧阳修《归田录》卷二：“茶之品，莫贵于龙凤，谓之团茶，凡八饼重一斤。”

③仲宣：王粲字，东汉山阳高平（今山东金乡）人。以诗赋见长，“建安七子”之一。十七岁避乱往依荆州牧刘表，以其貌不扬、体弱多病，不被重用，作《登楼赋》抒发思念故乡和怀才不遇的心情。

④随分：犹随便。尊前：指宴席上。尊：同樽。

⑤东篱菊蕊黄：化用陶潜《饮酒二十》其五的“采菊东篱下”句。

【讲解】

此首当写于宋建炎二年（1128 年）秋。是时赵明诚尚在江宁知府任，但李清照此作的基调却很低沉。词中既有家国之念，亦隐含身世之叹。如果说《淮海词》中多有将身世之感打并入艳情之作，那么李清照的这首词，是继其《蝶恋花·上巳召亲族》一类作品之后的、又一首将身世之叹打并于家国之思的词作。这类词的意义还在于它突破了作者原有的诗、词界限，使家国之念在被儿女私情所盘踞的《漱玉词》中，开始占有重要空间。

词之首句以“寒”字形容日光，加上第二句的霜打梧桐之景，可见已时至深秋。住着建造精美的房舍、饮用着高档酒水的女主人公，她在精神上为什么那样痛苦，以致感到度日如年，比《登楼赋》作者王粲更感凄凉？现存《漱玉词》中至少有两首涉及到王粲。另一首就是北宋时所写的《满庭芳》。那时作者尚无家国之念，她的心情与作《登楼赋》时的王粲不一样，故云：“何必临水登楼”。而此时的李清照既有往日的“婕妤之叹”，又有眼下的家国之念。所以下片的“仲宣怀远更凄凉”一句，实际上是讲她自己当时的处境比王粲更“凄凉”！

结拍的“东篱菊蕊黄”，承上句的随意醉酒之意，令人深感词人的万般无奈。她既想旷达饮酒以避乱世，提到“东篱”，又怎能不想到其“黄花比瘦”之句所隐含的身世之戚！

【辑评】

一、林家英《〈鹧鸪天〉赏析》：……作为一位明慧睿智而又经历了生活磨炼的女词人，她终于以豁达的心胸撇开凄凉感伤的情绪的折磨，唱出了“不如随分樽前醉，莫负东篱菊蕊黄！”趁着东篱黄菊盛开，何不把酒临风，欣赏这傲寒奇葩？这歌唱，源于女词人的明智，换言之，来自她对人生的真切领悟。正如有的词家所称，“易安倜傥有丈夫气，乃闺阁中苏（轼）、辛（弃疾），非秦（观）、柳（永）也。”（沈曾植《菌阁琐谈》）豁达明智也好，“倜傥有丈夫气”也好，都是有助于我们全面认识这位杰出女词人精神面貌、艺术风格的生动例证。

这首词音律流美圆润，如珠落玉盘。初读时，首先给人以一气呵成的感受。可是，细加玩味，便能欣赏到它跌宕的情致。上下两阕在层层抒写深秋凄凉情景之后，都能自然地撇开愁情，别开生面，恰如陆游所吟咏的越中风光：“山重水复疑无路，柳暗花明又一村！”（《游山西村》）

篇末展现东篱把酒赏菊的情景，虽系日常生活的叙写，却饶有象征意味。东篱黄菊在风刀霜剑威压下盛开，高标独立的气韵，和女词人暮年飘零异乡，依然坚忍不拔，攀登文化艺术的高峰，创造出像《声声慢》这样不朽词章的精神风貌，可谓神似。这首词以“寒日萧萧上琐窗，梧桐应恨夜来霜”开篇，写清晨，情景凄清。但是它以“不如随分樽前醉，莫负东篱菊蕊黄”完篇，写黄昏，色调明丽，给人以美好的遐想！为有女词人的豁达明智，在这晚风萧萧入琐窗的漫长秋夜，她的身心该会更安宁一些吧！这首词的结尾，堪称馀韵留春！（《李清照词鉴赏》，齐鲁书社 1986 年 4 月出版）

二、王思宇：结尾忽又宕开，故作超脱语。时当深秋，篱外丛菊盛开，那金色的花瓣光彩夺目，使她不禁想起晋代诗人陶潜《饮酒》第五首“采菊东篱下，悠然见南山”的诗句，自我宽解起来：归家既是空想，不如对着樽中美酒，随意痛饮，莫辜负了这篱菊笑傲的秋光。“随分”犹云随便、随意。这两句同作者《菩萨蛮》“故乡何处是，忘了除非醉”意思一样，不过表现方式不同。此片两层意思，都是对上片醉酒的说明：本来是以酒浇愁，却又故作达观之想；表面似乎很达观，实际隐含着无限乡愁。李清照的故乡已被金人占领，所以思乡同怀念故国是紧密结合着的。此词通篇都从醉酒写乡愁，上片以景物烘托气氛，下片引历史人物抒写悲慨，词意变化有致，凄婉情深。（《唐宋词鉴赏辞典——唐·五代·北宋》，上海辞书出版社 1988 年 4 月出版）

三、平慧善《李清照诗文词选译》：此词当作于南渡以后。以悲秋开头，“寒日”二句，极言秋日萧条。下面既饮闷酒，又烹苦茶，梦断难眠，瑞脑香浓，是词人寂寞的秋晨生活的反映。“更喜”、“偏宜”是词人自我宽慰，不能作正面理解。上片情景相生，下片直抒胸臆。以王粲思乡，点明词人悲秋的原由。在唱出“更凄凉”的悲音后，结拍二句突转，以悲秋始，醉秋终。须知强解愁容，愁容难解，人儿孤独凄苦之情更浓。但妙在含蓄，词人不写尽而让读者意会无穷。醉酒东篱的黄昏又与“寒日萧萧”的清晨相呼应，构成一完整的抒情画面。（巴蜀书社 1988 年 10 月出版）

四、杨海明：这是一首悲秋之词。这一类题材诗词，我们在前人那里，已经见得很多很多；然而细读李清照这首《鹧鸪天》，却仍然“别有一般滋味在心头”地感受到新鲜之处。这就启示我们：这首出自女词人晚期之手的词中，蕴藏着丰富的思想内蕴和独特的艺术美感——而这两者，又都通过词中抒情形象的多侧面来表现出的。拿现今小说理论来讲，就是塑造了一个由多重性格所组合而成的复合的抒情形象（也即作者的自我形象）。但是，李清照却又非一个普通的思妇或怨女可比——她更是一个才女、甚至是一个巾帼须眉！因此我们便在女性作者的形象之外，又看到了某种程度的士大夫相（或者也可说是：嗅到了某种程度的士大夫气息）。我们知道，李清照其人，虽然身为妇人，然而却又具有着一般女性、甚至是普通男子都不能企及的志向和才华，这就使她的词作在柔情之中还流露了骚人墨客式的雅趣……因此李清照所写的很多词作，就不仅体现了女性作者常有的那种婉约细致的特色，而且另还带有某种士大夫文人（男性）的气息。这首《鹧鸪天》，就正好体现了那种男性的生活气息和生活情趣。比如词中写到的“酒阑更喜团茶苦”“不如随分尊前醉”，就倜傥有丈夫气，并无闺中女子那种忸怩软弱之态。这就使这首总体是柔的婉约词中，出现了一定程度的刚性风格。柔与刚的适度的结合或统一，就是它独特的艺术美感之所在……这首词就不仅是一首普通的悲秋之作，而且是一首“伤心人别有怀抱”的悼亡之作。拿这把钥匙来开这首词的词境，我们就可以豁然开通：“寒日萧萧上琐窗，梧桐应恨夜来霜”，其第二句暗化贺铸的悼亡名句“梧桐半死清霜后，头白鸳鸯失伴飞”（《鹧鸪天》，一名《半死桐》），同样表达了她悼念亲人的悲苦心情。因之接下来“酒阑更喜团茶苦，梦断偏宜瑞脑香”两句，“茶苦”和“梦断”二语，也都暗寓着亡夫之痛……“酒阑更喜团茶苦”。难道真的是这样吗？非也。此喜实乃一种生理上的快感：饮酒之后，苦茶最宜解酒也；而实质在心理上，却无论是借酒浇愁的独酌和解醉饮茶的独啜，其内心世界都是苦涩的，所谓“如人饮水，冷暖自知”。所以下句“梦断偏宜瑞脑香”也就同此写法：“梦断”者，好梦已断、斯人长逝也；但梦醒之后，却又“偏宜”燃香独坐、默然沉思，这里同样写出了她内心的孤寂。故而这两句词句，一方面写她士大夫式的生活情趣，另一方面却又“波峭”地写出了她怀念亡夫、独栖空房的苦闷；与上两句词语，便组合成了一种深悄清冷的悼亡词境……（《李清照作品赏析集》，巴蜀书社 1992 年 9 月出版）

五、孙崇恩《李清照诗词选》：这应是李清照南渡后感时伤离的怀乡之作。此词的写作时间，有人认为“当作于建炎二年（1128 年）在建康时”；有人认为“晚年流寓越中所作”。李清照南渡后居建康之日，其词作主调较深沉，内容多为感时伤乱，怀乡念国之情；当流寓越中后，其词作主调不仅深沉，而极沉郁、凄苦，内容多为飘零之苦，孤冷之悲，身世之感，家国之痛。从此词的主调和内容来看，当为南渡之初居建康时作。上阕起笔“寒日”“梧桐”两句，写清晨深秋凄凉景色，移情于物，含悲秋伤时之情；接着用“酒阑”“梦断”二句，写酒后喜茶，梦醒闻香，委婉含蓄，写出孤寂无聊的心境。下阕笔势转折，起笔引王粲怀远典故，借古寄怀，发思乡之凄情；结尾二句化东篱把酒典故，婉曲蕴藉，抒怀乡之忧思。全词委婉含蓄，跌宕有致，含意深远，曲折地表现了女词人极其苦闷的内心世界，抒发了她极其深沉的乡思之情。（人民文学出版社 1994 年 12 月出版）

六、刘瑜《李清照全词》：此词结句甚为精彩。《艺概·词曲概》中云：“收句非绕回即宕开，其妙在言虽止而意无尽”，很有道理。此词末句宕开，本来乡情浓重，心绪凄怆，用酒浇愁，却说“莫负东篱菊蕊黄”。辛弃疾《丑奴儿》下片：“而今识尽愁滋味，欲说还休。欲说还休，却道天凉好个秋”，本来愁绪满怀，说了也无济于事，故“欲说还休”。结句宕开，“却道天凉好个秋”，无限抑郁怅惘之情于言外。两词结句如直抒胸臆，便僵直枯燥，缺乏了艺术的生机。宕开一笔，别出远神，境界全出，更引起读者冥想遐思，获得特殊的美感享受。（山东友谊出版社 1998 年 1 月出版）

## 菩萨蛮

归鸿声断残云碧，背窗雪落炉烟直。烛底凤钗明①，钗头人胜轻②。　　角声催晓漏③，曙色回牛斗④。春意看花难，西风留旧寒。

【注释】

①凤钗：见前《蝶恋花》（暖雨晴风）注②。

②人胜：剪成人形的首饰。《荆楚岁时记》："正月七日为人日。以七种菜为羹，剪彩为人，或镂金薄（箔）为人，以贴屏风，亦戴之头鬓。"人、胜，皆古人于人日所戴饰物，始于晋唐。详见李商隐《人日》诗。

③角：古代军中的一种乐器。此处含有敌兵南逼之意。漏：古代滴水计时的器具。

④牛、斗：与斗、牛同。两个星宿名。

【讲解】

此首作于词人避难江宁期间。

这一天是正月初七人日节。词人就在阴沉的天空中目送归鸿，而且直到雁群飞远、听不到声音为止，莫非她是想托大雁带去她的一片乡情？从后窗看出去，但见雪花在纷纷飘落、炊烟袅袅直上。白天就这样随着一种浓重的乡情远去了。晚上点燃灯烛，钗头凤闪闪发光，应时的首饰人胜也显得很轻巧。

但是，这一夜并不平静，不时传来军中的号角之声，直到天已放亮，牛、斗两个星宿渐渐隐去。本来人日过后，春天来临，百花竞放，但是今年却西风劲吹，寒气未消，百花难以开放。这是字面上的意思。内在含义当指军乐声声，敌兵紧逼，江宁危急，往日平静安定的生活难以为继。

【辑评】

一、潘君昭《读〈菩萨蛮〉》：这首词是写作者南渡后，在异乡度过人日（正月初七日）的景况，以及由此而引起的思乡念人之情。下片写次日晨景。远处的号角声催开了晨幕，铜漏也表明已到拂晓时分，曙光布满楚天。这是作者从睡梦中醒来以后的情景……"回"字形容黑夜逝去，晓色方开的光景。结尾两句，描写在晨光之下，倚楼远眺，但觉西风劲吹，春寒料峭，四周萧然，百花不发，这里不仅指景色，也是呼应首句，暗喻南渡以后小王朝偏安不振的局面；一年伊始，在寒凝大地的氛围中，作者联想到国事和自身遭遇，心情格外沉重。（《李清照词鉴

赏》，齐鲁书社 1986 年 4 月出版）

二、徐培均：……望归鸿而思故里，见碧云而起乡愁，几乎成了唐宋词的一条共同规律。然而随着词人处境、心情的不同，也能写出不同的特色……“归鸿声断”，是写听觉；“残云碧”是写视觉，短短一句以声音与颜色渲染了一个凄清冷落的环境气氛。那嘹嘹亮亮的雁声渐渐消失了，词人想寻觅它的踪影，可是天空中只有几朵碧云。此刻的情绪自然是怅然若失。稍顷，窗外飘下了纷纷扬扬的雪花，室内升起了一缕炉烟。雪花与香烟内外映衬，给人以静而美的印象。“炉烟”下着一“直”字，形象更为鲜明，似乎室内空气完全静止了，香烟垂直上升，纹丝不动……这首词的时间和空间都有一个转移的过程，但这一切都是通过景物的变换和情绪的发展在不知不觉中完成的。从“残云碧”到“凤钗明”到“曙色回牛斗”，既表明空间从寥廓的天宇到狭小的居室以至枕边，也说明时间从薄暮到深夜，以至天明。过片二句中的角声是指军中的号角，漏是指古代的计时器铜壶滴漏，引申为时刻、时间；着一“催”字，似乎是一夜角声把晓色催来，反映了词人彻夜不眠的苦况。周邦彦《蝶恋花·早行》词云：“月皎惊乌栖不定，更漏将残，辘轳牵金井。”细节虽不同，手法正相似，它们都是通过客观景物的色彩、声响和动态，表现主人公通宵不寐的神态。所不同的是周词乃写男女临别之夜的辗转不安，李词则写客居外地的惆怅情怀。周词风格较为妍艳，李词风格较为沉郁。此词给人最突出的印象是淡永。宋人张端义谓易安词“皆以寻常语度入音律，炼句精巧则易，平淡入调者难”（《贵耳集》卷上）。构成淡永的因素大约有三：一是格调轻灵而感情深挚；二是语言浅淡而意味隽永；三是细节丰富而不痴肥。仔细玩索，当能得其崖略。（《唐宋词鉴赏辞典——唐·五代·北宋》，上海辞书出版社 1988 年 4 月出版）

三、平慧善《李清照诗文词选译》：此词写在异乡过人日（正月初七日）的情景。上片首句写鸿雁归来，声断碧云，借景抒情，寄寓对故乡的深切思念。一二句写室内外之景，暗写主人公目送鸿雁，愁对炉烟。三四句则借饰物写人，表现节日的特点，并点出已由白昼转入夜晚。下片一二句写由黑夜转到黎明，以听号角，见曙色，暗示抒情主人公未能安眠。三四句写早春还寒的时令，又暗写人物心情，寓情入景，并与首句呼应。全词着力渲染凄凉的环境气氛，并通过时间的推移，抒写深切

的乡关之思，表达漂泊异乡的悲苦心情，虽无一个愁字，却处处写愁，含蓄深沉。(巴蜀书社 1988 年 10 月出版)

四、唐玲玲：……“背窗”是北面的窗，象征着阴暗；“炉烟直”，以寻常的景象写出人日那天无风无雨，在这春日的黄昏里，风停烟直，残雪飘零，大地上如此宁静，而碧空中的“归鸿声断”，虽然打破了大自然的沉寂，但配以片片残云微雪，这样，构成了早春时节环境气氛的阴冷惨淡。李清照把人物置身于这样的大空间的范围中，然后再深入一个层次来展现人物的动态和心理活动。“烛底凤钗明，钗头人胜轻。”笔端转入对深夜的闺中人物的探索。“烛底”是夜深了，而这夜晚的一切，毫无春意，冷冷清清，在微弱的烛光底下，头上戴的钗头凤特别明亮、人胜首饰也那么轻巧，而闺中人却在春寒料峭的寂静深夜、在孤雁啼鸣声中、在冷清寂寥的特定环境里，格外孤单；烛光下的艳妆，不能消除内心的惆怅寂寞。宋无名氏《撷芳词》有“可怜孤似钗头凤”句，对钗头凤的着意刻画，更加衬托出她孤独无依的心境。这时候的时空描写，是从薄暮到深夜的转移。艺术语言的精确优美，在这首词中也令人叹为观止。“断”、“落”、“催”、“回”等词语在词中所显现的功力，起到了人工天巧的艺术效果。“断”字反映碧空的广阔，雁声的凄厉；“落”字显示环境的轻蒙宁静；“催”字、“回”字是表现时间的转移；“看”字表达心灵的动荡；“留”字传达人物对春寒的感受。词中用字，十分贴切地呈现了人物的细腻感情。李清照以准确精美的词语，描写人物的心灵世界的细微变化，使词章蕴含的诗意更加浓郁，更加传神。(《李清照作品赏析集》，巴蜀书社 1992 年 9 月出版)

五、孙崇恩《李清照诗词选》：这首词，从语言、意境、风格上来看，当是李清照南渡之初的作品，不似有人所说“年轻玩赏之兴很浓时”的作品，其中更无“童心跃然”。上阕写初春室内外的凄清景象以及词人夜不能寐的生活情景，下阕写黎明时天上地上的景象以及词人沉寂惆怅的生活情景。全词从傍晚到深夜，以至天亮，从寥廓的天空到狭小的居室，以至枕边，描写细腻，错落精致，情景交融，境界开阔，语意深婉，一波三折，表现了女词人南渡后在凄清岑寂的环境下的沉寂惆怅之情和寂寞乡思之苦。(人民文学出版社 1994 年 12 月出版)

六、刘瑜《李清照全词》：上片，写黄昏室内外的景象及女主人永夜思念家乡的情景。下片，写拂晓时室外的景象和女主人难以看到梅花的惆怅。此词，充分体现了婉约派词的艺术风格，即委婉、含蓄。词的本旨是写女主人公对故国乡关的深情怀念，但全词共44个字，不着“愁”、“恨”、“思”、“念”、“故乡”一字，而把绵绵的乡国之愁蕴蓄在所写的景象和人物的艺术形象之中，真是浑涵得奇。其意境深邃、幽邈，有“不着一字尽得风流”之妙。

此词，不假雕饰，纯用白描手法。在时间上，先写黄昏，次写夜晚，后写早晨；在空间上，先写室外，次写室内，后又写室外，结构井然。层层布景，铺叙委婉。词旨婉约，局法井序，意境幽远，此词乃属怀乡佳制。（山东友谊出版社1998年1月出版）

## 菩萨蛮

风柔日薄春犹早[①]，夹衫乍著心情好。睡起觉微寒，梅花鬓上残[②]。　　故乡何处是，忘了除非醉。沉水卧时烧[③]，香消酒未消。

【注释】

①日薄：谓早春阳光和煦宜人。

②梅花：此处当指插在鬓角上的春梅。一说指梅花妆。《太平御览》卷九七〇引《宋书》，谓南朝宋武帝女寿阳公主人日卧于含章殿檐下，梅花落额上，成五出之花，拂之不去，自后有梅花妆。

③沉水：即沉水香，一种熏香料。《太平御览》卷九八二引《南州异物志》云：“沉水香出日南。欲取，当先斫坏树着地。积久，外皮朽烂。其心至坚者，置水则沉，名沉香。”

【讲解】

这虽然是南渡以后的作品，但从中却读不出泉路相隔或悼亡之意。又因词人离开故乡南渡，首先到达的是江宁（后改称建康）。李清照居江宁只有一年多，那么此词当作于赵明诚罢离江宁以前。赵于宋建炎三年（1129 年）二月被罢，三月迁离。这段时间即可作为李清照此类词写作的下限。

南宋初年，自然界的早春，东风柔和，天气渐暖，乍换春装，女主人公的心情也很好。一觉醒来，略感寒意，插在秀发上的梅花也已凋残。为了解脱思乡的烦恼，她便有意醉酒。睡卧时点上沉水香，而在熏香燃尽之后，主人公还在沉醉之中——这便是寓目可知的此词的表层语义。

上片的“睡起觉微寒，梅花鬓上残”二句，既表明主人公盛装而卧，又似有春睡“凉初透”之怨。那么词人的心态，又与填写前面《诉衷情》时相仿佛，只不过这层意思更加委婉含蓄罢了。

此词特别值得玩味的是词的结句——“香消酒未消”，它似乎意味着作者“但愿沉醉不愿醒”，因为只有在沉睡中才能缓解亡国之痛，这是一种极为深沉的爱国情愫，其与此词的结穴之处：“故乡何处是，忘了除非醉”，洵为同一机杼。

【辑评】

一、清况周颐《〈漱玉词〉笺》：俞仲茅云，赵忠简《满江红》“欲待忘忧除是酒”，与易安“忘了除非醉”意同。下句“奈酒行有尽愁无极”，微嫌说尽，岂如“沉水卧时烧，香消酒未消”，亦宕开，亦束住，何等蕴藉。易安自是专家，忠简不以词重云尔。

二、俞平伯《唐宋词选释》：上片措语轻淡，意思和平。下片说故乡之愁，一时半刻也丢不开，除非醉了。又说，就寝时焚香，到香消了酒还未醒。醉深即愁重也。意极沉痛，笔致却不觉其重，与前片轻灵的风格相一致。(人民文学出版社 1979 年 10 月出版)

三、曹济平《〈菩萨蛮〉赏析》：这首词是李清照南渡后眷念沦陷的北方故乡而作的。在我国浩瀚的古典诗词中，不知有多少诗人墨客吟唱过思乡之情，逐渐地形成为习见的题材，历来传诵的佳作也很多……然而李清照这首词作的艺术构思又有不同，它蕴含着南宋时代的特征而别具新意。在腐朽的北宋王朝灭亡后，北方女真金兵仍不断南侵。李清照的故乡已被金兵占领。她自己在南方过着颠沛流离的逃难生活，内心郁积着国破家亡的无限苦楚。在这种特定的社会历史条件下，词人倾吐思念故乡之情，正是反映了人们背井离乡、骨肉分散的共同感受，因而具有一定的社会现实意义。词的结处“沉水卧时烧，香消酒未消”。既是宕开，又是收束。前面说“忘了除非醉”，接下去词人的笔锋又从饮酒宕开，写临睡时点燃起浓郁的沉香。这里的“沉水卧时烧”，似乎断了词意，但用“香消酒未消”收结，似断又续，而且含意丰富，耐人寻味。沉水香消，表明她入睡的时间颇长；浓睡醒来，宿酒尚未消失，又足见她饮酒甚多，醉意甚浓。饮酒是为了消愁，想从心头暂时忘却思乡之情，然而乡情比酒味浓烈，比香气更持久，正是“举杯销愁愁更愁”了。这样把“忘了除非醉”的思乡主题更推进一层，成了“不思量，自难忘”。即使酒醉了也是难以忘怀啊！

李清照这首词写得婉约情深，代表了她南渡后词作的艺术风格。在感情的抒发上，由平缓细流而渐趋喷涌深沉。词人欲说还休的哀愁凄苦的思乡情绪，通过情景交融的日常生活画面和明白如话的语言，深深地吸引着读者。在“风柔日薄”的早春季节，词人没有展示“为报今年春色好，花光月影宜相照”(《蝶恋花》)的那种美好的感受，而是觉得乍暖还寒，并且起床后又懒于梳理。这种日常生活情景，作者采用淡淡的笔墨来刻画，但下片“故乡何处是？忘了除非醉”和“香消酒未消”，词人的笔力已透过外在的感觉深入到内心深处的揭示，把埋藏心中无时无刻都在思念横遭金兵铁蹄践踏的故乡的意绪，充分地泄露出来，构成一幅情景交融、意态逼真的画面，使读者体会到她那眷念故乡的深沉情思，不正是渴望着重返故土的爱国意愿的自然流露吗？（《李清照词鉴赏》，齐鲁书社 1986 年 4 月出版）

四、王思宇：此词上片写喜，下片写悲，表面看去意似不连，实际关系非常紧密。春风送暖，本来应该欢乐地尽情领略这大好春光，然而节候的变化，往往特别容易触动人的思乡怀人之情，想到山河破碎，有家难归，这美好的春色，反而成了生愁酿恨之物。所以上片之喜，更反衬出下片之悲；写喜是宾，抒恨是主；悲喜对照，把主题表现得更加突出。(《唐宋词鉴赏辞典——唐·五代·北宋》，上海辞书出版社 1988 年 4 月出版)

五、平慧善《李清照诗文词选译》：此词抒发南渡后的思乡之情，却从心情好写起，早春给人带来了喜悦之情，这对抒发乡情起了反衬作用。三、四句妆残、人寒、心境转换。“故乡何处是？忘了除非醉”，语气突转，充分表达对沦陷故土的强烈思念之情。接写浓郁的沉香已消散，而酒意尚存，说明昨夜醉意之甚，但酒醉微醒，词人就发抒乡思，可见不思量之不可能，表示“醉后也难忘”。这与李白的“举杯消愁愁更愁”相仿佛，但在表达上委婉含蓄，与前两句结合在一起，耐人寻味。(巴蜀书社 1988 年 10 月出版)

六、孙乃修：根据这首词本身看来，很可能写于李清照南渡后。词中写的是一种思乡的浓愁，颇耐思味。当时正是早春时节，天气温和，风光柔丽，女词人刚刚卸去冬装，换上夹衫，心情轻快而又愉悦。这是美好的大自然给词人心灵投上的一抹明亮的色彩。女词人睡起，感到几丝寒意，鬓上的“梅花”也已残破。上阕四句，委婉地透露出来的是一种含蓄、朦胧、带有几分凄冷的心境和幽细的愁思；女词人先淡淡几笔轻轻拈出了春“寒”和花“残”这样的审美感觉，放在读者的心头，通过这种“微寒”之感和残破的“梅花”意象，巧妙地闪射出她心灵深处的某种不如人意但又难言的惆怅之感。一位心灵触觉极为敏锐细腻的知识女性对良辰美景的复杂感触在这里已微露端倪。李清照在表达自己的这种思乡心绪时，很讲究笔法和技巧。全词风格婉约、含蓄，深沉、强烈的情绪并不施以浓墨重彩，却以清淡、省简的文字轻描淡写，情感表达得强烈而又有羁勒，陡然从心灵深处涌出，但随即又轻轻一笔打住，使这短短的一首小词在情感表达上产生一种起伏和跌宕，形成美感上的节奏。上阕的情感，一路平稳而冲淡，下阕劈头便是“故乡何处是”，使前面那一路冲淡的情绪顿起波澜。而上阕那种乍着夹衫的好心情，到了下阕也陡然一变，跳到思念故乡的一怀愁绪上来。这种情感上的节奏和突变，无疑具有诗词创作和审美欣赏上的美学意义，但从另一方面看，也实在是女词人复杂、深刻的精神心理的真实显示。这首词相当深刻、有力地揭示出女词人灵魂深处的悲愤、不安和强烈的思乡情绪。细心的读者不难透过女词人深闺中的袅袅香雾、沉沉酒杯、昏昏醉意而窥见那颗与民族命运共存亡的崇高心灵。（《李清照作品赏析集》，巴蜀书社 1992 年 9 月出版)

七、孙崇恩《李清照诗词选》：这首词从语言、内容、风格等方面来看，亦应是李清照南渡后居建康时的怀乡之作。上阕起笔写“风柔日薄”早春景色特征及“夹衫乍著”的美好心情；接着跌出“睡起觉微寒，梅花鬓上残”二句，跌得有致，形神俱现，表现了由喜转悲的心态。下阕运笔有力，首起“故乡何处是”一问极有情，答以“忘了除非醉”显得极沉重；接着宕出“沉水卧时烧，香消酒未消”二句，宕而深婉，似断又续，表现了又由悲到更悲的心态。全词乍看平淡，细味深婉，层层深入，跌宕有致，惟言沉醉能忘乡愁，越说明乡愁沉重，从而深入地表现了女词人深重的故国之思和怀乡之情。（人民文学出版社 1994 年 12 月出版）

八、刘瑜《李清照全词》：上阕，作者写早春日里用醉酒浓睡来开解浓重的乡愁的情景。幽隐婉约，深妙稳雅。下阕，写她除了神经受到麻醉，否则是不会忘记故乡的。直陈胸臆，披肝沥胆。在艺术技巧上匠心独出。上隐下直；上平淡下浓挚。隐与直相济，平淡与浓挚相成。在内容上，下阕对上阕起到了补充和醒明的作用。构思超妙，斐然成章。

金兵攻陷汴京，掳走徽钦两帝，大好河山被侵略者的铁蹄践踏，渡江南来的难民有谁不昼夜思念故国乡关；渡江南来的有血性的臣僚，有谁没有黍离之悲，桑梓之情；南宋的广大人民及朝野爱国志士，有谁不急切力图“还我河山”，光复中原？李清照在此词中所表露的思国怀乡的绵绵愁绪，殷殷乡情，并非惟其一人才有，那是宋朝广大人民的共同心声。古人以怀乡为题材的文学作品不乏其篇。汉人佚名诗《行行重行行》云：“胡马依北风，越鸟巢南枝”、唐人李白诗《静夜思》云：“举头望明月，低头思故乡”、唐人顾况诗《忆故国》：“故国北去千馀里，春梦犹能夜夜归”、宋人欧阳修词《渔家傲》云：“乡关千里危肠断”、宋人苏轼词《永遇乐》云：“天涯倦客，山中归路，望断故国心眼”、李清照“故乡何处是，忘了除非醉”，可是有谁的遭遇像李清照这样悲惨？有谁像李清照那样思国怀乡痴情至诚？有谁思国怀乡像李清照那样深沉执著？这是时代、历史和个人的思想、经历及美学理想的产物。李清照的怀乡词，无论是思想内容，还是艺术技巧都有很高的价值，应得到我们今人的特别珍重。（山东友谊出版社 1998 年 1 月出版）

# 南歌子

天上星河转[①]，人间帘幕垂。凉生枕簟泪痕滋[②]，起解罗衣聊问、夜何其[③]。　　翠贴莲蓬小，金销藕叶稀[④]。旧时天气旧时衣，只有情怀不似、旧家时[⑤]。

【注释】

①星河：银河。

②枕簟：枕头和竹席。

③夜何其：《诗·小雅·庭燎》："夜如何其？夜未央。"夜已经到了什么时候了？其：语助词，表示疑问。

④"翠贴"二句：谓主人公罗衣上绣制的花纹，因多年穿用，金线已经磨损，鲜艳的花纹已经褪色、所绣制的莲蓬及荷叶亦变得小而稀疏。

⑤旧家：从前。"家"为估量之辞，与作世家解之"旧家"不同。详见张相《诗词曲语辞汇释》卷六。

【讲解】

此首当作于宋建炎三年（1129年）深秋、赵明诚病卒后的一段时间。词的结拍虽有"旧家"字样，但此处并非以家喻国，而是一首悼亡词。词中的每一句，都与作者丈夫生前的情事有关。在李清照二十一岁左右写《行香子》词时，已出现了"人间天上"的字眼儿。那时她把自己被迫与丈夫分离比做被天河隔开了的"牵牛织女"。斗转星移，如今与丈夫霄壤之隔，自己成了"人间"的嫠妇。卧房帘幕低垂，独住寡居。词人和衣躺在床上，回想丈夫在世时一幕幕情景，不禁泪如泉涌，湿透了深秋里凉飕飕的竹枕。眼下她和衣睡到半夜三更，被凉气冻醒，一面解衣就寝，一面问——现在什么时辰了？

不管是在青州的归来堂，抑或在莱州的静治堂，这对夫妻夜生活的主要内容都是编纂、读书、斗茶……在莱州时，赵明诚"每日晚吏散，辄校勘二卷，跋题一卷”。看来工作量相当不轻，而明晨还要早起到任所应卯。思路机敏而又善戏谑的李清照，很可能借《庭燎》中的赞美“君子”之意，夸奖一番自己的丈夫如何勤政笃学，丈夫又如何把自己看做事业上最得力的助手。这一切都意味着她在被丈夫一度疏远后，又恢复了应有的和谐，氛围变得更加温馨难忘。但是眼下，“罗衣”上原来绣的翠绿色的莲蓬，已经磨损得剩下很小的花纹了，用金线绣的藕莲，也是花褪叶稀。虽然每当秋凉之时还总是穿上这件衣服，但心境与从前却大不一样了。也就是说，李清照通过这首词，将思念亡夫的种种“情怀”，寄托在一件绣着莲蓬、藕叶的“罗衣”上，而且写得十分妙合自然，又深情动人。

【辑评】

一、王学初《李清照集校注·后记》：……词里面的“旧时天气旧时衣，只有情怀、不似旧家时。”“如今也，不成怀抱，得似旧时那!”这些句子里的“旧时”“旧家时”，主要是回首她自己的过去，但也并不排斥某一些同时回忆国家民族繁荣景象的成分。李清照这些作品，假使是在北宋时期写的，那就没有多大意义，必须又作别论了。可是，现在还没有理由和根据来怀疑它们不是写于南宋时期的。（人民文学出版社1979年10月出版）

二、蔡义江《说〈南歌子〉》：……因而我们有理由认为此词作于南宋高宗建炎三年（1129年）秋赵明诚卒于建康之后，从词中所表露的追怀自伤情绪来看，大概年代不会很晚……“天上星河转”，是说夜深；银河随着时间的逐渐消逝，不断地转移着位子。“人间帘幕垂”，是说人静；家家户户都放下重帘帷幕，悄悄地入睡了，而自己却醒着，不能入梦。这才看到“天上星河转”的景象。写出自己的寂寞孤凄，意兴阑珊。晏几道有《临江仙》词写怀人的苦情说：“梦后楼台高锁，酒醒帘幕低垂，去年春恨却来时。”这里“帘幕垂”句，与晏词境界相似，或者正是化用其意的。词人在室内枕上遥望着星河横斜的夜空，心里在想着什么呢？那一定是抛下她而去往“天上”、让她独自留在“人间”的她的丈夫赵明诚了。天上的牛郎、织女还能隔着银河一年一度相会，而他们却永无见面之日，真成“天上人间”了。这起头两句用“天上”与“人间”作对仗，也并非是任意为之的……夜凉与解衣，好像都是随意写到的，其实不然，下阕词意全由此生出，这里先作一逗引，在结构布局上，很有心机，针线也极细密。《诗·小雅·庭燎》：“夜如何其？夜未央。”这大概是“夜何其”一语的最早出处。《诗经》说“夜如何其”就是“夜如何”的意思。朱熹《诗集传》解曰：“王将起视朝，不安于寝，而问夜之早晚曰：夜如何哉？”后来诗多五七言，“夜如何其”四字，不便用于诗，便省略为三个字。可以省去语助词，“其”，而作“夜如何”，如杜甫《春宿左省》诗：“明朝有封事，数问夜如何。”也可以省去“如”字，而作“夜何其”，如旧题《苏子卿（武）诗》：“征夫怀往路，起视夜何其。”李清照所借用的就是汉诗中的语词，但与前人的用意都不同。她并非有什么要紧事，必须早起而怕睡过了头，而是出于烦恼，迟迟未能入睡。所以说“聊问”，不过是姑且问问而已。如果探寻她这样问的动机，无非是嫌这难以成寐的秋夜太长了，希望时间能过得快些……这罗衣成了往日美好生活的见证。也许，这是深情的丈夫出于爱怜而特意为她购置的；或者是她为了取悦丈夫而亲自精心制作的。它勾起了种种往事的回忆……这里说“旧时”，并非泛指从前任何时候，而是她回忆中与她丈夫在一起的某一特定的时间。那时，也是这样的夜晚，也是这样的天气，而且自己也穿着这件衣服。“旧时衣”，既点明上两句所描写的是衣服，呼应上阕的“起解罗衣”，又补出这罗衣“旧时”曾著。眼前所接触到的客观事物，与旧时有某种相同，这使回忆变得清晰，联想变得具体，同时也使感情变得更为强烈了。而这种种相同，在文势上又有力地反逼下文情怀之不同，直揭出全词的中心意思：想当初，夫妻恩爱相处，心情是何等欢畅，与此日伶仃孤苦的恶劣情怀相比，真有天壤之别了。全词用笔细腻、缜密、从容、蕴蓄，写得情致宛转，凄恻动人，足以代表李清照词的婉约风格。（《李清照词鉴赏》，齐鲁书社1986年4月出版）

三、陈长明：李清照自丈夫赵明诚病卒，避金兵之难，流落江南，所作词皆愁苦之音。此词未详年月地点，属此一类则无可疑……“聊问”是自己心下估量，不必实有此问，不可拘泥。至此词人情状已经写出，心事也已透露，还要看下片如何深入……“翠贴”、“金销”皆倒装，是贴翠和销金的两种工艺，即以翠羽贴成莲蓬样，以金线嵌绣莲叶纹。这是贵妇人的衣裳，词人一直带着，穿着。而今重见，在夜深寂寞之际，不由想起悠悠往事。“旧时天气旧时衣”，这是一句极寻常的口语，惟有身历沧桑之变者才能领会其中所包含的许多内容，许多感情。“只有情怀不似旧家时”句的“旧家时”也就是“旧时”。秋凉天气如旧，金翠罗衣如旧，穿这罗衣的人也是由从前生活过来的旧人，只有人的“情怀”不似旧时了！读到这里，我们似乎可以听见词人长长的叹息声。末两句连用三个“旧时”，正如前人评刘辰翁《宝鼎现》词所谓的“反反复复，字字悲咽”，言其“不似旧家时”之处，确乎感人至深。(《唐宋词鉴赏辞典——唐·五代·北宋》，上海辞书出版社 1988 年 4 月出版)

四、平慧善《李清照诗文词选译》：本词作于南宋高宗建炎三年(1129 年) 秋赵明诚亡故之后。上阕写秋夜伤感。首句写夜深，次句写人静，接写秋寒夜泣，词境悲怆。然后由“起解罗衣”过渡到下阕写睹物兴叹。罗衣的花纹不仅写得细致精巧，而且与秋色、心境融洽无间。“莲”谐音“怜”，“藕”谐音“偶”，以此来表达词人所引起的感触。最后三句直写，总结词意，以旧时衣物反衬非旧时情怀，悲怆已极。三个“旧”字的运用不仅不显得重复，而是更好地表现了“同中之异”，有强烈的对比作用。(巴蜀书社 1988 年 10 月出版)

五、刘扬忠：全篇结构，简单而分明。上片由景及事，下片睹物感怀。时间是秋天的夜晚，地点是寡妇的居室。在抒写层次上，因夜长天凉而失眠，因失眠而感孤独，因孤独而流泪，进而因解罗衣而忆旧，最终发出人事沧桑的深沉感喟……依次而下，线索单纯，条理清楚，无起落穿插，不像她的前辈词人周邦彦和秦观那样在结构章法上变化多端、腾挪跌宕。清照在这里所赖以取胜的，主要是思想感情的真挚缠绵和语言表达的明白自然。词以对偶句开头。“天上星河转，人间帘幕垂”，寥寥十字，写出一个极为阔大的境界。用高远的“天上”对照苦难的“人间”，用随季节变化而转换位置的“星河”（银河秋天转向东南方）来映衬莽莽红尘中这一间小小闺房的“帘幕”，其用意在于通过拉开时空距离，以显出下文所抒发的愁恨之绵绵无边。这里虽是写景之句，然而两个动词“转”与“垂”已暗逗抒情端倪。夜深人静，人世间的芸芸众生已经沉沉入睡乡，谁也不会来观察天上银河转不转、地上帘幕垂不垂的。只有悲痛无眠的女词人，才在这万般无奈之中时而抬眼观天，时而低头望地。可见，这两句并非客观地描写自然景物，而是作者的意中之象。她熬不过这漫漫长夜，她耐不住这天高地迥的死寂，她要敞开憋闷已久的胸怀，向这广袤的空间一洒怨情了……（《李清照作品赏析集》，巴蜀书社 1992 年 9 月出版）

六、孙崇恩《李清照诗词选》：从词意词情来看，这首词应是李清照于建炎三年（1129 年）后的词作。上阕描写她孤苦凄凉夜不能眠的情景，下阕抒发她触物伤怀，今不如昔的感慨。全词寓情于景，境界开阔，情调沉郁，含蓄隽永，委婉曲折地表现了词人的身世冷落之悲，和家国沦亡之苦。(人民文学出版社 1994 年 12 月出版)

七、刘瑜《李清照全词》：此词，作者以凄伤的笔触，抒发了南渡后国破家亡，丧夫身零的悲怆的情怀。上片，写深夜天气依旧，女主人孑然一身，心酸落泪，而怨夜长不尽。下片，写天气依旧，女主人衣服如故，睹物伤情，感慨情怀甚恶。构思精巧。先写“天上星河转”，天气依旧，是下文抒情的伏笔。“翠贴莲蓬小，金销藕叶稀”，衣服如故，是下文抒情的基础。最后感喟“旧时天气旧时衣，只有情怀、不似旧家时”，“卒章显其志”，有水到渠成之妙。上下片开头两句均为对偶句，谐美自然。《词绎》中说：“词中对句正是难处，莫认作衬句。至五言对句，七言对句，使观者不作对疑犹妙”，“不作对疑”正为此词对句的特色及高超之处。此处，衬跌手法及三个“旧”、三个“时”字的巧用，也都表明易安艺术手法的圆熟，精湛。此词，深刻的思想内容与高超的艺术技巧达到完美统一，不失为一首绝妙好词。（山东友谊出版社 1998 年 1 月出版）





## 忆秦娥

临高阁，乱山平野烟光薄①。烟光薄，栖鸦归后②，暮天闻角③。　断香残酒情怀恶，西风催衬梧桐落④。梧桐落，又还秋色，又还寂寞。

【注释】

①平野：空旷的原野。

②栖鸦：此指乌鸦归巢。

③角：见前《菩萨蛮》（归鸿声断）注③。

④催衬：催是催促的意思，衬可引申为帮衬。

【讲解】

此首写作背景与《南歌子》相同，均为悼亡之作。此词旧本或题作“咏桐”，或将其归入“梧桐门”。这是只看字面，不顾内容所造成的误解。也可以把这种误解叫做“见物不见人”，因为此处的“梧桐”是作为“人”，也就是赵明诚的象征。在《漱玉词》中，作者的处境及其丈夫的生存状态，往往从“梧桐”意象的丰富多变的含义中体现出来。比如赵明诚健在时，她所写的《念奴娇》和《声声慢》中，是“清露”中的“新桐”和“细雨”中的秋桐。到了《鹧鸪天》（寒日萧萧上琐窗）一词中，而云：“梧桐应恨夜来霜”。三者程度有所不同，但均不含悼亡之意。而这首词的基调就大不一样了——

比如下片的“西风”，其深层语义是指金兵。据记载，在南宋初年，每当秋高马肥之时，金兵便进行南扰、东进之攻势。在李清照看来，就像自然界的西风吹落梧桐一样，赵明诚的谢世与时局和金人的催逼有关。所以“西风”句就是以梧桐的飘落喻指赵明诚的亡故。

此词中特别值得玩味的是“梧桐落”二句。因为在古典诗词中，桐死、桐落既可指妻妾的丧亡，亦可指丧夫。前者如贺铸《鹧鸪天》（又名《半死桐》）：“梧桐半死清霜后，头白鸳鸯失伴飞”；后者如《大唐新语》：“安定公主初降王同皎，后降韦擢，又降崔铣。铣先卒，及公主薨，同皎子繇为驸马，奏请与其父合葬，敕旨许之。给事中夏侯铦驳曰：‘公主初昔降婚，梧桐半死；逮乎再醮，琴瑟两亡’……”

【辑评】

一、王学初《李清照集校注》卷一：四印斋本《〈漱玉词〉补遗》题作“咏桐”。按《全芳备祖》各词，收入何门，即咏何物。惟陈景沂常多牵强附会。此词因内有“梧桐落”句，故收入梧桐门，实非咏桐词。此词又见杨金本《草堂诗馀》前集卷上、《花草粹编》卷三，无撰

人姓名。（人民文学出版社 1979 年出版）

二、杨恩成《读〈忆秦娥〉》：……王国维在《人间词话》中把景物描写分为两类："有我之境"和"无我之境"。所谓"无我之境"，是指触景生情。而"有我之境"，则是缘情写景。换言之，"无我之境"所表现的感情是由外部景物触发的；而"有我之境"所抒发的情怀则是作者在触景前内心已经具备了的，是融情于景。"乱山"一句，即属于"有我之境"。词人满腹心事，登临送目。遗憾的是，一望无际的"平野"前面却是"乱山"。这个"乱"字，一语双关。夕阳斜照，烟霭纷纷。在夕阳的照射下，使人觉得远山也攒动。此其一。词人本想极目远望，但视线却被远山遮挡，不由人心烦意乱。此其二。因此，一个"乱"字，把视觉上的错觉和感情上的烦乱融为一体。缘情写景，字字关情。"烟光薄"三句，再写登临所见、所闻。"烟光薄"一句，是个"联珠体"的句式。它是"忆秦娥"这个词牌限定的，但又不是形式上的简单重复。特定的形式总是为内容服务的。这种重复，可以起承上启下、层层递进和渲染气氛的作用。词人正是借用这个重复的画面，把自己临高阁时满腹惆怅的情怀再次渲染出来，使景物更富于浓厚的感情色彩，增强了抒情的艺术效果，并以这种情景为纽带，转入另一种境界……词的下片，抒情。"断香"二句，直述情怀。行文到此，人们才明白：词人"临高阁"以后，不仅凭栏纵目，而且还焚香置酒，借以消释忧闷。谁料目睹乱山、平野、烟光、晚归的栖鸦、飘落的梧桐叶，西风飒飒，画角凄鸣，心中反而又生出一股愁情……"点染"，本来是绘画中的一种技法。"点"，就是"点明"；"染"，即"渲染"。这种技巧被借用到词中，往往是先点明某种情事，然后再用景物进行渲染。柳永《雨霖铃》说："多情自古伤离别，更那堪冷落清秋节。今宵酒醒何处？杨柳岸、晓风残月。"先点明"伤离别"，紧接着用"杨柳岸、晓风残月"来渲染"伤离别"之情。"断香"二句，也运用了"点染"的艺术技巧。上句点明"情怀恶"，下句再用西风催逼梧桐叶落进行环境烘托。虚实相生，情景化一……（《李清照词鉴赏》，齐鲁书社 1986 年 4 月出版）

三、平慧善《李清照诗文词选译》：本词写秋色。上片先写远景、大景。"乱山平野"句，既写杂乱的野景，又点出时间。接着由远及近，"烟光薄"当指日光淡淡的傍晚。夕阳西下之时，鸦群归宿，人未归来；

画角凄清，似诉幽怨。下片写近景、小景。首句由景入情，直言“情怀恶”，借酒也难消愁。写到这里，灰暗的景色同“情怀恶”关系已点明。接着又写西风吹落梧桐叶，显示草木凋零，生机窒息，渲染凄苦之情。末三句“梧桐落，又还秋色、又还寂寞”总括全篇，虚实相生，亦情亦景。(巴蜀书社 1988 年 10 月出版)

四、肖瑞峰：词的上片写登楼所见所闻。在一个秋天的傍晚，作者怀着“剪不断，理还乱”的愁思，缓步登临高阁，凭栏远眺。跃入她眼帘的竟是那样一些衰飒、悲凉的景象：缭乱的群山，平旷的原野，惨淡的烟光，以及聒噪着归巢的昏鸦。它们拼合为一幅令人伤心惨目的秋晚眺望图。有图若此，难堪已极，而作者偏偏还要给它配上撼人心魄的画外音——那在暮色中久久回荡的悲壮的号角声。号角声，不仅将作者的情思带入更寥廓的空间，而且为我们提供了捕捉作者情思的线索。由这作为背景之一的悲壮的号角声，我们无妨推测那是靖康之变发生后的兵荒马乱岁月。既然如此，联系作者靖康之变后亡国、丧夫、贫病交加、流离失所的遭际，似乎可以断言，渗透在这幅秋晚眺望图中的是一种糅合着国仇家恨的浑灏苍茫的忧伤之情。其实，秋景本不当这般萧瑟；只因为“伤心人别具眼目”，才在作者笔下萧瑟若此。以情役景，景因情设，这本是诗词家的惯技。正因为这样，刘禹锡在《秋词》中用“晴空一鹤排云上，便引诗情到碧霄”的壮阔之景来表现志士的豪情，王维在《山居秋暝》中用“明月松间照，清泉石上流”的清丽之景来表现隐者的雅致，而李清照则在此词中用“乱山平野烟光薄。烟光薄。栖鸦归后，暮天闻角”这样的萧瑟之景来表现她的忧思。从中，我们似乎也可悟出些“诗家三昧”……“梧桐落”三字的有意重复，虽然主要是为服从词律，却也昭示我们：这一衰歇景象，给予作者怎样深刻的感受，又引起她内心怎样强烈的反响！“又还秋色，又还寂寞”两句便以作者的感受和反响作结。“又还”，表明作者因历览秋色而更感寂寞已非一遭，很难判断她这是第几回逢秋而悲。这就在相当程度上增加了抒情的广度和深度。细绎全词，画面是那样惨淡、萧飒，情感又是那样凝重、沉痛，与作者早期那些抒写相思之情的哀婉却不失明丽的词作有着不同的况味，因而视之为后期的作品，或许并无武断之嫌。(《李清照作品赏析集》，巴蜀书社 1992 年 9 月出版)

五、孙崇恩《李清照诗词选》：这应是李清照晚年经受国破家亡之痛，颠沛流离之苦后的词作。从内容上看，亦并非“咏桐”。上阕写景。起笔写远望，“乱山平野”，景象不堪；再写近闻，栖鸦聒噪，暮天号角，隐然有山河荒残之痛，喟然有心怀凄凉之悲。下阕言情。先写室内，“断香残酒”，已自心情不好；再写室外，西风萧瑟，梧桐叶落，心怀更加悲凉。

全词皆景语、淡语、情语，写景寄情，景中含情，点染烘托，虚实相生，呈现了一幅冷清荒凉的暮天秋色图，表现了女词人触景伤怀、感时伤今和深沉的孤寂凄凉之情。（人民文学出版社 1994 年 12 月出版）

六、刘瑜《李清照全词》：“临高阁，乱山平野烟光薄。”开端起得陡然，把读者带到高高的楼阁之上。女主人登楼眺望，远处那蜿蜒起伏参差错落的群山，近处那辽阔坦平的原野，都被一层灰蒙蒙的薄雾笼罩着。“烟光薄”的凄暗色彩，似乎笼罩全篇，也似涂在读者的心上。作者用了两个“烟光薄”，加深了秋日“乱山平野”的昏冥色彩。前一句最后的词语，恰恰与相接的下一句开头的词语相同，这在修辞格中叫“顶针”，在词中有时这是词调格律的需要……结句：“梧桐落，又还秋色，又还寂寞。”用两个“梧桐落”，加深了秋天衰颓的色彩，渲染了凄凉的气氛，衬托女主人悲怆的心境。张炎《清平乐》：“只有一枝梧叶，不知多少秋声？”这是以小见大的写法，由梧桐叶落，而知天下秋色。刘熙载《艺概·诗概》说：“以鸟鸣春，以虫鸣秋，此造物之借端托寓也。绝句之小中见大似之。”女主人很想到外面去排遣一下心中的缱绻离情，但是不能，外面是一片令人悲伤的秋色。江山凄肃，花木飘落，不仅不会消愁，反而会更增悲哀。于是，还要继续在室内闷坐，形影相吊，一片沉寂。结句由景入情。（山东友谊出版社 1998 年 1 月出版）

# 渔家傲

## 记　梦

天接云涛连晓雾，星河欲转千帆舞。仿佛梦魂归帝所[1]，闻天语，殷勤问我归何处。　　我报路长嗟日暮[2]，学诗谩有惊人句[3]。九万里风鹏正举[4]，风休住，蓬舟吹取三山去[5]。

【注释】

①帝所：天帝居处。此处当比喻宋高宗驻跸之地。

②“我报”句：化用《离骚》：“欲少留此灵琐兮，日忽忽其将暮……路漫漫其修远兮，吾将上下而求索”等句意。

③“惊人句”：杜甫《江上值水如海势聊短述》诗：“为人性僻耽佳句，语不惊人死不休。”李清照于此当有所取意。

④“九万里”句：典出《庄子·逍遥游》：“鹏之徙于南冥也，水击三千里，抟扶摇而上者九万里”，词人借以抒发其南行意向。

⑤三山：《史记·封禅书》虽记载渤海有蓬莱、方丈、瀛洲三神山，但此处则兼有别称“三山”的福州之意。旧福州城内东有九仙山、西有闽山（乌石山）、北有越王山，因称其为三山。李清照尝有一女弟子，名曰韩玉父，曾“自钱塘而之三山”，她是从杭州到福州去寻找那位、与其“有终身偕老之约”、“得官归闽”、“何其食言”的“林君子建”（《宋槧醉翁谈录》乙集卷之二）。可见宋代人对于“三山”之行，是理解为南去福州的。

【讲解】

李清照为湔洗“玉壶颁金”之诬，携家中铜器等物欲赴外庭投进，便沿着宋高宗在两浙逃跑的路线追赶，而多次扑空。大约于宋建炎四年（1130年）二三月间，她又追踪来到了今浙江温州。这又是一次御舟前脚离开，她后脚赶到。在高宗曾驻跸江心孤屿的消息传开后，想必李清照也随即来到了被谢灵运描写为："乱流趋正绝，孤屿媚中川。云日相辉映，空水共澄鲜"（《登江中孤屿》）的江心屿。这不仅是一个山水相吻抱的风景佳胜之地，且有两塔东西对峙。东塔系唐代咸通十年（869年）所建，刚好一百年后，北宋开宝二年（969年）又建了一座西塔。李清照可能就下榻在西塔近旁的江心寺。这里的景致很优雅，但传来的消息却很惊人：诸如自闽开来大舟二百馀艘，高宗在定海上船，诏以亲军三千馀人相随，政府和枢府亦登舟奏事；宗子及妇女数百人分别至泉州和福州避兵；朝廷已三令五申速将祖宗"神御"（特指帝王遗像）迁往福州；先期逃往今江西的太后在洪州失陷后，又逃到福建……今天看来，上述一切都是见于正史的记载。

听到这些消息，李清照不能不考虑自己的去向。在此之前，婆母的棂柩已从建康迁葬泉州，赵明诚的长兄曾官于广州、次兄已官于泉州并家于是州。这都是促使词人作南去泉州之想的重要因素，也是这首《渔家傲·记梦》写作的时代、政治和家庭背景。

词之下片的"风鹏"，显然是李清照上述南去意向的外化和象征。"九万里风鹏正举"一句的出典表明："鹏"是将徙于"南冥"的，也就是由北海往南海飞，与词人所向往的去泉州的方向是一致的。所以她在词中运用这一典故非常恰当，如果她向往的是北方莱州的"三山"，就不能以南飞之鹏为典。实际上从青州到莱州，并无云雾茫茫上接天际的水路可行，其必经之地则是她写《蝶恋花》（泪湿罗衣脂粉满）时下榻的昌乐驿馆。其由青州至江宁虽系南行，但"三山"不用作江宁的代称，而福州不仅是由温州至泉州的水行所经之地，并且别称"三山"。所以词中"蓬舟吹取三山去"的语言意义虽然可能指渤海三神山，而其言语意义则是指福州，此其一；其二，由青州到江宁虽系"连舻渡淮，又渡江"（李清照《后序》语）的水路，但远不及由温至泉舶行所给人的水天相连的感觉；其三，词之首句的"天接云涛连晓雾"，倒很像是温州瓯江孤屿水天云雾实景的幻化。

道理相仿佛，词之上片的"帝所"、"天语"，字面上是说作者在梦中听到天帝向她发问，实际是她殷切企望追及、陛见高宗心理的幻化。因此，不管李清照的行迹是否到过福州或泉州，这首词的写作契机既与福州（三山）有关，更与"天帝"在人间的代表——宋高宗有关。在这之前一二年中，词人又确实“循城远览”，寻得诸如“南渡衣冠少王导，北来消息欠刘琨”和“南来尚怯吴江冷，北狩应悲易水寒”等“惊人”的诗句。此词中的“学诗谩有惊人句”，当是以上创作实绩的带有讽喻和牢骚意味的概括。由此看来，这首一向被认为表达理想的浪漫主义的豪放词作，却有着极为直接而深刻的现实内容。

王学初《李清照集校注》卷一曾说：在赵明诚已死、与张汝舟离异后，“清照似曾至闽”。这只是一种猜测，实际上，在现有的资料中，恐已无法找到李清照确曾至闽的根据，只能说她曾有过南去“三山”之意向，其未能成行的根据倒是相当可信的：这是为当时宋、金之战的形势所决定的！在金兵相继攻破明州、定海（均属今浙江）后，原来的势头是继续南侵，可巧风雨大作，加之和州防御使、枢密院提领海船张公裕引大舶击散之。金兵退据明州，像侵占扬州时一样，焚其城，占领七十日遂后撤。不久高宗驻跸越州州治会稽，李清照也随之来到这里。

**【辑评】**

一、清黄蓼园《蓼园词选》：此似不甚经意之作，却浑成大雅，无一毫钗粉气，自是北宋风格。

二、清梁启超评语：此绝似苏辛派，不类《漱玉词》中语。（见梁令娴《艺蘅馆词选》乙卷）

三、夏承焘《唐宋词欣赏》：这首词中就充分表示她对自由的渴望，对光明的追求。但这种愿望在她生活的时代现实生活中是不可能实现的，因此她只有把这寄托于梦中虚无缥缈的神仙境界，在这境界中寻求出路。然而在那个时代，一个女子而能不安于社会给她安排的命运，大胆地提出冲破束缚、向往自由的要求，确实是很难得的。在历史上，在封建社会的妇女群中是很少见的。这首风格豪放的词，意境阔大，想象丰富，确实是一首浪漫主义的好作品。出之于一位婉约派作家之手，那就更其突出了。其所以有此成就，无疑是决定于作者的实际生活遭遇和她那种渴求冲决这生活的思想感情，这绝不是没有真实生活感情而故作豪语的人所能写得出的。（百花文艺出版社 1980 年出版）

四、周笃文《李清照〈渔家傲〉小析》：与李清照多数词作的清丽、深婉的风格不同，这首《渔家傲》是以粗犷的笔触、奇谲的想象，对一个闪光的梦境所作的完整的叙述。它不仅在《漱玉词》中独具异彩，而且求诸两宋词坛，也是罕见的珍品。首先是构思的奇崛……其次是熔裁的巧妙……章法错综是本词的另一特点。一般中调之词，两片的安排，或写景，或言情，或泛叙，或专写，大致以停匀工稳为常格。此词则不然。从层次上看，先写天河梦游的景色，只用两句带过，这是第一层；后写叙事，一问一答，八句密衔，这是另一层。可是从分片上看，就不同了。问话三句上承写景，合为一片。答问五句却独自为片。然而，究其文意，则自“仿佛”以下八句，一气赶下，词意挺接，中间容不得换头与间隔。而是一种跨片之格。如此处理，便显得错综奇矫而不呆板，能给予读者一种既有条理而又富于变化的美感。“文如看山不喜平”，就从作者对本词章法结构的安排上，我们不是也可以看出一个艺术家的匠心吗！（《中国古典文学鉴赏丛刊 · 唐宋词鉴赏集》，人民文学出版社1983 年 5 月出版）

五、吴熊和《唐宋词通论》：……词人置身于广漠无垠的太空，不顾“路长”、“日暮”，在“九万里风”的推动下泠然作海外之行，反映了李清照不满现状，要求打破沉闷狭小的生活圈子的愿望。她希望对自己的精神世界作一番新的开拓和追求，不能作为一般的游仙之作看待。(浙江古籍出版社 1985 年 1 月出版)

六、朱德才《〈渔家傲〉赏析》：“诗言志，词言情”，“诗之境阔，词之言长”，北宋词尤其如此。它通常以写儿女风月为主，以抒发精美幽深之情为主，以写实手法为主，较少记梦游仙之作，罕见浪漫的想象和神奇的色彩。诚然，柳永《乐章集》有《巫山一段云》五首；苏轼《东坡乐府》中也有《水龙吟》以“记子微太白之事”，有《戚氏》以“详叙穆天子西王母事”，但词中并不出现作者自身形象，而纯写仙家故事，类乎游戏笔墨，苏轼的中秋名篇《水调歌头》狂放无羁，奇思幻想，并寓寄着词人的政治感慨和思想矛盾，但其基调仍是立足现实以抒情（下阕尤显)，并非典型的游仙之作。因此，记梦游仙以述志，不独为《漱玉词》中所仅有，且也是北宋以来词坛上的一种创格。如果追根溯源，则远绍屈原遗泽，近承太白馀风。《离骚》借神游天际发政治上的牢骚，并且其中就有“叩帝阍”的情节。李白的《梦游天姥吟留别》把记梦与游仙合而为一，瑰丽神奇，气象万千，诗人则陶然其间，乐而忘忧。李清照把屈子、太白的这种浪漫主义的气质、手法、境界运之以词，不能不说是一种有益的创格。作为一首篇幅短小的令词，清照何以表达如此精湛深沉的诗意呢？其一，艺术构思上的匠心独运。全词以记梦游仙为线索，但是不泛泛着笔，叠层铺叙在仙境的所见所闻，而是就中标出一个中心情节，即与天帝对话，通过奇异的仙凡对话来抒情述志，从而集中笔墨，有力地展现了题旨。起首两句写云天星空，自然也非闲墨，它为仙凡对话创造了神话环境和渲染了奇幻气氛。繁星闪耀，扬帆疾飞，不仅过渡巧妙，将词人“梦魂”送到“帝所”，而且也为下片风吹蓬舟向三山伏笔，首尾呼应，针线严密。其二，词人善于化用前人的诗文，以增强词作的广度和深度，而且用得灵活多变。如“路长日暮”脱胎于《离骚》，重在正面取意，做到以少胜多、言简意赅。“惊人句”本自杜诗，但用“谩有”化去町畦，将诗意透过一层。“风鹏九万里”，则主要借取形象，以喻腾飞之志。(《李清照词鉴赏》，齐鲁书社 1986 年 4 月出版)

七、徐培均：在词史上，李清照继柳永、秦观、周邦彦之后，被称为婉约之宗。她的词清丽婉转、幽怨凄恻，极富于抒情性。但是这首词却表现出不同的风格，它气势磅礴，音调豪迈，是李词中仅见的浪漫主义名篇。在一般双叠词作中，通常是上片写景，下片抒情，并自成起结。过片处，或宕开一笔，或径承上片意脉，笔断而意不断，然而又有相对的独立性。此词则不同：上下两片之间，一气呵成，联系紧密。上片末二句是写天帝的问话，过片二句是写词人的对答。问答之间，语气衔接，毫不停顿。可称之为“跨片格”。“我报路长嗟日暮”句中的“报”字与上片的“问”字，便是跨越两片的桥梁。“路长日暮”，反映了词人晚年孤独无依的痛苦经历，然亦有所本。《史记·伍子胥列传》有“吾日暮途远”之语……屈原用神话语言，表达他不惮长途远征，寻觅天帝所在的渴望；日将至暮，则勒其缓行，不使马上天黑，以便他上下求索。词人结合自己身世，把它隐括入律，只用“路长”、“日暮”四字，便概括了“上下求索”的意念与过程，语言简净自然，浑化无迹。其意与“学诗谩有惊人句”相连，是词人在天帝面前倾诉自己空有才华而遭逢不幸，奋力挣扎的苦闷……总起来说，这首词把真实的生活感受融入梦境，把屈原《离骚》、庄子《逍遥游》以至神话传说谱入宫商，使梦幻与生活、历史与现实融为一体，构成气度恢弘、格调雄奇的意境……（《唐宋词

鉴赏辞典——唐·五代·北宋》，上海辞书出版社 1988 年 4 月出版）

八、喻朝刚《宋词精华新解》：本篇黄升《花庵词选》题作“记梦”、今人多据此认为是一首记梦词，全词写的都是梦境。“记梦”之说似是而非，出于黄升的臆断。关键在于对“仿佛梦魂归帝所”一句的理解。这句既可解释为梦中似乎回到了天帝所居之处；也可理解为好像做梦一样，神魂回到了天宫。仔细寻绎，似以后者更符合原意。或谓此句颇有东坡《水调歌头》“我欲乘风归去”之意，词的情调和意境与稼轩《千年调》（左手把青霓）又极相近，故梁启超云：“此绝似苏辛派，不类《漱玉集》中语。”上述苏辛两阕写的都是幻想而非梦境，此阕亦当作如是观。本篇在《漱玉词》中，别具一格，意象飞动，境界壮阔，浪漫主义气息很浓。全词由望星空引起遐想，通过在仙境的见闻，描绘出一个奇幻瑰丽的神话世界，抒发了作者追求理想的豪情壮志。前人称赞李清照“有丈夫气”，“乃闺阁中之苏、辛”（《菌阁琐谈》），试读此词乃知非虚语也。可惜李清照的作品多数均已散佚，像这类“无一毫钗粉气”，风格豪壮疏放之作很可能并非绝无仅有，否则怎么能与苏、辛相提并论呢？（吉林大学出版社 1988 年 8 月出版）

九、平慧善《李清照诗文词选译》：词人通过舟行大海的奇幻梦境抒发自己的志向。上阕记梦，开头两句由描绘海上景象入梦，接写飘忽回到天宫，开始仙凡对话。“归”字，表现了词人的自负，意为本是天宫中人。又以天帝的关切，开出下阕，反衬在人间的孤独寂寞。下阕连用三个典故。词人答语以求索精神与诗才自负，又借“日暮”、“谩有”，表现悲观迷惘的情绪。接着，“九万里”句振起，表示要像背负青天，志存天地的大鹏鸟一样，乘风高飞远举，奔向理想中的仙境，表现了词人宏大的抱负。（巴蜀书社 1988 年 10 月出版）

十、靳极苍：关于这首词，《唐宋诸贤绝妙词选》题作“记梦”。词云“问我归何处”，是无可归处时；“路远嗟日暮”是苦无办法时；“蓬舟吹取三山去”，是要一死脱离人世时。依此，此词当作于南渡之次年，即建炎三年八月十八日明诚刚死时。其时乍失伴侣，弥天哀痛，而且国事日非，流离异地，无子无女，身将何依！深痛当前、深忧以后，一死同归，该正是作者当时的思想。据《金石录后序》：“（明诚）夏五月至池阳，被告知湖州，过阙上殿……至行在病。七月末，书报卧病……八月十八日遂不起。葬毕，余无所至!”“无所至”正是当时实际。祭明诚文云：“白日正中，叹庞翁之机捷；坚城自堕，怜杞妇之悲深”。上两句是说，愿先于夫死，后两句是说当以身殉。说“学诗谩有惊人句”，“吹取三山去”，正是要学李贺，意思是李贺有诗才，“帝成白玉楼召为记”，我有惊人句，不是也可到三山和仙女们为侣么？李贺是死后去帝所的，所以这“去三山”也就是死。依上，这首诗不是“记梦”，而是记作者当时痛苦已极的实际思想。(《百家唐宋词新话》，四川文艺出版社 1989 年 5 月出版)

十一、罗敏中：这是一首言志的词。作者不满足于在文学上所取得成绩，而希望有更高的人生追求。在短短的六十二个字中，或隐或显地引用了屈原、李白、杜甫等人的故实说明自己的抱负。她对实现这一抱负是如此执著。一方面，她嗟叹“路长日暮”；另一方面，却仍要求“风休住，蓬舟吹取三山去”。她也明知理想难以实现，因此，词以记梦的形式出现，并归结到缥缈的海上三神山（虚无）。此词突破了闺情和婉约的常格，呈现出豪放之风，故历来为人们称道。(《中国文学宝库·唐宋词精华分卷》，朝华出版社 1991 年 10 月出版)

十二、刘乃昌《宋词三百首新编》：此为记梦词。开篇描绘乘舟飞升所见，云雾迷茫，星移转，仙舟在银河破浪前进。次写升入天国，上帝殷勤抚问，沐浴到人间无从领略的温暖关切。过片回答上帝之语，反映词人才高运蹇、年华迟暮，包蕴无限人生坎坷与艰辛。末尾宕开笔锋，表达一己欲乘长风高飞远举、驰入天界仙境之壮怀奇思。全词场境宏阔，意象奇幻，笔力劲拔，气度恢弘，一气呵成，体现出作者不甘庸碌的胸襟。气韵豪迈，前人有“绝似苏辛”之评。(岳麓书社 1994 年出版)

## 好事近

风定落花深，帘外拥红堆雪[①]。长记海棠开后，正伤春时节[②]。　　酒阑歌罢玉尊空[③]，青缸暗明灭[4]。魂梦不堪幽怨，更一声啼鴂[5]。

【注释】

①"风定"二句：意谓大风过后，落花满地。深：犹厚。拥红堆雪：指飘落而堆积的红、白花瓣。

②"长记"二句：这里当是词人对其少女时期所作咏海棠的"绿肥红瘦"《如梦令》一词写作心态的追忆。

③酒阑歌罢：语见毛文锡《恋情深》二首其二："酒阑歌罢两沉沉，一笑动君心。"酒阑：酒残。玉尊：玉制酒杯，泛指精美贵重的酒杯。尊，同樽。

④青缸：这里指油灯。

⑤啼鴂：亦作"鹈鴂"、"鶗鴂"等。其名初见于屈赋的"恐鹈鴂之先鸣兮，使夫百草为之不芳"（《离骚》）。一说"鶗鴂"即子规、杜鹃。一说与杜鹃不是同一种鸟。辛弃疾《贺新郎》词："绿树听鹈鴂，更那堪、鹧鸪声住，杜鹃声切。"辛氏自注云："鹈鴂、杜鹃实两物，见《离骚补注》（洪兴祖注）。"此处当泛指催春之鸟。

【讲解】

此首写作时间大致与《渔家傲·记梦》一词差同，均系在赵明诚谢世的翌年春天所作。亦有论者谓此词系作于赵明诚离家出仕期间。现已考定，赵明诚之离家出仕，不是在汴京，而是在"屏居乡里（青州）十年"之后，倘把此首系于词人的中年时期，即从宋徽宗大观二年至宋高宗建炎三年（1108~1129年），这段时间也可称作青、莱、淄、宁时期亦无不可。因为在此期间，李清照曾经历过人生极为难堪而痛心的时日，这段时间，其词作之基调皆不胜悲苦，其"幽怨"程度，比之此词则有过之而无不及。惟因此词之下片给人以较明显的幻灭感，姑将其系于后期。

词之上片写大风过后，地上满处是飘落而堆积的红、白花瓣儿。不由得使作者想起少女时代、写作《如梦令》咏海棠词时的心情。那虽然也是一个"花事"将了的"正伤春时节"，如与眼下的况味相比，岂不正是唐代诗人刘禹锡所云"不应有恨事，娇甚却成愁"！此片结拍的"正"，《乐府雅词》卷下作"正是"。依词律，此句无作六言者，"正"、"是"二字必有一衍；

依文意，似取“正”字为胜。兹从多数版本“是”字径删。

下片起拍意谓灯红酒绿、歌舞升平的时光已成过去。接下去的“青缸”之光不仅忽明忽暗，甚至自动熄灭，可见环境之冷寂阴森。其以咏海棠的《如梦令》作对比，或是有意用顺境对逆境，以衬托其人生前后况味之悬殊。词人的丈夫已死，又正值灯熄花落的夜晚，梦中都感到不胜幽怨，作为催春之鸟的啼鴂一声鸣叫，更令人感伤。

【辑评】

一、清王鹏运四印斋本《漱玉词》：此词上段末句“是”字疑衍。

二、赵万里辑《漱玉词》：按此句无作六言者，“正”“是”二字，必有一衍。

三、蔡义江《说〈好事近〉》：一首波澜壮阔的诗，如果起句破空而来，常能使文势突兀陡峭，甚至可以产生惊心动魄的效果。但一首风格柔婉、词意含蕴、内容并无任何奇特之处的词，这种长处就不那么显眼了，它很容易被人们所忽略。这首词首句“风定落花深”五字，可谓“看似寻常最奇崛”，其剪裁之妙，实在非工于发端者所不能。因为在常人笔下，既写花不禁风雨吹打而零落，必先写风狂雨骤之状，而作者却偏偏不落窠臼，径直从“风定”起笔。花瓣的漫天飘飞，是表现春光逝去的好镜头。杜甫《曲江》诗起手写“一片花飞减却春，风飘万点正愁人”，就极有精神。但词中也偏偏省却了，而透过这一层去，只下一“深”字，来表现花落的结果。寓动于静，静中有动。留下了多少想象馀地，让读者自由地去补足那刚刚过去的狂风无情、落红如雨的纷乱景象。恰似神龙夭矫入云，仅见其尾而不见其首。技巧是相当高明的。“帘外拥红堆雪”，是对“落花深”作具体描绘：红红白白，已遍地拥簇、堆积起来了。以“红”、“雪”代花，造语优雅，色泽鲜明，怜惜之情已从中流露。写的是“帘外”景象，可见人在帘内，并未出门，已为下阕写闺中情景预先作了布置……词紧接着说：“长记海棠开后，正伤春时节。”在落花中特举出了海棠。古人甚重海棠花，如《群芳谱·海棠》称“其株翛然出尘，俯视众芳，有超群绝类之势，而其花甚丰，其叶甚茂，其枝甚柔，望之绰约如处女，非若他花冶容不正者比……唐相贾耽著《花谱》，以为花中神仙。”唐明皇曾以“海棠睡未足”来比杨妃醉态；杜工部无吟咏海棠诗而竟成后人口实；东坡谪黄州时作海棠诗说："嫣然一笑竹篱间，桃李满山总粗俗。"又有绝句说："只恐夜深花睡去，故烧高烛照红妆。"爱怜之情，溢于言表。后来的陆游，更被人唤作"海棠颠"（见《花时遍游诸家园》诗其一）。李清照也是极爱海棠的。她的《如梦令》词中脍炙人口的句子"知否，知否，应是绿肥红瘦"，写的便是海棠。而且它恰好用来作此词的注脚。大概此词作于《如梦令》之后的某一年的春末，故有"长记"云云。海棠农历二月间开花，花落时，春将逝去，所谓"海棠花已谢，春事无多也"（刘似《菩萨蛮》词）。正好借以表现"伤春"。这里的"春"，既指自然界的四时季节，也指人生的青春年华，美好岁月。所以伤春也就是词人的自我感伤。这样，词意就自然地引渡至下阕。（《李清照词鉴赏》，齐鲁书社 1986 年 4 月出版）

四、平慧善《李清照诗文词选译》：此词先从室内人的视角看室外景，后写室内景、室内人。首句不写狂风形状，从"风定"写起，善于裁剪。"拥红堆雪"，色泽鲜明，于渲染落花美丽中，流露哀惜之情。众花中独举海棠，不特表明时令更迭，而且感慨花木盛衰，万物兴败，在伤春中暗寓伤情。下片写伤情。室内人用饮酒唱歌排遣幽闷，愁绪更集，青灯明灭，正好衬托幽怨魂梦。啼鸩悲啼，用《离骚》诗意暗示春归，不仅诉出玉人的无限幽怨，而且与上片相应，使全词浑然一体。全词景、物、声、情水乳交融。（巴蜀书社 1988 年 10 月出版）

五、宋谋玚：此首在《漱玉词》中不算很有名，很少有选本选录。它的写作年代是前期还是后期；写作地点是汴京还是建康，也不易确定。不过，词的意境萧瑟，"酒阑"二句也似乎语带双关，暗示凄凉的晚景，与"莫道不销魂"那种娇柔的闺怨不尽相同，看来是南渡以还赵明诚亡后漂泊无依时所作的可能性要大些。……起句不说"风紧"、"风骤"而说"风定"，首先就扩大了时间的容量。"风定"正是"风紧"、"风骤"后的"风定"，是包含着一个相当长的过程的。"落花"而"深"，"风"之狂且骤可见。《武陵春》也是一开头就说"风住尘香花已尽"，不说狂风呼啸、飞红满天的过程，而只写风过后一切皆空的结果，益见词笔之蕴藉，也益见心境之悲凉。这正是易安居士习惯的手法，但这里的"落花深"比那里的"花已尽"更见含蓄。次句"帘外拥红堆雪"不是眼见而是帘内的推测想象之词，和《如梦令》的“应是绿肥红瘦”一样。“拥红堆雪”不及“绿肥红瘦”有名，但修辞手法的旖旎清新是相同的，而那里残红犹缀枝头，这里落蕊堆满庭除，同是感伤，程度大不一样。上片极言景物之凄楚，心境之悲凉，但无论“拥红堆雪”也好，“海棠开后”也好，都还是对“帘外”的推测，对从前的“长记”。而且，到此为止，尚未涉及人事，更未涉及人的忧戚。虽说“伤春”的程度较“应是绿肥红瘦”更深，情调还是相似的。下片却按下“伤春”不表，另起一头，诉说处境的难堪，从帘内的实景着手。“青缸”即青灯，青莹如鬼火的油灯。李白有“青缸凝明照悲啼”之句，那灯是明的，凝而不动，这里却是“暗明灭”，闪烁不定。前人说“一切景语皆情语”，这“青缸暗明灭”就是一个很好的证明。句中没有写抒情主人公怎么样，是不是也和李白所写的那样也在“悲啼”亦未可知，但有前边那一句“酒阑歌罢玉尊空”衬托，也就不言自明，含蓄不尽了。实景之前，这一句仍是虚写。七个字三个主谓结构，“阑”、“罢”、“空”，层层逼进，美好的一切都过去了，一切都落空了，只剩下一盏孤灯，时明时暗。灯犹如此，人何以堪！是写灯其实也是写人。青灯独对，无限凄凉，上片着意渲染的惜花之情，便逐渐被一种浓厚的自伤之感替代了。这样来衔接“梦魂不堪幽怨”，才不显得突兀。这种衔接手法也是易安居士所常用的。(《李清照作品赏析集》，巴蜀书社 1992 年 9 月出版)

六、孙崇恩《李清照诗词选》：有人说此词是李清照前期的伤春思夫之作，有人说为李清照于赵明诚死后的思国怀乡之作。从全词来看，这首词上阕描写暮春傍晚室外景象和伤春之情，下阕描写夜晚室内情景和孤凄之怀。寓情于景，含意深微，委婉有致，情辞凄怨……李清照前期的词作，抒写的多为惜春惜花，离愁别恨，孤苦寂寞，怀人念远的相思和孤苦之情，不像这首词所写的风定花落，拥红堆雪，景象凄惨。又“长记海棠开后，正伤春时节”，想想过去，看看现在，词人已自感慨万千，更不像这首词酒阑人散，孤灯孤影，魂梦幽怨，鹈鴂悲鸣，凄苦不堪。此词所表现的当是女词人在丈夫死后的孤苦难堪和对家国之恨的凄怨。(人民文学出版社 1994 年 12 月出版)

七、刘瑜《李清照全词》：李清照《好事近》这首词，从创作时代上说，是属她南渡前的作品，还是南渡后的作品呢？从内容上说，词的主旨是伤春呢？还是思乡呢？或是怀人呢？读者乍看似乎莫衷一是。一首高超的词作，尽管作者极尽委婉含蓄之能事，但还是要有意露出一点蛛丝马迹，暗示其词旨的。我以为此词当属南渡前，写伤春之感及怀念丈夫之情的词作……“风定落花深，帘外拥红堆雪”，作者是从一场暴风平息之后的春事衰败景象开笔的。“风定”，风停了。“落花深”，被暴风狂掠之后，凋零的花瓣积得很厚。从“落花深”一语，我们可以想象得到，狂风肆虐之前的鲜花不仅繁多，并且烂漫，那一定是春色满园，姹紫嫣红，花团锦簇，千姿百态，生机盎然的。从“落花深”一语，我们还可以联想得到，那风势定然是很强的，所以才有偌大的破坏性，或许是黑沉沉的天气，还下着疾雨冰雹。这种开头是颇具匠心，别出机杼的。它是从一件事的结局写起，使读者从结局自然会联想到造成这种结果的原因及以前事情的状况。结局越惨，意味着造成这种结局的原因就越严重越厉害；观察现场，会使人窥测到事情的本来面貌。一开始就使读者神思飞越，想象驰骋，虽然不言其事，但其事也在不言之中了。此句巧在精练，妙在蕴藉，绝在发人联想。（山东友谊出版社 1998 年 1 月出版）

## 摊破浣溪沙①

病起萧萧两鬓华②，卧看残月上窗纱。豆蔻连梢煎熟水③，莫分茶④。　枕上诗书闲处好，门前风景雨来佳。终日向人多酝藉⑤，木犀花⑥。

【注释】

①摊破浣溪沙：又名《山花子》。原为唐教坊曲名，后用为词牌。在唐五代时即将《浣溪沙》的上下片，各增添三个字的结句，成为“七、七、七、三”字格式，名曰《摊破浣溪沙》或《添字浣溪沙》。又因南唐李璟词“菡萏香销”之下片“细雨梦回”两句颇有名，故又有

《南唐浣溪沙》之称。双调四十八字，平韵。

②萧萧：这里形容鬓发花白稀疏的样子。

③豆蔻：药物名，其性能行气、化湿、温中、和胃……豆蔻连梢：语见于张良臣《西江月》："蛮江豆蔻影连梢。"熟水：当时的一种药用饮料。陈元靓《事林广记》别集卷七之《豆蔻熟水》："夏月凡造熟水，先倾百盏滚汤在瓶器内，然后将所用之物投入。密封瓶口，则香倍矣……白豆蔻壳拣净，投入沸汤瓶中，密封片时用之，极妙。每次用七个足矣。不可多用，多则香浊。"《百草正义》则说："白豆蔻气味皆极浓厚，咀嚼久之，又有一种清澈冷洌之气，隐隐然沁人心脾。则先升后降，所以又能下气。"

④分茶：杨万里《澹庵坐上观显上人分茶》诗有云："分茶何似煎茶好，煎茶不似分茶巧"，由此可见，"分茶"是一种巧妙高雅的茶戏。其方法大致是用重茶匙取茶汤注盏中，技巧高超的"分茶"者能使盏中之茶水呈现出图案花纹，甚至文字诗句等。

⑤酝藉：宽和有涵容。《汉书·薛广德传》："广德为人，温雅有酝藉。"

⑥木犀花：桂花属木犀科，木犀系桂花之学名。

【讲解】

从李清照的书序、信函和诗词中，已知她曾患过两次大病。一次是其《〈金石录〉后序》所云："余又大病，仅存喘息。"此次当因丈夫赵明诚去世、她为他料理后事，悲恸、劳累过度所致，时间大致在宋建炎三年（1129年）的闰八月；她另一次患病，比上次更危重："近因疾病，欲至膏肓，牛蚁不分，灰钉已具。"(《投内翰綦公崇礼启》)这场大病是在她家蒙受"玉壶颁金"之诬以后，为此她曾"大惶怖"，又"不敢言"，曾辗转追赶高宗行迹，欲尽将家中所有铜器等物投进外庭，以期湔洗。追赶高宗不及，在她卜居会稽钟氏宅时，其卧榻之下的珍贵书画，又被邻人穴壁所盗。前述惊魂未定，又或因其为被盗事，"悲恸不已"而致病。正在她病得"牛蚁不分"之时，一个名叫张汝舟的"驵侩之下才"，乘其之危骗了婚。词人一旦病情好转，便无法与张汝舟共处，在与之离异过程中，又蒙受种种毁谤，甚至身系大牢……在这一切苦难终究过去、重病初愈之时，李清照写了这首词，记录了她在某一天继续服药治病的养疴生活，故此词约写于宋高宗绍兴二年

（1132 年）八月，地点当在杭州西湖一带。

虽然写这首词时，李清照只有四十九岁，但这一年龄在古代则已被视为“晚岁”，又因其境遇过于坎坷，故不满五十鬓发已经花白稀疏了。上片次句“卧看残月上窗纱”，试作如是解：或因词人曾有离异之事为世人毁谤和不解，人们都疏远她，故其从破晓醒来，直到“终日”，只能孤寂地卧榻观月、闲翻诗书以遣怀。鉴于“分茶”的技巧高、难度大，病中的词人，一则无此精力和雅兴；二则此系高朋聚会之举，这时的词人正因离异事承受着“多口”之谤，恐一时无人前来与其聚饮，姑将此句解为：大病尚未痊愈的主人公只能煎豆蔻熟水以作药饮，至于“分茶”之雅举尚与她无缘。

下片起拍的“枕上诗书闲处好”，可谓道出了读书三昧，所下“闲”字尤妙。“闲”可训作“安静”，又通“娴”，可作“文雅”、“熟习”解。“枕上诗书”，安然细绎，烂熟于心，方得真赏。紧接下去的“门前”句似暗中概写杭州西湖之美。在词人看来，西湖不仅有像柳永所描写的“有三秋桂子，十里荷花”的旖旎风光；亦有苏轼所称道的“水光潋滟晴方好，山色空蒙雨亦奇”的湖山佳境，雨中西湖尤为美不胜收。但这一切只能用“门前风景雨来佳”概而言之，因为词人深知杭州西湖已经成了某些人眼中的“销金窟”和“安乐窝”，如果对其美景再大加渲染，岂不更加使之贪图享乐，不思恢复！

结拍二句中的“木犀花”是桂花的学名。词人不仅将桂花拟人化，而且把它比做像汉朝的薛广德那样，对人既宽和又有涵容。作者在她青春期所写的《鹧鸪天》（暗淡轻黄体性柔）一词中，曾称誉金桂“自是花中第一流”。看来，桂既是她的观赏对象，更是其理想的寄托，甚或是其人格的自况。





【辑评】

一、俞平伯《唐宋词选释》：……写病后光景恰好。说月又说雨，总非一日的事情。（人民文学出版社 1979 年出版）

二、周笃文《〈摊破浣溪沙〉试析》：这是一首病后遣怀之作，却写得从容暇豫，自然凑泊，没有一点蹙额锁眉之苦态。在漱玉后期作品中，可谓别具一格。《摊破浣溪沙》一名《山花子》。是将《浣溪沙》之两结七字句，破为七、三两句式。变其伶丁只句式的结尾为偶句式，仍用平韵。略加变化，便显得参差错落，活泼有态了。这首小词写了女词人的闻见与感受。时间不过一天，范围不离病榻。它没有什么动人的情节和新奇的事物。用的是平常的口语，写的是日常的生活，却章法谨严，能以淡语传神，颇饶理趣，令人回味不尽。“病起萧萧两鬓华”，首句发端有力，笔健层深，有笼罩全篇的效果。下面曰“卧看”，曰“枕上”，曰“终日”，都是从“病”字得意，为抽丝剥茧，直贯篇末，一笔不懈……“卧看残月上纱窗”，这是用慢镜头的技法，写养疴人静观之趣。女词人病已向痊，但未完全康复，不能坚坐，只好卧看月影的升沉。一个“卧”字紧扣“病起”，见出文心之细。“残月”，侵晓时分的月光。点出时间的上限，与卒章“终日”相应，正好是一个整天。卧看晓月，映上纱窗，把养疴人的岑寂闲静的心绪生动地反映出来了。下两句把推向窗外的视线，又转向室内，实现了场景的转换。“豆蔻”二句，药炉铛盏，仍然围绕一个“病”字，曲曲写来却丝丝入扣……她在《转调满庭芳》中就曾吟赏过“生香熏袖，活火分茶”的秀句。只是这类文人雅戏，不是独处病室的人所能为，故歇拍乃有“莫分茶”的嗟叹。这种纤笔琐描，历历如绘，能真切地反映出词人生活的实况。不仅如此，还可见当时的风尚，具有某种社会学的意义。如果说词的上片重在写景的话，那么下片却以抒写怀抱为主了。“枕上”一联，工整跳脱，如行云流水，是全篇的颔下骊珠。枕上摊书，秋床对雨，仍就“病”字生发，用笔挪转有致。一个“闲”字尤能道出读书的三昧。读意象闳深的诗词，需要澄心静气，从容涵咏，才能意与境会，得其真赏……李清照晚年定居临安，然则此词之地望，似宜属之杭州为是。居住在这三秋桂子、十里荷花的名区胜境，凭窗望去，有飘香的月桂耸立在蒙蒙烟雨之中。杭州七月，木犀馨里，炎威尚炽，俗称为桂花蒸。而一番雨过，涤尽炎暑，浣我清凉，这该是何等惬意的事呵！“门前风景雨来佳”，诗人的视觉又由室内推向窗外，实现了空间的转换，使之更加富有层次感。仿佛把我们带到了一个爽气清泠，雨姿活泼的环境之中。整个的调子是明朗和高昂的。虽然支离病榻，却绝不衰飒。一个“佳”字尤能传出女诗人的安慰与欣喜，反映出主人公静观自得的乐趣与风人的高致……（《李清照词鉴赏》，齐鲁书社 1986 年出版）

三、王思宇：……“闲处好”有两层意思：一是说这样看书只能闲暇无事才能如此；一是说闲时也只能看点闲书，例如自己喜爱的诗文之类，看时也很随便，消遣而已。下雨一般使人心烦，但对一个成天闲散在家、经常在门前观赏的人说来，偶然下一次雨，那雨中的景致，却也较平时别有一种情趣。这同久雨望晴，久旱望雨，正是一样的心理……末句将木犀拟人化，结得隽永有致。“木犀”即桂花，点出时间。本来是自己终日看花，却说花终日“向人”，把木犀写得非常多情，仿佛它知道作者病中寂寞，有意来陪伴一般；同时也表达了作者对木犀的喜爱，见出她终日都在把它观赏。“酝藉”，写桂花温雅清淡的风度。木犀花小淡黄，芬芳徐吐，不像牡丹夭桃那样只以秾艳媚人，用“酝藉”形容，亦极得神。“酝藉”又可指含蓄香气而言。作者《玉楼春》咏梅词云“不知酝藉几多香”，也可作为此处“多酝藉”的注脚……清照当宋室南渡之后，丈夫病死，孤身漂泊于杭州、越州（今浙江绍兴市）、台州（今浙江临海县）、金华等处，所作多危苦之词。或许由于久病初愈，使人欣慰吧，此词格调轻快，心境怡然自得，与同时其他作品很不相同。通篇全用白描，语言朴素自然，读来情味深长，有如词中赞美的木犀一样酝藉有致。（《唐宋词鉴赏辞典——唐·五代·北宋》，上海辞书出版社 1988 年 4 月出版）

四、平慧善《李清照诗文词选译》：本词为病后所作，写的是病后初愈的日常生活。上片写晚上。词人久病坐起，发现形容顿减。“卧看残月上窗纱”，表现了疗养者的静观之趣。以豆蔻熟水疗疾代茶，也恰是词人病榻生涯的写照。下片写白天，病中闲日，枕上阅诗书解闷，又欣赏门前细雨飘香的景色，“雨来佳”，表现出天气炎热，秋雨送爽的喜悦心情。“桂花”三四句移情入景，透露出病后生机。本词明白如话，自然浑成。（巴蜀书社 1988 年 10 月出版）

五、孙崇恩《李清照诗词选》：此词有人说是李清照晚年居临安作，有人说是她流寓越中作。据《金石录后序》，赵明诚于建炎三年八月病死于建康，葬毕，李清照“无所之”，“又大病”，“偶病中把玩”独存诗书。依此，结合此词的词情来看，这可能是李清照此时大病渐愈时所作。上阕描写黎明前病中室内生活，下阕描写白天里室外景物，作者抓住大病渐愈这一生活片断，从身心感受运笔，无论写病中生活细事，还是写病中所见景物，不受物所束，不为病所苦，“枕上诗书闲处好，门前风景雨来佳。终日向人多酝藉，木犀花”，无不流露出女词人病中清静闲适的心情；而身卧病床，鬓发斑白，卧看残月，煎药忌茶，又无不蕴含着病中孤苦哀愁的心境。这里，女词人病中清静闲适的心情是自我孤苦哀愁心境的宽慰与解脱。此词笔致淡雅，情调直切，意境清朗，含蕴耐味。（人民文学出版社 1994 年 12 月出版）

六、刘瑜《李清照全词》："卧看残月上窗纱"，"卧看"，躺在床上望。与罗隐《新月》："禁鼓初闻第一敲，卧看新月出林梢"，其中的"卧看"意同。"残月上窗纱"，与魏承班《渔歌子》："窗外晓莺残月"，颇似，盖写早晨的景象。"残月"，残缺的月亮。杜牧《秋夕》"天阶夜色凉如水，卧看牵牛织女星"，寓意遥深。孤寂的宫女，夜间倒在床上望着牵牛织女星，心里绝对不是滋味，两星尚能一年一度相逢，自己却常处冷宫、无机缘相见，绵绵怨愁，其何能已。作者写风写雨，笔无虚设，这里突出宫女的幽怨，凄寂的心境。此词，作者写"卧看残月"亦是别有用意的，运意深婉。"花好月圆"象征着人们的幸福美满。女主人望着残缺的月亮，心境阵阵酸楚，自己心爱的丈夫新亡，温馨的爱情生活受到彻底的破坏，自己又遭到疾病的折磨，多么像一个亏损苍白的残月。此言揭示出女主人隐秘的内心世界。我以为，头两句为倒装，先"卧看"。后"病起"。这是写拂晓女主人卧看残月，从病中挺起的情景。（山东友谊出版社 1998 年出版）

## 摊破浣溪沙

揉破黄金万点轻①，剪成碧玉叶层层②。风度精神如彦辅③，太鲜明④。　　梅蕊重重何俗甚，丁香千结苦粗生⑤。熏透愁人千里梦，却无情。

【注释】

①黄金：此处以之喻指桂花。桂之本名曰木犀，别称桂花，亦称丹桂、岩桂、九里香等。原产我国，久经栽培，桂花的变种很多，以色泽

归类，又分为金桂、银桂等。黄色的一种叫金桂。这里以“黄金”作比，所咏自然是“金桂”。

②碧玉：这里以青绿色的玉石比喻金桂之叶。层层：进一步作比，以更似桂叶。

③风度精神如彦辅：此句与前一首的“终日向人多酝藉”之句，均系将桂拟人化，先是把它比做汉朝的薛广德，这里则比做西晋的乐广。薛广德和乐广都是雅量高致、气度不凡的正人君子，看来李清照是崇尚这种人格的。彦辅：西晋乐广，字彦辅。《晋书·乐广传》谓其“性冲约，有远识。寡嗜欲，与物无竞。广与王衍俱宅心事外，名重于时。故天下言风流者，谓王、乐为称首焉。”

④太鲜明：《花草粹编》卷四作“大鲜明”。在古代“大”通“太”、“泰”。《说文释例》曰：“古只作‘大’，不作‘太’，亦不作‘泰’……”比如《易》之“大极”、《春秋》之“大子”，后人皆读为“太”。在此词中，作者或缘此古例，故“太”、“大”相通。此句是此词的难点之一，也是现存整个《漱玉词》的难点之一，或因此故，竟有不少选注本、乃至辑注本不予收录，即使收录，则极少为此句作注，而关于此句的罕见之注释或析文，又不无可议之点：比如“太”字不宜训为“过分”，而宜作“很”、“极”讲，意谓桂花的“风度精神”与乐彦辅极为相像。鲜明：此处宜训作分明确定之义。“鲜”字，《世说新语·品藻》作“解”、《晋书·刘隗传》作“鲜”，宜从《晋书》。

⑤丁香千结：语出毛文锡《更漏子》词：“庭下丁香千结。”苦（读作古）粗生：张相《诗词曲语辞汇释》卷二谓：“苦粗生，犹云太粗生，亦甚辞。”苦粗：当作不舒展、低俗而不可爱的意思。





【讲解】

在现存《漱玉词》中，凡是使用同一词牌的作品大都有连贯性，很可能是相继写作的。这一首与前一首的时间、空间也是相同的，略有差别的是：在写前一首时桂花尚处在含苞待放之日，而这一首则写于金桂怒放、馨香馥郁之时。此二首虽为同调，但其时作者的心态却有所不同，写前一首时，词人还没有完全摆脱病患的困扰，她的着眼点除了病榻、药盏、“枕上诗书”，就是其房前屋后的“木犀花”；写这一首时，看来作者的病体已经痊愈，其情思又回到忧国伤时之中。词的描写对象仍然是其即目可见的桂花，但经过词人的巧妙构思和多种比拟，最终寄托的是她深沉的乡国之思。

起拍写的是金桂之花，形容别致，二句状桂叶，谓其既像青绿色的玉石，又重重叠叠。由这种玉叶所衬托的金桂，其“风度精神”活像西晋气度不凡的雅量高致者乐彦辅。下文有的版本作“大鲜明”，这里之所以作“太鲜明”一则基于在古代“太”、“大”相通；二则是将“太”字训作“很”、“极”之义，意谓桂花的“风度精神”，与乐彦辅极为相像。另有一种说法：谓“太鲜明”是对王衍（字夷甫）的贬抑，意思是说王衍的“风度精神”与桂花大不相同，即《世说新语·品藻》所云：“刘伶言始入洛，见诸名士而叹曰：‘王夷甫太解（鲜）明，乐彦辅我所敬。’”此说虽求之甚深，但李清照之用典多有隐秘深奥之处，故此说或可成立。

对“梅蕊重重何俗甚”一句的正确理解是解读此词的关键，但这却是一个大难点。其难不在于此句本身，而在于它与词人以往对梅的情感和评价相左。或许是出于对李清照的景仰，以为在她的作品中不可能有自相矛盾之处，如果承认了此首此句出自李清照之手，岂不等于否定了她先前关于梅的那许多脍炙人口之作？持这种看法的《漱玉词》辑注者，为了不让一马勺坏一锅，干脆把这一首从《漱玉词》中剔除！其实这里的问题主要是出在用上述极其简单的形式逻辑方法，来认识和看待极为复杂的、灵活多变的创作和审美问题，从而出现了类似于杞人忧天之想。《漱玉词》中有涉于梅的虽不下十来首，但真正称得上咏梅之章的，也就是《渔家傲》、《玉楼春》、《孤雁儿》等这么三四首。孤立地看《渔家傲》的“此花不与群花比”，仿佛对梅的评价无与伦比，但如果对比一下，她在稍后所写的《鹧鸪天》中，把桂称为“自是花中第一流”，岂不已经高过了她对梅的评价！再联系她先后所写的现存三首道道地地的咏桂词，哪一首比咏梅之什的分量轻呢？对于梅，她着重于外形的描写，而对于桂，则处处着眼于其内在美的揭示，二者对比，在李清照的心目中，梅和桂孰轻孰重，不言而喻。尽管这样，也不能认为“何俗甚”，就是把梅看得俗不可耐、一无是处，而应作如是解：梅只注重于外形，它那重重叠叠的花瓣儿，就像一个只会娇妆打扮的女子，假如不具备内在之美，它会使人感到很俗气；而桂花虽然没有像梅那样娇艳重叠的花瓣儿，但它那金光灿烂的色彩和碧玉般的层层绿叶，其“风度精神”就像古代名士乐广和王衍一样“风流”飘逸，“名重于时”。

总之，在这里只是为了扬桂而抑梅，并非出于她对梅的厌恶，这是文学创作的辩证法！对此句，从审美意义上亦可做出合理解释：即审美的对象特征和作者的心态大都是对应同构关系。词人的心态既随着外界事物的变化，常常处在悲喜交替或交并的状态，那么其审美意识、审美情趣也会随之变更和发展。特别是像李清照这样多情而敏感的作者，其审美判断必然是灵活多变的。

后片“丁香”句的“苦粗”既是不舒展、不可爱的意思，那么在这里，词人便是以丁香的粗俗小气再次衬托金桂的高雅大度。最后的“熏透”二句，意思是说桂花的浓香把词人熏醒，使其不得梦游故国旧家，从而责怪它没有家国之情。至此人们便可明白：词人贬抑梅蕊、丁香也罢，埋怨桂之浓香也罢，均为宛转道出作者本人之家国深情，原来她是担心——浓香熏得游人醉，错把杭州作汴州！又因当时的词学观念和作者本人词“别是一家”的主张，其家国情愫不能径直写进“小歌词”，必须想方设法进行软化处理，以将其忧国悃诚——这种原属于诗文的情思，深藏在“别墅”般的“小歌词”里。

【辑评】

一、黄墨谷《重辑李清照集 · 漱玉词卷三》：此词仅见《花草粹编》，词意浅薄，不类清照之作。且清照所作咏梅之词，情意深厚，有“此花不与群花比”之句，而此词则云“梅蕊重重何俗甚”，非清照之作明矣。兹不录。(齐鲁书社 1981 年 11 月出版)

二、周振甫《〈摊破浣溪沙〉赏析》：上片描写桂花，用黄金来比它的色彩，也比它的可贵；又作了改造，即把黄金揉散成万点金花。即使这样，点点的金花也比桂花重得多，所以再要改一下，作“万点轻”，这才真像桂花了。再写桂树的叶子，用碧玉来比，碧比它的色彩，玉比它的厚实，又比它的可贵；但也要作些改造，即剪成桂树叶子样的碧玉，才成为一层层的树叶。这样用比喻，有她的创造性。像白居易《长恨歌》“芙蓉如面柳如眉”，只用荷花来比面，柳叶来比眉，只取其中的一点，即荷花的白里透红，柳叶的细长。清照的用比喻，却还有变化，像《永遇乐》的“落日熔金”，不仅是用金来比，而且是用“熔金”来比，更显出太阳的光彩。像《醉花阴》的“帘卷西风，人比黄花瘦”，不是光用黄花来比人，还点明“瘦”字。这里的比喻更有特色。她用“揉破黄金万点轻”来比桂花，只取它的色彩。她却要用“揉破黄金”成万点金花来比，还要点明“轻”字。同样，她要用“剪成碧玉”来比桂树的叶子，再要点明“层层”。不仅这样，还要用人的风度精神来比，即用晋朝风流人物乐广来比，比什么？点明是比风度精神，即“神姿朗彻”，是明朗清澄的；“见之莹然”是晶莹有光泽的。在她眼中，桂花像万点金花，是光彩明莹的，说明她对桂花的赞美。面对桂花，像面对风流人物。她的风度精神是非常鲜明的……那为什么说梅花的香“俗甚”呢？这个“俗”不好理解，不知是否“淡”字之误。说梅花香何以这样清淡，正好跟桂花香的浓烈对比；清淡的香宜于入梦，正好跟浓香妨碍人的入梦相对比。再用丁香来比，丁香结是指丁香的花蕾，比喻愁思的固结不解。李商隐《代赠》之一“芭蕉不展丁香结，同向春风各自愁。”丁香的千结嫌粗，不如桂花的轻细。用丁香结来比，还含有愁思固结不解的意思。正好和下句“愁人千里梦”相应。这首词，上片是比喻，用了三个比喻，最后用人来比，显出对桂花的赞赏。这三个比喻有创造性。下片写桂花香，用梅花和丁香来比，起到过渡和陪衬作用。(《李清照词鉴赏》，齐鲁书社 1986 年出版)

三、徐北文《济南名士丛书·李清照全集评注》：此词是咏物词。赞美桂花金黄的色泽，轻而小的花朵，层层的碧叶，沁人心脾的芳香。不仅赞扬她的“形”，而且赞扬她卓然的“神”。换头，转而写梅花。梅花“重重”的花瓣，从形态上看没有什么突出之处，因而显得凡庸。易安词云：“此花不与群花比”(《渔家傲》)、“不知酝藉几多香，但见包藏无限意”(《玉楼春》)，这都是对梅花赞美的佳句。此词，与桂花相比而言，“梅”花显得太庸俗，用以反衬桂花的超拔，丁香花簇簇拥结在一起，显得太粗陋。词人贬抑梅花、丁香，都是为了反衬桂花的卓尔不群。结句是说，不仅桂花的形态逸群，而芳香更是浓烈袭人，致使愁人悠远的“梦”境被“熏”破。不直说花香，而说香气能熏破梦境，则桂花之香自见。这样写把花和人联系起来，更情味盎然。这与易安词句：“酒醒熏破春睡，梦远不成归”(《诉衷情》)同一机杼。“却无情”，字面似责怪桂花的无情，实际是赞颂桂花的奇香无比。上片头二句，写桂花的“形”，用比喻手法；次二句，转写桂花的“神”，用拟人手法。下片，头二句，写梅花、丁香的“形”，从侧面反衬桂花的“形”；次两句，写桂花的芳香，用拟人手法。(济南出版社 1990 年 12 月出版)

四、祝诚：……这首《摊破浣溪沙》也是咏桂词，同样给以超乎梅花的评价。这甚至令人对其是否系清照所作产生怀疑。（见黄墨谷《重辑李清照集》）其实，同一词人在不同的时刻，不同的场合，对同一事物给以不同乃至相反的评价，并无不可，“此亦一是非，彼亦一是非”也。反之，如若只准此词人有一种单一的固定不变的审美意识、审美情趣、审美判断，稍加变化便疑为伪作，这对已故词人意味着什么呢？我以为，这首《摊破浣溪沙》咏桂词，正是易安从一个全新的视角出发，给予桂花以全新的观照和透视，从而发掘出了桂花的“风度精神”，进而体现了女词人独具特色的审美观念。谓予不信，请一读此词。“揉破黄金万点轻，剪成碧玉叶层层。”中秋时节，花好月圆，金桂飘香。此词一开篇，便描绘出桂花盛开时的景象：那轻盈、娇小、纷繁的桂花，若逐一细看，似乎并不显眼，只是暗淡轻黄；然而，当你总观一树桂花时，印象便大不相同了。只见它缀满枝头，宛如磨碎了的万点金屑，璀璨耀眼，鲜艳夺目。而它那富有光泽的层层桂叶，又恰似片片晶莹的碧玉雕琢而成。金花与玉叶交相辉映，便有一种与峭拔傲立的梅花不同的风姿。女词人用两个精当贴切的比喻，毫不费力地道出了桂花的总体外形特征，赞颂了桂花的轻盈娇柔的外在美。接着，女词人更进一步用拟人手法称颂桂花的“风度精神”如同西晋时南阳人乐彦辅一样清隽高蹈、玄淡明秀。“风度”本指一个人外在形体的总貌印象，“精神”则是对一个人内在气质的集中概括。因此，“风度精神”有如当今所谓之“风格”。作为一种花木，它的“风度精神”本来是虽可意会却难以言传的，但易安只用“如彦辅，太鲜明”六字，便一语道破了，真不愧是巨笔如椽……“风度精神如彦辅，太鲜明”，其实是说：桂花的“风度精神”有如乐彦辅那样简约清虚，而不像王夷甫那样过分鲜明突出。可见，整个上片，是用三个比喻对桂花作形神兼备的正面称赞……谁知这一切的一切，不过是女词人抒发愁思的一种铺垫、一种反衬、一种对照。故结句笔锋陡转，突然错怪起桂花来：“熏透愁人千里梦，却无情。”桂花怎知愁人梦游千里呢？它只知尽情地播散那浓烈馥郁的香气，谁知竟不期然地潜入愁人的梦境之中，把神游千里的愁人酣梦熏透唤醒了。所以女词人在篇末以“却无情”三字煞尾，顿时使人对此词何以一概贬斥梅、桂、丁香有了最后的答案：原来这种种花木都不仅不能排遣词人的忧思，反而更加搅动了她的满腹闲愁！看来，此词大起大落、大开大合、大扬大抑的艺术

格局当与词人那种多情善感的心理特征和灵活多变的审美意识恐不无关联。(《李清照作品赏析集》，巴蜀书社 1992 年出版)

五、孙崇恩《李清照诗词选》：这首词可能因“熏透愁人千里梦”所致，有人说是李清照南渡所作，有“怀乡”之情；有人说是李清照少妇时所作，有“怀人”之思。由此，与之相连的“却无情”句，也就产生了不同的解说。有人说是桂花香味太浓，熏醒了女词人的怀人之梦，所以说它无情；有说承上句，是丁香花味太重，熏醒了女词人的怀乡之梦，所以说它无情；还有的说是作者故作反语，以曲笔赞美桂花芳香的品格，寄托自己的情趣。从语言、内容、风格、结构等方面来分析，这应是李清照居青州时崇尚清高和怀念丈夫赵明诚远行的作品，与她另一首《鹧鸪天·咏桂花》可谓姊妹篇。这首词上阕描写桂花，以“揉破黄金万点轻，剪成碧玉叶层层”比喻桂花桂叶的形态、颜色及姿质，以“风度精神如彦辅”比喻人的风度精神，独有特征，别有风韵，表现了女词人鄙弃庸俗，崇尚淡雅清高的情怀。下阕议论抒情，用梅花、丁香作反衬，批评梅蕊显露不含蓄，贬抑丁香粗俗不雅致，更不满意丁香“熏透愁人千里梦”，批评它太无情意，突出表现了女词人怀念远人的真挚深切之情。全词与《鹧鸪天·桂花》一样，咏物而不滞于物，咏物亦在自咏，但又不一样，这里或处处比喻，连连巧比，或层层议论，连连抒情，或抑梅丁香，上下对照，宕而有致，含蓄有味，词情激越，风格洒脱，在咏物词中又见创新。(人民文学出版社 1994 年 12 月出版)

## 武陵春

春　晚

风住尘香花已尽，日晚倦梳头[①]。物是人非事事休，欲语泪先流。　　闻说双溪春尚好[②]，也拟泛轻舟。只恐双溪舴艋舟[③]，载不动、许多愁。

【注释】

①日晚：这里指日上三竿，即太阳出来老高的意思。

②双溪：水名，在今浙江金华城南，自宋迄今为当地名胜，因汇合东阳、永康二水，故名双溪。对于双溪所在地的考证，中华书局上海编辑所《李清照集》（1962 年 9 月版，第 213~214 页）最为翔实可信，这里谨取其成说。

③舴艋舟：小船，形似蚱蜢。语见张志和《渔父》词。

【讲解】

根据李清照《〈打马图经〉序》后所署写作时间为“绍兴四年十一月二十有四日”，此词遂可系于次年春，即公元 1135 年五月前后所作。又因词中有地名“双溪”，便可断定作于今之浙江金华。是时赵明诚去世已经五年，又经历了一场再嫁风波的李清照，她已不再把嫠妇之愁作为隐秘之事。况且在她与后夫离异后，愈是表现出对其前夫的思念，也愈能说明她对那个无赖小人张汝舟的轻蔑。此词或许正是这样一种心理状态的外化。虽不宜断言此词中毫无家国之忧，但主要当是表达嫠妇之愁。

正在金华避难的李清照，选取《武陵春》为调名填词，这是独具匠心的。当年她与丈夫屏居青州，在一定意义上也是避难，所以她曾把赵明诚称为“武陵人”。“武陵”二字，本来就有着丰富而深刻的文化内涵，稔悉陶潜诗文的李清照，一触及“武陵”二字，自然会想到其所含的“避难”之意，但却不是导致她写出这样一首极端伤感之词的症结所在。症结是她又一次想到了亡夫赵明诚，加之自然界雨横风狂之后，百卉落地、尘香花尽，象征着希望的再次破灭。所以日上三竿，她连头发都懒得梳理一下。

“物是”二句紧承前意，将上文的凄婉之情，以劲直之语出之。原因是开头一、二句含有难尽之意：“风住”既指自然现象，又有象征意味。接踵而来的被诬通敌和再嫁风波虽然停息了，而人生的希望也随之破灭了。所以“物是人非事事休”除含有浓重的嫠妇之忧外，还当有这样一些寓意：经过与后夫的一段纠葛，词人倍加思念前夫。他的遗著《金石录》还在，但人、事俱非，心里有多少事，不等说出口就泪流满面。

生活中常常有物极必反之事。愁苦已极的人往往更向往解脱困境，此词下片对“尚好”春光的向往和对双溪泛舟的拟想，仿佛是在黑暗中闪现的一线光明，然而转瞬即逝。令词人所担心的是双溪舴艋舟小，载不动如许愁绪。言外之意，她的满腹忧愁无处排遣，永远也解脱不了。这就是“只恐双溪舴艋舟，载不动许多愁”，这一千古名句脱口而出的沉重的心理背景。没有李清照所亲身遭受的党争株连、婕妤之叹、兵燹战乱、丧偶流寓、“颁金”之诬、再嫁离异、诉讼系狱等等人生忧患，其愁思就没有这么重的分量；如果词人不善于创意出新，那么她在李煜、秦观、贺铸等喻愁名家名句面前，怎能跻身其列？当然李清照之所以能写出这种跻身“须眉”，甚至“压倒须眉”的名篇名句，也不是白手起家，她曾经历了一个纵横交错地学习“须眉”，并逐渐超越“须眉”的过程。即使她在构思“只恐”二名句时，不一定看到比她年轻六七岁的张元干的以“艇子”“载取暮愁”（《谒金门》）的词句，但苏轼与秦观维扬饮别时，所作《虞美人》词的“无情汴水自东流，只载一船离恨向西州”，当系首开以“舟船载愁”的先例，李清照亦当对其有所借取。但是说到底还是其切身的生活体验和“转益多师”的学习借鉴的结晶，而且前者是关键，没有亲身经历过李清照那么多苦难的人，即使像董解元、王实甫那样的文学名家，其同类句子也不一定给人留下多么深刻的印象，反倒有某种效颦之嫌。

假如只是就词论词，恐怕谁也难以说清词人避难金华期间忧喜转换的真正原因。李清照是一位有着极为敏锐思想的上层妇女，她的喜怒哀乐往往都有很深层次的原因。赵明诚在世时，她曾有过婕妤、庄姜之叹。随着赵的亡故、再嫁风波的平息以及老之将至，她已不再为单纯的儿女私情所左右。况且赵明诚去世已经多年，最痛苦的时刻也已过去。看来这首《武陵春》词是在抒写令人不堪悲悯的嫠纬之忧的同时，还当包含着另一件使作者十分难堪的事！那么这是一件什么事呢？

这恐怕是一件与“龙颜”喜怒有关的大事。事情的大致经过有可能是这样的：在李清照挥泪写作《〈金石录〉后序》的那段时间，一位大臣向高宗进谏道：“王安石自任己见，尽变祖宗法度，上误神宗，天下之乱，实兆于此。”帝曰：“极是。朕最爱元祐。”原来赵构以为《哲宗实录》系奸臣所修，其中尽说王安石的好话，对废辍新党的高、向两位皇后不利，而赵构又认为：“本朝母后皆贤，前朝莫及。”被皇帝视为“皆是奸党私意”的《哲宗实录》不能扩散出去，而赵挺之当年在参与修撰此录时所收藏的一份，如今恰在李清照的手上。眼下《哲宗实录》被看做冒禁传写之书，窃窥、私藏都是犯法的——

命运就是这样无情地捉弄李清照，她像保护自己的头、目一样保护下来的书籍，又被朝廷下诏点了赵明诚的名，严令他家缴出此书。可以想见，那一定是朝廷兴师动众的一次大行动，强迫李清照缴出违禁之书，这当是一件令人很难堪的事情，况且在诏书上又一次见到已故丈夫的大名。本来已趋愈合的丧夫之痛的伤口，又像是被拉开撒上了一把盐，这无疑会加深本来就很难摆脱的嫠纬之忧。这使词人原先打算好的双溪泛舟，再也无心前往。缴进《哲宗实录》的事发生不久，李清照就离开了金华回到杭州。

【辑评】

一、明叶盛《水东日记》卷二十一：李易安《武陵春》词："（略）"。玩其辞意，其作于序《金石录》之后欤？抑再适张汝舟之后欤？文叔不幸有此女，德夫不幸有此妇。其语言文字，诚所谓不祥之具，遗讥千古者欤。

二、明李攀龙《草堂诗馀隽》卷二：（眉批）未语先泪，此怨莫能载矣。（评语）景物尚如旧，人情不似初。言之于邑，不觉泪下。

三、明董其昌《便读草堂诗馀》卷三：物是人非，睹物宁不伤感！

四、明陆云龙《词菁》卷一：愁如海。

五、清王士禛《花草蒙拾》："载不动、许多愁"与"载取暮愁归去"、"只载一船离恨，向西州"正可互观。"八桨别离船，驾起一天烦恼"，不免径露矣。

六、清万树《词律》卷五：《词统》、《词汇》俱注"载"字是衬，误也。词之前后结，多寡一字者颇多，何以见其为衬乎？查坦庵作，尾句亦云"流不尽许多愁"可证。沈选有首句三句，后第三句平仄全反者，尾云"忽然又起新愁"者，"愁从酒畔生"者，奇绝。

七、清俞正燮《易安居士事辑》：居金华，有《武陵春》词曰："（略）"。流寓有故乡之思。其事非闺闱文笔自记者莫能知。

八、清吴衡照《莲子居词话》卷二：易安《武陵春》，其作于祭湖州以后欤？悲深婉笃，犹令人感伉俪之重。叶文庄乃谓语言文字诚所谓不祥之具，遗讥千古者矣，不察之论也。

九、清陈廷焯《白雨斋词话》卷二：易安《武陵春》后半阕云："闻说双溪春尚好……载不动、许多愁。"又凄婉、又劲直。观此，益信易安无再适张汝舟事。即风人“岂不尔思，畏人之多言”意也。投綦公一启，后人伪撰，以诬易安耳。

十、梁启超：按此盖感愤时事之作。（见《艺蘅馆词选》乙卷）

十一、黄盛璋《李清照事迹考辨》：今案浙江双溪有五，一在新登，见《咸淳临安志》，两在余杭，见《图书集成》杭州府与清嘉庆《一统志》杭州府下，一在绍兴，即今县南之双溪，一在金华，见光绪修《金华县志》。余杭、绍兴宋志见存，其中皆无双溪，新登双溪虽见于宋志，但非名胜，金华无宋志，但这个双溪见于很多文人题咏中。在宋代即以风景著称的只有金华的双溪，与清照同时诗人如林季中、梁安世都有歌咏金华双溪的诗（详光绪《金华县志》附录），在清照稍后的袁桷《清容居士集》有《忆双溪》诗，楼钥《攻媿集》也有记游金华双溪的事，都可为证。溪在丽泽祠前，可以泛舟，迄今仍为名胜。清照词中的双溪，可以肯定即此，其词即作于金华，非绍兴亦非余杭。玩《武陵春》词意写的是暮春三月景象，当作于绍兴五年三月，而是年五月清照仍然在金华。近日有人已找到确定的证据，《宋会要稿》崇儒四：“绍兴五年五月三日，诏令婺州取索故直龙图阁赵明诚家藏哲宗皇帝实录缴进。”《建炎以来朝野杂记》甲集卷四《神宗哲宗实录》条：“……直至绍兴五年三月，得蔡京所修哲宗实录于故相赵挺之家”，所指即此事，此时清照正在金华避乱，故诏令婺州索取。据此，至迟至绍兴五年五月清照仍在金华。（《李清照集》，中华书局上海编辑所 1962 年 9 月出版）

十二、刘永济《唐五代两宋词简析》：……不但有故乡之思，且寡居凄寂之情，亦跃然纸上。（上海古籍出版社 1981 年出版）

十三、夏承焘《瞿髯论词绝句》：大句轩昂隘九州，幺弦稠叠满闺愁。但怜虽好依然小，看放双溪舴艋舟。（中华书局 1983 年 2 月出版）

十四、唐圭璋《读李清照词札记》：此为绍兴五年，清照在金华时作，通首血泪交织，令人不堪卒读。首写花事阑珊，极目生愁，继写日高懒起，无心梳洗。下二句尤沉痛，人亡物在，睹物怀人，重重往事，不堪回首，千言万语，无从说起。下片写内心活动，正是“肠一日为九回”。“闻说”只是从旁人口中说出，可见自己则整日独处，无以为欢。“尚”字说明双溪犹有残春可赏。“也拟”是心中一霎凝思，欲往一游；“只恐”则直道心情沉哀，无法排遣，虚字转折传神，顿挫有致，如见其人，如闻其声。

十五、朱德才《〈武陵春〉鉴赏》：词写其流离生活中的孀居之痛。作品由景而情，从神态举止到内心波澜，写得既真率自然如行云流水，又跌宕起伏似浪峰波谷，形成一种凄婉劲直的词风，具有较强的艺术感染力……首句陡起，次句平接，由景而人：“日晚倦梳头。”词人面对花尽春去之景，心灰意懒，所以虽然日上三竿，仍无心梳洗打扮。这句依然采用含蓄手法，通过妇女特有的生活细节——倦于晨妆，来反衬主人公的情意阑珊。“物是人非事事休，欲语泪先流。”三四句紧承上文，具写“日晚倦梳头”之缘由，但手法有变，由含而不露转向坦陈胸臆。景物依旧，人事俱非，这一句把南渡后的全部辛酸囊括其中，概括力极强。欲说无语，泪在语先，将满腹辛酸表现得异常细腻深刻而鲜明生动。欲说无语，是百感交集，无从说起；千言万语，欲诉无人，于是，惟有借诸两行热泪以倾泻心中的无限哀愁了。因此，泪在语先，实际上也就是以泪代语。上片歇拍两句似已把话说尽，下片峰回路转，柳暗花明，忽然又出新境，那是词人用轻灵跳荡的笔触，展现自身瞬息变幻的复杂心灵。“闻说双溪春尚好，也拟泛轻舟。”起首两句荡开，不再痛陈愁苦，却写意欲探春。“春尚好”反承“花已尽”，是虚想之景，所以冠之“闻说”；“泛轻舟”，继“双溪”而来，也是虚拟之行，所以用“也拟”出之。总之，这可说是词人意念上的偶一闪光。而在这意念一闪之间，也许就有往昔种种欢乐涌上心头，浮现眼前。然而今非昔比，昔欢今愁，自有天渊之别。因此人未成行，心绪又转：“只恐双溪舴艋舟，载不动许多愁。”既然担心双溪舟小，载不动如许之愁，那就只有闭门负愁，独自销魂了。(《李清照词鉴赏》，齐鲁书社 1986 年出版)

十六、徐培均：……在《武陵春》词中，李清照正是采用这种类似后来戏曲中的代言体，以第一人称的口吻，用深沉忧郁的旋律，抒发了内心深处的苦闷和忧愁，从而塑造了处于“流荡无依”、孤苦凄凉环境中的自我形象。所不同的是：戏曲比较铺张，这首词却非常简练；戏曲比较显豁，这首词却非常含蓄。我国古代词人很讲究炼字炼句，不但要做到“句中无馀字，篇中无长语”，而且要做到“句中有馀味，篇中有馀意”(姜夔《白石道人诗说》)。李清照在这方面是颇见工力的。“风住尘香花已尽”一句即达到如此境界。“风住”二字，既通俗又凝练，极富于暗示性，它告诉我们在此以前曾是风吹雨打、落红成阵的日子。在此期间，词人肯定被这无情的风雨锁在家中，其心情之苦闷是可想而知的。“尘香”即后来陆游《卜算子》词中“零落成泥碾作尘”的意思，它不仅说明天已晴朗多时，落花已化为尘土，而且寓有对美好事物遭受摧残的惋惜之情和对自身“流荡无依”的深沉感慨。语言优美，意境深远，含有无穷之味，不尽之意，令人一唱三叹。……值得注意的是这首词在比喻方面的巧妙运用。诗歌中用比喻，是常见的现象；然而要用得新颖，却非常不易。就以形容“愁”和“恨”来说，词史上有不少名句，像：“问君能有几多愁？恰似一江春水向东流。”（李煜《虞美人》）“试问闲愁都几许？一川烟草，满城风絮，梅子黄时雨。”（贺铸《横塘路》）“便做春江都是泪，流不尽许多愁。”（秦观《江城子》）这些优美的诗句将精神化为物质，将抽象的感情化为具体的形象，都饶有新意，各具特色。在这首词里，李清照说：“只恐双溪舴艋舟，载不动许多愁。”同样是用夸张的比喻形容“愁”，但她自铸新辞，而且用得非常自然妥帖，不着痕迹。我们说它自然妥帖，是因为它承上句“轻舟”而来，而“轻舟”又是承“双溪”而来，寓情于景，浑然天成，构成了完整的意境。沈祖棻《宋词赏析》说，李煜将愁变成水，秦观将愁变成随水而流的东西，李清照又进一步把愁搬上了船，到了董解元《西厢记诸宫调》：“休问离愁轻重，向个马儿上驼也驼不动”，则把愁从船上卸下，驮在马背上，王实甫《西厢记》说：“遍人间烦恼填胸臆，量这些大小车儿如何载得起”，更把愁从马背上卸下来，装在车子上。这样的评述，确是总结了一条艺术经验，很值得借鉴。（《唐宋词鉴赏辞典——唐·五代·北宋》，上海辞书出版社 1988 年 4 月出版）

十七、喻朝刚《宋词精华新解》：词中虽然也写到了风、花、溪、舟等等景物，可是这一天她哪儿也没去，一直呆呆地坐在屋子里，睹物伤情，泪流不止。全篇自抒胸臆，侧重刻画主人公的心理活动。“只恐双溪舴艋舟，载不动许多愁。”末尾二句紧承过片，说明不去双溪的理由。想去而终未去，因为担心双溪上的舴艋小舟，载不动我的全部哀愁。作者要说明的是她难以承受愁苦，但这是一种抽象的内在感情，如何才能将它表现得具体而形象呢？词人运用巧妙的比喻和夸张，将这种看不见、摸不着的愁思具象化，使其不但具有重量，而且又通过小舟载不动它，说明其异常沉重。下片连用“闻说”、“也拟”、“只恐”三个虚词，开合转折，化虚为实，将复杂的心理变化过程描写得十分曲折深婉、真切生动。(吉林大学出版社 1988 年 8 月出版)

十八、平慧善《李清照诗文词选译》：此词作于绍兴五年（1135 年）避乱金华时。第一句截取“风住尘香”的场面表现春尽，眼前的景色与词人的厄运相似，美好的春色被恶风扫荡无馀，幸福的生活被战乱全部断送。第二句含蓄地表现了女词人情绪的恶劣。三、四句则是纵笔直抒胸臆，以极其精炼的语言高度概括了自己悲苦的心情。景物依旧，人事全非，这是一切愁苦的缘由，因此以“事事休”来表现自己的心理状态。接着又以“欲语泪先流”这一外部形象来表现无法倾诉的内心痛楚。下阕宕开，写泛舟春游的打算，然后又转到“愁”。“只恐双溪舴艋舟，载不动，许多愁”，将无形的愁化为有分量的形象，是传诵千古的名句。全词“欲”、“先”、“闻说”、“也拟”、“只恐”几个虚字用得极好，将事物间的关系，词人思想感情的转折变化，十分准确而又传神地表现出来。(巴蜀书社 1988 年 10 月出版)

十九、熊志庭：这首词作于绍兴五年（1135 年）。历代词评家往往把此词与李清照再适张汝舟事联系起来，明叶盛甚至有“文叔不幸有此女，德夫不幸有此妇。其语言文醵字，所谓不祥之具，遗讥千古者矣”之论（见《水东日记》卷二十一）。李清照再嫁与否的是是非非，其实与本词关系不大。梁启超认定此词为“感愤时事之作”，似超脱再嫁事，确为的论。本词作于词人晚年，词人其时避乱金华，流落异地，满目凄凉，无限悲愁，都从中出。词以晚春景致落笔，实寓以自己的身世厄运，尘香花尽，也正是词人自己的写照。全词以抒写主观感受为主，故境界凄婉劲直，动人悲怨之怀。末句更发奇想，将无形而抽象的愁怨化为可感觉的形象，写得准确而传神。（《中国文学宝库·唐宋词精华分卷》，朝华出版社 1991 年 10 月出版)

二十、马兴荣：这首词是宋高宗绍兴五年（1135 年）春天在金华写的。在这前一年，即绍兴四年（1134 年）九月，金与伪齐合兵入侵淮上，十月攻滁州、亳州、濠州等地。警报传来，江浙一带人民纷纷逃难，李清照也从临安（今浙江杭州）避难到金华，住在一家姓陈的人家。这时她是五十一岁。上片写词人的感受，内心的愁苦，生活的悲惨。到此，似乎已经把话说尽了。下片忽然一笔宕开：“闻说双溪春尚好”。上片写落红满地、春事阑珊，而此处写双溪“春尚好”，这是一折。既然“双溪春尚好”，词人就“也拟泛轻舟”了。上片说“日晚倦梳头”、“事事休”，而此处写打算泛舟双溪游春，这又是一折。词至此，似乎是峰回路转，柳暗花明了。但是词人突然又回笔收勒：“只恐双溪舴艋舟，载不动、许多愁。”把前面的“闻说”、“也拟”的事统统给否定了，重新回复到上片所表达的愁苦上去。这是又一折。真是一波三折，跌宕有致。“闻说”、“也拟”、“只恐”全是词人内心深处思绪的轻微波动。我们从这点轻微波动中，可以看到词人也想摆脱那无穷无尽的、压在她心灵深处的愁苦，但是，这愁苦太重了，词人无法触动它，无法摆脱它。（《李清照作品赏析集》，巴蜀书社 1992 年 9 月出版）

二十一、刘乃昌《宋词三百首新编》：宋高宗绍兴四年（1134 年）金兵南侵，浙江百姓纷纷流亡。此词当为作者晚年避难金华所作。起句写季节环境，亦暗含对时事感喟。继刻画生活疏懒，见出了无心绪。国破、家亡、夫死、物散，故曰“物是人非”。“事事休”承“花已尽”。“泪先流”承“倦梳头”。层层递进。悲伤至极，忽又宕开，“闻说”一纵，“只恐”又收。上片侧重外在神态描述，下片侧重内在情绪波动的揭示。尺幅千里，曲折有致。收拍凄婉劲直，化抽象为形象，被推为写愁名句。（岳麓书社 1994 年 4 月出版）

二十二、蔡厚示《唐宋词鉴赏举隅》：“物”，指客观景物，在这里很可能即指赵明诚的遗物。今物在人亡，因此女词人觉得一切的一切都完了。她想要说，又说不出，只是一个劲儿掉眼泪（“欲语泪先流”）。但泪水已足够说明女词人欲说而没有说出的悲切心情了。这在中国古典诗论里，叫“言不尽而意尽”，即姜夔《白石道人诗说》所谓：“意尽词不尽，如抟扶摇而已。”也就是说，女词人不直接说破，但由于“无限忧愁在眼波”，一幅泪流图，比说什么都来得更形象、更透彻了。全词从景入情，而以情语作结。上片“欲语”不语，言不尽而意尽；下片欲行复止，托出个“愁”字，言尽而意不尽，即《白石道人诗说》所谓：“词尽意不尽，剡溪归棹是已。”词虽短小，而韵味深厚。末尾设想尤奇特，流露出极浓烈的感情。语言通俗易懂，正是李清照词的本色。真可谓言浅意深，语淡情浓，字字血泪，摧人肺腑。抒情词写到这等地步，无疑是已入化境。怪不得连对她存有偏见的王灼也只好说：李清照“作长短句能曲折尽人意，轻巧尖新，姿态百出”。(《碧鸡漫志》)辞非溢美，可谓中肯。(紫禁城出版社 1997 年 2 月出版)

## 转调满庭芳

芳草池塘，绿阴庭院，晚晴寒透窗纱①。□□金锁，管是客来吵②。寂寞尊前席上，惟□、海角天涯③。能留否，酴醿落尽④，犹赖有□□。

当年，曾胜赏，生香熏袖，活火分茶⑤。□□□龙骄马，流水轻车⑥。不怕风狂雨骤，恰才称、煮酒残花⑦。如今也，不成怀抱，得似旧时那⑧。

【注释】

①“芳草”三句：意谓心境孤寂，纵环境优幽雅、天气晴好，仍觉寒气逼人。

②管是客来吵：准是客来了。吵：口语，表语气，与“啊”略同。

③海角天涯：犹天涯海角。这里当指临安。

④酴醿：落叶灌木，初夏开白色花。“酴醿落尽”意谓春天业已远去，又带走自己一分归乡还都之望。

⑤活火分茶：苏轼《汲江煎茶》诗：“活水还须活火烹，自临钓石取深清。”这里“活水”指流动的深水，而“活火”即指旺火。分茶：见前《摊破浣溪沙》(病起萧萧两鬓华)【注释】④。

⑥流水轻车：犹轻车熟路，此处以之比喻习以为常之事。

⑦“不怕”三句：紧承前意，谓当年曾尽情享受生活，时至晚春亦不以为意。

⑧“如今”三句：意谓眼下已经国破家亡，心情十分沉重，与从前那种无忧无虑的光景，不得同日而语。

【讲解】

此首原有多处阙文，虽然影响到对词意的理解，对其不宜做出整体评价，但隐约可以看出这样两点：一、所描写的是初夏杭州西湖一带的景物；二、词中充满了深沉的家国之情，这除了体现在结拍的“如今也，不成怀抱，得似旧时那”三句中之外，从作者将其流寓之地称为“海角天涯”这一点上，看得更清楚。“海角天涯”，犹天涯海角，本指僻远之地，如今海南三亚有一名胜曰天涯海角。李清照未曾过海远渡，其晚年只在两浙流寓，后定居杭州二十馀年，直至逝世，故其实际行踪，谈不上什么“山高水远”、“海角天涯”，况且此首所写之“芳草池塘”、“绿阴庭院”云云，当非他处，实系杭州西湖一带。她之所以谓之“海角天涯”、“晚晴寒透窗纱”，当属以下三种所指：

一则当指“心理”距离和感受，意类“甜言蜜语三冬暖，恶语伤人六月寒”之谓；

二则当指“时代政治”距离，李清照内心所向往和亲近的是故都汴京，今居杭州，远离汴梁，故谓之“海角天涯”；

三则当指“情感”距离，当时一班苟安之辈，称临安为“销金窟儿”，此辈以临安为“安乐窝”极尽享乐之能事，而李清照面对半壁江山，为之不胜忧戚，备感寂寞，忧愁流年……

【辑评】

一、王学初《李清照集校注》卷一：《转调满庭芳》，宋词常有于调名上加“转调”二字者，如《转调蝶恋花》《转调二郎神》《转调丑奴儿》《转调踏莎行》《转调贺圣朝》等等（元曲中亦有《转调货郎儿》），今人吴藕汀所编《调名索引》，尚未遍收。《词谱》卷十三释《转调踏莎行》云：“转调者，摊破句法，添入衬字，转换宫调，自成新声耳。”此说未全确。据现在所能见之“转调”各词，并不全摊破句法、添入衬字，《词谱》盖未深考。（《词律》对“转调”二字无说。）今按戴埴《鼠璞》云：“今之乐章，至不足道，犹有正调、转调、大曲、小曲之异。”张元干《鹊桥仙》词云：“更低唱、新翻转调。”《鼠璞》以“转调”与“正调”对立并举，盖非其正调者，即为“转调”，如《蝶恋花》原入商调，为正调；如入其他宫调，则为“转调”。“转调”非宫调名称也。又各词标有“转调”之称者，各书征引其词，有时亦无此二字，如徐伸《转调二郎神》（据《乐府雅词拾遗》卷上、《挥麈馀话》卷二、《张氏拙轩集》卷五），《唐宋诸贤绝妙词选》卷八则仅作《二郎神》；黄庭坚《山谷琴趣外篇》卷一有《转调丑奴儿》，明刻祠堂本《豫章黄先生词》则仅作《丑奴儿》；张孝祥《于湖先生长短句》中《南歌子》，目录上所注宫调名称曰“转调”（转调实非宫调名称）。盖“转调”二字，并不构成调名一部分，仅以别于非“转调”之词而已。张孝祥《于湖居士文集》卷三十一有《转调二郎神》《二郎神》二首并列，盖亦此意。宋人常称之《商调蝶恋花》《越调水龙吟》《黄钟喜迁莺》等，其调名上所冠之宫调名称，亦非调名本身之构成部分也。《满庭芳》调，据周邦彦《片玉集》卷四，乃“中吕”（殆为“中吕宫”），李清照之《转调满庭芳》属何宫调，无可考。（人民文学出版社1979年出版）

二、黄墨谷《重辑李清照集·漱玉词卷三》：此词仅见《乐府雅词》，系怀京洛旧事之作。脱文较多，《四库全书》本《乐府雅词》妄为缀补，不可从。“晚晴寒透窗纱”句“晴”字；“恰才称煮酒残花”句“残”字：恐均系误文。

三、吴熊和《唐宋词通论》：转调又称转声（现在称为移调），是与本调相对而言。戴埴《鼠璞》：“今之乐章，至不足道，犹有正调、转调。”张元干《鹊桥仙》词：“更低唱，新翻转调。”转调从音乐上说，就是转变本调的宫调，即所谓“移宫换羽”。本调一经转调，就犹如一个“新翻”之曲，不能再和本调相混。……词调中的转调，大致有三种情况。一是转换宫调，并不变动字句。《词谱》卷十三沈会宗《转调蝶恋花》调下注：“转调者，移宫换羽，转入别调也。字句虽同，音律自异。”如李清照《转调满庭芳》，沈蔚《转调蝶恋花》，字句与木调全同。一是转换宫调，同时变动字句。《词谱》卷十三曾觌《转调踏莎行》调下注：“转调者，摊破句法，添入衬字，转换宫调，自成新声耳。”如张先《转调虞美人》，黄庭坚《转调丑奴儿》，徐伸《转调二郎神》，陈亮《转调踏莎行》，曹勋《转调选冠子》，金王喆《转调斗鹌鹑》，侯善渊《转调采桂枝》，王吉昌《转调木兰花》，字句都对本调有所变动。一是转换宫调，字句不变而叶韵变动。如《贺圣朝》本调叶仄韵，《花草粹编》卷四引《古今词话》无名氏《转调贺圣朝》，即改仄韵为平韵。《满庭芳》本调叶平韵，《乐府雅词》拾遗上刘焘《转调满庭芳》，即改仄韵。……周邦彦《意难忘》："知音见说无双，解移宫换羽，未怕周郎。"宋人好新声变律，移宫换羽就是其主要方式。词调的变体，遂亦以转调为最多。柳永《乐章集》、张先《张子野词》中，同名词调往往分隶不同宫调，其间即有正调、转调之分。不过《乐章集》、《张子野词》并未标明，因此何者为本调，何者为转调，难以分辨。《碧鸡漫志》卷三至卷五考证曲调源流，谈到唐宋乐曲很多转调的情况，但何者为本曲，当时已不能尽知，如《荔枝香》"今歇指、大石两调，皆有近拍，不知何者为本曲。"转调又名"过腔"。晁补之《晁氏琴趣外篇》卷一《消息》，自注："自过腔，即越调《永遇乐》。"《永遇乐》一调，《乐章集》注歇指调，晁补之过腔为越调，改名《消息》。过腔又名"鬲指"。姜夔《湘月》自注："予度此曲，即《念奴娇》之鬲指声也，于双调中吹之。鬲指今谓之过腔。"《念奴娇》本大石调，姜夔转入商调，中隔高大石调，于管色中隔一指，故称"鬲指"。……宋词运用转调，对后来的南北曲也有影响，《词谱》卷十三陈亮《转调踏莎行》调下注："宋人精于音律，凡遇旧腔，往往随心增损，自成新声。如元人度曲，或借宋人词调偷声添字，名为过曲者，其源实出于此。"（浙江古籍出版社 1985 年 1 月出版）

四、徐北文《济南名士丛书·李清照全集评注》：此词著录于《乐府雅词》卷下，文有缺遗，亦无他本可校正。文津阁本《四库全书》之《乐府雅词》抄本，虽有补正，但颇不类，疑为馆臣妄增，王仲闻《校注》已指出，且不据之校补，甚是。故后无鉴赏。（济南出版社 1990 年 12 月出版）





## 清平乐[①]

年年雪里，常插梅花醉。挼尽梅花无好意，赢得满衣清泪。　今年海角天涯[②]，萧萧两鬓生华[③]。

看取晚来风势，故应难看梅花[④]。

【注释】

①传本《梅苑》收录署名李清照五首咏梅词。其中《满庭芳》、《玉楼春》、《渔家傲》(雪里已知春信至) 三首系早期所作，被收入《梅苑》无可怀疑。另两首《清平乐》和《孤雁儿》显系赵明诚卒后的悼亡之作。赵卒于宋建炎三年 (1129年) 秋，那么咏梅兼悼亡之作最早似应作于翌年初春梅开之时，而蜀人黄大舆所辑《梅苑》系成书于建炎三年冬。看来，《清平乐》和《孤雁儿》恐非《梅苑》旧本所载，所以这两首词的写作日期不受《梅苑》成书时间所限。这首《清平乐》便是写于晚年的，对自己一生早、中、晚三期带有总结性的追忆之作。

②海角天涯：见前《转调满庭芳》之【讲解】部分。

③萧萧两鬓生华：见前《摊破浣溪沙》(病起萧萧两鬓华)【注释】①。

④“看取”二句：“看取”是观察的意思。观察自然界的“风势”，虽然出于对“梅花”的关切和爱惜，但此处“晚来风势”的深层语义，当与《菩萨蛮》(归鸿声断) 和《忆秦娥》的“西风”埒同，均当喻指金兵对南宋的进逼。因此，结拍的“梅花”除了上述作为头饰和遣愁之物外，尚含有一定的象征之意。同一位词人在《摊破浣溪沙》(揉破黄金万点轻) 中，明明认为“梅蕊”有俗气的一面，而她又这样念念不忘地关切它，这当中无疑含有比自然界的“梅花”本身更值得关切的喻指之事——这就是词人的那颗对故国故家的无比悃诚之心。





【讲解】

为进一步理解这首带有总结性词作的意义和现存《漱玉词》的价值，不妨先与蒋捷的一首词对读一下，蒋词云：“少年听雨歌楼上，红烛昏罗帐。壮年听雨客舟中，江阔云低断雁叫西风。而今听雨僧庐下，鬓已星星也。悲欢离合总无情，一任阶前点滴到天明。”(《虞美人·听雨》) 蒋词和李词除了分别以“听雨”和“梅花”为线索外，在谋篇行文方面几无二致。李清照约早于蒋捷七十馀年，那么蒋在写“听雨”前，对李的这首“梅花”词恐不知反复读过多少遍、对这位先辈女词人又当不知抱有多么憧憬的心情，方能写出与之如此共鸣共振之作！由此可见，李清照和她的作品宛如一条母亲河，她不知哺育过多少后人对于江山社稷的忠荩之情，从而留下了不知多少脍炙人口的诗篇和词章！此其一。

其二，从此词中还可以读出这样的意蕴：即李清照在其晚年回顾自己的一生时，把她的经历分成了早、中、晚三个时期，并且以具体形象极有说服力地显示出，从中年就开始了“无好意”以至“满衣清泪”的悲怨境遇，到了晚年则更有破国亡家之恨。这样，就从李清照的作品中，找到了对其不应一刀切为前后期、而应分为早中晚三期的有力内证，同时还形象地说明，早在汴京失陷和丈夫赵明诚亡故之前的中年时期，她的处境已相当难堪，而这一切的来龙去脉，从其传写心曲的身世词如《声声慢》、《诉衷情》等等以及本书的“前言”中，可以找到某些答案。

从文本的具体词句来看，此词上片的时间跨度约有二十六七年。前二句是说词人在汴京待字和出嫁不久，那时每当雪如飞絮，梅吐清芬，她便以应时香梅作饰物插在自己的秀发上，那是多么令人陶醉的情景！“挼梅”以下二句所回顾的是中年时光，“梅花”已由娇贵的头饰变为在她手中揉搓的遣愁之物。然而，此物遣愁愁更愁，她那沾满泪水的“罗衣”所饱含的正是与班姑相类似的“婕妤之叹”。

下片指国破后的晚年境况。她把自己晚年居住的临安叫做“海角天涯”，说明故都汴京在其心目中有多么重的分量！“萧萧”句言其鬓发之花白稀疏。“看取”以下二句，是以“梅花”将被寒风侵袭的命运，比喻金兵对南宋的进逼，表现出作者对时局的忧虑。这首词特别值得关注的尚有以下两个方面：

一是曾见于《诉衷情》一词中的“挼梅”意象。它不全是李清照的杜撰，而是由前代积淀下来的作为宫、闺怨情，亦即“婕妤之叹”的揭橥；

二是可见李清照把自己的一生分为早、中、晚三期。这一点是正确解读《漱玉词》的关键所在。

【辑评】

一、王延梯、胡景西《读〈清平乐〉》：这首词是李清照后期词的名篇之一。词人借咏梅表现国破家亡，沦落天涯的痛苦，寄托作者对国势衰颓的深沉忧虑……这首词是作者人生道路上乐哀生活的概括和总结。正如她在《金石录后序》中说的：“余自少陆机作赋之二年，至过蘧瑗知非之两岁，三十四年之间，忧患得失何其多也。”作者截取自己早年、中年、晚年三个不同时期赏梅的典型画面，深刻表现了自己早年的欢乐，中年的悲戚，晚年的沦落，从而使人感到时代脉搏的跳动。这首词在艺术上颇具特色。从章法上看，词人摄取了三个不同时期的赏梅片段，从早年，经中年，至暮年，次序井然不紊。但三层写来又非平叙。早年是“常插梅花醉”，中年是“挼尽梅花无好意”，晚年是“难看梅花”。这一“醉”，一“挼”，一“难”，使词意一转再转，跌宕生姿。另外，词的对比衬托手法也很突出。上片以往年梅花开放时节两次赏梅的不同心情作对比，而上片的两次赏梅又有力地衬托了下片的难以赏梅，从而深化了主题。(《李清照词鉴赏》，齐鲁书社 1986 年 4 月出版)

二、王延梯、聂在富：这首词处处跳动着词人生活的脉搏。她早年的欢乐，中年的幽怨，晚年的沦落，在词中都约略可见。饱经沧桑之后，内中许多难言之苦，通过抒写赏梅的不同感受倾诉了出来。词意含蓄蕴藉，感情悲切哀婉。最后的“看取晚来风势，故应难看梅花”，可能还寄托着词人对国事的忧怀。古人常用比兴，以自然现象的风雨、风云，比政治形势。这里的“风势”既是自然的“风势”，也是政治的“风势”，即“国势”。稍后于清照的辛弃疾的《摸鱼儿》“更能消几番风雨，匆匆春又归去”，与此寓意相似，都是为国势衰颓而担忧。清照所说“风势”，似乎是暗喻当时极不利的民族斗争形势；“梅花”以比美好事物，“难看梅花”，则是指国家的遭难，而且颇有经受不住之势。在这种情况下，她哪里还有赏梅的闲情逸致呢！身世之苦、国家之难糅合在一起，使词的思想境界为之升华。这首词篇幅虽小，却运用了多种艺术手法。从依次描写赏梅的不同感受看，运用的是对比手法，赏梅而醉、对梅落泪和无心赏梅，三个生活阶段，三种不同感受，形成鲜明的对比，在对比中表现词人生活的巨大变化。从上下两阕的安排看，运用的是衬托的手法，上阕写过去，下阕写现在，但又不是今昔并重，而是以昔衬今，表现出当时作者飘零沦落、衰老孤苦的处境和饱经磨难的忧郁心情。以赏梅寄寓自己的今昔之感和家国之忧，但不是如咏物词之以描写物态双关人事。词语平实而感慨自深，较之《永遇乐·落日熔金》一首虽有所不及，亦足动人。(《唐宋词鉴赏辞典——唐·五代·北宋》，上海辞书出版社 1988 年 4 月出版)

三、平慧善《李清照诗文词选译》：本词为晚年所作，借赏梅自叹身世。上片忆旧，“年年雪里”二句，回忆早年与赵明诚共同赏梅的欢快情景，一个“醉”字将词人热爱梅花，为梅花陶醉的心情充分表达出来。三四句当写丧后，“挼”的动作，将女主人触景伤神的状态，形容得惟妙惟肖。“满衣清泪”与“醉”对比，一喜一悲，反映了不同处境、不同心境。下片叙今。词人漂泊天涯，远离故土，年华飞逝，两鬓斑白，与上片首二句所描女性形象遥相对照。三四句又扣住赏梅，以担忧的口吻说出：“看取晚来风势，故应难看梅花。”表面写自然现象：看风势晚上赏不成花，实指南宋形势甚恶，极不安定，纵有梅花，难以赏玩。将赏梅与家国之忧联系起来，提高了词的境界。（巴蜀书社 1988 年 10 月出版）

四、杨海明：在自然界众多的花卉草木中，宋人似乎特别喜爱梅花；这种情况反映到文学创作里，就产生了大量的咏梅诗词。对此，清代《四库全书总目提要》曾有过一段评论：“《离骚》遍撷香草，独不及梅。六代及唐，渐有赋咏，而偶然寄意，视之亦与诸花等。自北宋林逋诸人递相矜重，‘暗香疏影’、‘半树横枝’之句，作者始别立品题。南宋以来，遂以咏梅为诗家一大公案。江湖诗人，无论爱梅与否，无不借梅以自重。凡别号及斋馆之名，多带‘梅’字，以求附于雅人。黄大舆至辑诗馀为《梅苑》十卷；方回作《瀛奎律髓》，凡咏物俱入著题类，而梅花则自立一类。此倡彼和，沓杂不休。名则耐冷之交，实类附炎之局矣。”（《梅花字字香》提要，见该书卷一六七）这段话说出了这样一个总体的情况：“梅花”这一意象，在宋人诗词中大致象征着一种“高情雅趣”；而在一些品格低下的作者那里，写作咏梅诗词甚至更成了一种“附庸风雅”的手段。不过，李清照的这首《清平乐》，却非一般的咏梅词可比。在它里头，实际上寄寓了深切的身世家国之感，所以堪称是首“寄意”之作。它虽也被收录在黄大舆所辑的《梅苑》一书之中，但却显得迥然不群、别具一格……“看取晚来风势，故应难看梅花。”风吹落梅，片片飘飞，它的“命运”不正同于作者自身的命运吗？所以，同是写梅花，前期的李清照和后期的李清照，其笔下所呈现的梅花形象，其风貌神情却大异其趣。而究其原因，实在于它们凝聚着不同的生活情致，“反照”着不同的身世心情。在这首《清平乐》中，“梅花”已由前期的“高情雅趣”之象征物，“转化”成了晚年飘零身世的象征物。所以梅花似人，人似梅花，两者浑然打成了“谁怜憔悴更凋零”。(《临江仙》)的一片可怜意象，从而把作者哀哀无告、只得与落梅“同病相怜”的家国身世之感推向了一个更加引人同情的新的境界。总观全词，从梅花写起，又以梅花作结；从往昔之赏梅写起，到今日之怜梅告终，其中展示了今昔生活之强烈对照，又充分地显示了作者抚今而追昔、怜花而自伤的痛楚心境，寄寓了远较一般的咏梅词所少见的深广的思想内容。所以称它是《梅苑》中超群之作，此言非为夸张。(《李清照作品赏析集》，巴蜀书社1992年9月出版)

五、孙崇恩《李清照诗词选》：这首词可能是李清照南渡后漂泊流离中所作。经过分析，笔者认为：一、全面分析这首词，上片起首“年年”两句是写女词人南渡前许多岁月的生活情景，一个“醉”字最能说明她前期爱梅赏梅的美好情意；接着“挼尽”两句则是写女词人南渡后的生活情景，“清泪”二字最好地说明了她南渡后悲苦凄凉的心情。很清楚，从内容分析，上片托今忆昔，表现了她南渡前后的不同时期不同生活情景；从艺术分析，是一种对比形式。下片“今年”句，无论从内容还是从形式来看，虽与上片“年年”是明显的对比，但仔细深入地分析，这里却又不仅仅是对比，而是深入一层，达到层层对比，层层深入，而且突出了“今年海角天涯，萧萧两鬓生华”与以往任何时候都更加不同，故而结尾“看取”两句既说明风势很大，又暗喻国势危急，从而集中有力地表现了女词人南渡后的飘零之苦、家国之忧。这也正是此词的主旨及用力之所在。二、全面分析李清照现存作品，她南渡前的言愁之作，或伤春惜花，有青春易逝，红颜易衰之叹；或离情别恨，有独处深闺，寂寞孤苦之怨，不是“挼尽梅花无好意，赢得满衣清泪”这样凄凉悲苦的沉重伤痛，这只有在南渡后写丧夫之痛、流离之苦、家国之忧的词作中才时有表现。此词文笔流畅，明白如话，情调凄婉，含意深远。(人民文学出版社1994年出版)

六、刘瑜《李清照全词》：……“风势”，暗喻当时金兵进犯，南宋国势危机，处于风雨飘摇之中。“故”，所以。“应”，是。“故应难看梅花”，所以是很难看到梅花的。未言风势之大，而风势之大自见。“梅花”，有隐喻苍生之意。两句的意思是，我痛心地看着晓来狂风吹打，所以料想难以看到烂漫的梅花。言外之意，金兵的凶残侵犯，南宋的国势岌岌可危，生灵涂炭，身陷水火。此词的艺术特色。就是成功地运用了白描这种艺术手法。“白描”本是中国画技法之一，不着彩色，只用墨线勾勒轮廓。这种方法用在写作上就是抓住事物特征，用洗练的文字，不加渲染，不用烘托，质朴自然地勾勒出鲜明形象的表现方法……但李清照《清平乐》较苏轼《江城子》更含蓄。她用白描手法，通过伤今追昔，表现作者深沉的家国之思、对亡夫的悼念之情、身世飘零之感。“晚来风势”，蕴蓄金兵疯狂进犯之意。“难看梅花”，隐含着南宋王朝的岌岌可危，人民深陷水火。对南渡前生活的留恋，对丈夫的深情怀念等，都是“以不言言之”，含蓄蕴藉，馀韵娓娓。李清照擅长白描手法。如《如梦令》（常记溪亭日暮）、《浣溪沙》（淡荡春光寒食天）等词都是这种艺术手法的词林佳作。易安《清平乐》词对比手法的运用，其艺术效果也是显明的，对主题的表达，起重要的作用。作者抚今追昔，家国之思深沉浓重，忧虑国家前途，关心人民命运，这种思想感情十分可贵。（山东友谊出版社 1998 年出版）

## 孤雁儿　并序

世人作梅词，下笔便俗。予试作一篇，乃知前言不妄耳。

藤床纸帐朝眠起①，说不尽、无佳思。沉香断续玉炉寒②，伴我情怀如水。笛里三弄③，梅心惊破，多少春情意④。　小风疏雨萧萧地，又催下、千行泪。吹箫人去玉楼空⑤，肠断与谁同倚⑥。一枝折得，人间天上，没个人堪寄⑦。

【注释】

①藤床：用藤、竹所编制的床。纸帐：用藤皮茧纸制成的帐子。

②沉香：见前《菩萨蛮》（风柔日薄春犹早）【注释】③。

③笛里三弄：用笛子吹奏《梅花三弄》。此乐曲的主调反复出现三次，因称“三弄”。

④春情意：借取春日的情景，喻指当年令人难忘的夫妻深情。

⑤吹箫人：原指善吹箫的萧史。秦穆公女弄玉喜好吹箫，嫁与萧史数年后，二人随凤飞去。（见《列仙传》）这里以萧史喻指已故的赵明诚。玉楼空：以人去楼空喻指赵明诚亡故，词人独守空房。

⑥肠断：这里形容因丧夫而悲伤之极。《世说新语·黜免》：“桓公入蜀，至三峡中，部伍中有得猿子者，其母缘岸哀号，行百馀里，不去，遂跳上船，至便即绝。剖视其腹中，肠皆寸寸断。”

⑦“一枝”三句：自从陆凯写了《赠范晔》诗之后，“折梅”便成了彼此馈赠之语。李清照想把她折来的梅寄赠已故之夫，但因泉路相隔，故云“没个人堪寄”。

【讲解】

此词原见于《梅苑》卷一，与世人所作多不胜数的“梅词”相比，首先它不是那种咏物而滞于物的咏梅词，词中虽然用了两个关于梅的常见典故，但都是经过改造有所出新从而写成的一首悼亡词。此词本身无论从哪方面看均可谓不“俗”，而词前小序却仿佛是说：“世人作梅词，下笔便俗。我试着作的这一篇，恐亦难以免俗。所谓作咏梅词很容易落入俗套，看来这并非是虚妄之言。”

此词的这一小序，看来作者是针对一本专收咏梅词的书而言的。它就是王灼《碧鸡漫志》卷二所说的，其友黄载万（名大舆）“所居斋前，梅花一株甚盛，因录唐以来词人方士之作，凡数百首，为斋居之玩，命曰《梅苑》”。周辉《清波杂志》卷一〇亦云：“绍兴庚辰（1160年），在江东得蜀人黄大舆《梅苑》四百馀首。”此书卷首的编者自序称辑录于己酉（指宋建炎三年，1129年）冬。所录悉为咏梅之词，起于唐代，止于北宋末南宋初，共十卷。这里有一个明显的问题，即李清照的这首《孤雁儿》和另一首含有悼亡之意的《清平乐》词，均被收入《梅苑》。收有李清照悼亡词的《梅苑》，不会是成书于己酉之冬的黄氏原编本《梅苑》。因为赵明诚卒于己酉之秋，李清照忙于他的后事，又大病仅存喘息，不大可能马上去作悼亡词。退一步说即使当年秋冬所作，又怎能在兵荒马乱之中、长江上游已不通航的情况下，李清照在江、浙一带所作的词，立即传到四川黄大舆的手中呢？况且这两首词不仅是李清照的痛定思痛之作，甚至还带有对她一生遭际的总结之意。所以必然是时隔数年或多年以后所作。

那么为什么会造成李清照的后作之词，被收入多年前成书的《梅苑》之中呢？这是因为今天所看到的《梅苑》，并不是黄氏的原编本而是后人辑补本。陈匪石发现，这种辑补本，亦有把仕元的南宋遗民王沂孙（字圣与）的梅词，收入宋高宗时代的人士黄大舆编著之中者。

上述问题搞清了，对李清照这首《孤雁儿》词的讲解，就可以不受黄氏《梅苑》成书时间的约束，而依据作者的经历和她的这首悼亡词的文意，将作品置于适当的时空之中。也只有这样，才能谈得上较正确地解读原作。

这首《孤雁儿》，是不是像词人自己所说的，是一首未能免俗的咏梅词呢？当然不是，而是李清照对作品立意谋篇的睿智所在。她先说梅词容易俗，而她自己所作的这一篇，不但不俗，还堪称颇富新意之作，从而愈加显示出其不让“须眉”的创作才能。此首的意义还在于，它是词史上较早出现的屈指可数的悼亡词之一。“花间”词人张泌《浣溪沙》：“天上人间何处去，旧欢新梦觉来时”（此首见于人民文学出版社 1958 年 7 月版《花间集校》，而《全唐诗》卷八九八张泌词未见收载）二句如含有悼亡之意的话，张泌当是第一位作悼亡词的人。第二位是李煜，他的《相见欢》（又名《忆真妃》“无言独上西楼”），明明是为大周后写的道道地地的悼亡词，却长期被误解为一首表达亡国之恨的词，而把第三位写悼亡词的苏轼作为第一人，把他的《江城子》（十年生死两茫茫）误作第一首悼亡词。第四位是贺铸，他所写的悼亡词是《鹧鸪天》（重过阊门万事非）。李清照是第五位，但她又是第一位作为未亡人为丈夫写悼亡词的人，又是第一个将梅引入悼亡词的人。这样，在悼亡词史上，李清照至少占了两个第一、一个第五。不仅如此，其以梅悼亡的词似不止一、两首，更不是只为悼亡而悼亡，她的《清平乐》的“看取晚来风势，故应难看梅花”，便寄寓了深沉的家国之思，岂不更加不俗！

这首词的第二点脱俗之处，还在于下片的“吹箫人去玉楼空，肠断与谁同倚”之句。“吹箫人”原指萧史，这里借指赵明诚。萧史的恋人是弄玉，二人已羽化成仙。这里暗喻着词人和她的丈夫都不是凡夫俗子的意思。第三点不俗之处是，不仅所用《赠范晔》诗这一典事浑化无迹，而且将其用在泉路相隔的夫妻之间，岂不更加感人而有新意！

总之，李清照的咏梅词，由“香脸半开”的自况，经“没个人堪寄”的悼亡，再到寄寓家国之念，其作品主旨的变化，再清楚不过地说明了词人的身世遭际及其思想的升华。由于其后期思想的全面升华，无形中也突破了她写《词论》时的词学思想，使其“小歌词”的题材内容越出了儿女私情，那就更与“俗”字无缘了。

【辑评】

一、黄墨谷《重辑李清照集·漱玉词卷三》：此词从王半塘《漱玉词》本《历代诗馀》调名《御街行》，《梅苑》、《花草粹编》并作《孤雁儿》，《梅苑》附有序文：“世人作梅词，下笔便俗，予试作一篇，乃知前言不妄耳。”按此词乃悼亡之词，序文与原意无涉，且清照咏梅之作颇多，所云试作一篇，亦不合，因不录序。（齐鲁书社 1981 年 11 月出版）

二、侯健、吕智敏《李清照诗词评注》：这是一首悼亡之作，约写于建炎三年（公元 1129 年）赵明诚逝世后。序中说明这是一首咏梅词，实际上既没有直接描绘梅的色、香、姿，也没有去歌颂梅的品性，而是把梅作为作者个人悲欢的见证者。从表达上看，是把梅作为全词的线索，着力描写了丈夫去世后自己清冷孤寂的生活和凄凉悲绝的心情。（山西人民出版社 1985 年出版）

三、邓魁英《读〈孤雁儿〉》：这是一首咏梅词，作者意在借咏梅悼念自己已死去的丈夫赵明诚，明诚死于建炎三年（1129 年）八月，那么，这首词便应是建炎四年以后某一个春天的作品。作者在词前的小序中说：“世人作梅词，下笔便俗。予试作一篇，乃知前言不妄耳。”她批评前人写的咏词多平庸、俗气，因而自己用《孤雁儿》的调子来写一首咏梅的词，意欲免俗创新。但写成后自己也并不满意，所以感到“下笔便俗”的话实在不是虚妄之谈。我们从这个小序里可以看到作者在艺术创作上对自己的严格要求……而这首《孤雁儿》词却努力摆脱一般的写法，不在描写梅花形象上下工夫，而是抒发被梅花引起来的特殊的思想感情。这实际上不是梅词，而是一首颇为动人的抒情之作。整个词始终在写一己的情怀，写在死去丈夫之后自己孤身漂泊的凄惨处境。作为一首梅词来看，李清照在避免“下笔便俗”的弊病上，已经做出了有益的探索。她尽量摆脱描写梅花的花朵、枝条、写梅花的颜色、芳香等等俗套，也不致力于点染“疏影横斜”、“暗香浮动”一类优美的词句。她的梅词是从梅花所引起的人的内心活动上构思立意的。在这首词中，作者不断地在抒情：她写自己早晨起来即“无佳思”，“情怀如水”；写她对着小风疏雨而流下“千行泪”；写她因无人同倚楼而断肠；最后写因折得梅花“没个人堪寄”而悲伤。整首词始终以写人为主体，写人对周围事物的观察和反应，而不是单纯地咏物。所以说李清照这首《孤雁儿》，实际上是一首优秀的含有悼亡性质的抒情词。(《李清照词鉴赏》，齐鲁书社 1986 年 4 月出版)

四、徐培均：此词调下原有小序云：“世人作梅词，下笔便俗。予试作一篇，乃知前言不妄耳。”从这小序看，词人似乎在咏梅；然细玩词意，却是一首悼亡之作。词调本名《御街行》，《古今词话》载有变格一首，云：“霜风渐紧寒侵被。听孤雁、声嘹唳。一声声送一声悲，云淡碧天如水……”遂又名《孤雁儿》。词人不取前者而取后者，盖亦以自况；词的情调也深受后者影响。这首词的艺术特点归纳起来大致有四：一是活用典故，以故为新。如将“笛声三弄”、“吹箫人去”以及折梅赠远等组织在词中，浑化无迹，犹如己出；二是将咏梅与悼亡冶于一炉，恰到好处地寄托了悼念亡夫的哀思；三是环境描写与心理刻画达到和谐的统一，特别表现在两片起首之中；四是语言通俗，音调凄婉，像“说不尽，无佳思”、“一枝折得，人间天上，没个人堪寄”，全系口语，以之入词，又能以俗为雅，符合音律。词人通过这种种艺术手法，塑造了一个有血有肉、内心充满无限痛苦的孀妇形象，在宋代词坛上，可算是独特的。(《唐宋词鉴赏辞典——唐·五代·北宋》，上海辞书出版社 1988 年 4 月出版)

五、平慧善《李清照诗文词选译》：此词是悼念亡夫之作。通过日常生活中触景生情的描写，发抒悲凉凄苦的感情。香断炉寒与情怀如水，情景交融。梅花初放的景色，本应使人喜悦，但词人却用“惊破”、“多少春情意”来发抒感情。“惊破”两字用得很妙，表面上是写惊破梅心，梅花初绽，实际是词人被轻快的笛声惊醒，笛声勾起她对往事的回忆。本词抒情有层次，哀情由淡而浓。从“无佳思”到“情怀如水”，到“春情意”，到“千行泪”，到“肠断与谁同倚”，则是痛极之语，但是下面词人将痛断肠的感情及时收住，以“一枝折得：人间天上，没个人堪寄”收束全篇，其孤苦凄凉可想而知。所以，末三句不仅回到咏梅这一题材上来，而且抒情委婉含蓄，耐人寻味。（巴蜀书社 1988 年 10 月出版）

六、罗忼烈：易安《孤雁儿》咏梅词序云：“世人作梅词，下笔便俗。予试作一篇，乃知前言不妄耳。”此意大类薛能《折杨柳》诗序，而其词不过云：“（略）”。词语陈熟，内容单调，且其所以病少游者皆有之，周济《介存斋论词杂著》，谓其词“究苦无骨”者是也。不识何以自负至此？(《百家唐宋词新话》，四川文艺出版社 1989 年 5 月出版)

七、靳极苍：李清照《孤雁儿》：“伴我情怀如水。”按如水一词，可有多种解释。《诗·齐风·敝笱》：“齐子归止，其从如水。”如水是众多的形象。《礼记·表记》：“君子之接如水，小人之接如醴，君子淡以成，小人甘以坏。”如水是淡然的形象。《旧唐书·张蕴古传》：“如水如镜，不示以情，物之鉴者，妍蚩自在。”如水是明知而不表态的形象。温庭筠《瑶瑟怨》：“碧天如水夜云轻。”如水是清静已极的形象。这儿的“如水”当是淡然的意思，承上“无佳思”，开下句“笛声三弄”就“多少春情意”了。(四川文艺出版社 1989 年 5 月出版)

八、罗敏中：这是一首悼亡词。其时赵明诚已逝世几年，李清照痛定思痛，哀感转为深沉涵蕴，哀思绵绵不绝，任何一件细小的事物都可以勾起她对亡人的怀念。因此，从室内的藤床纸帐、玉炉沉香到室外的阵阵笛声、潇潇春雨都被她借用来作了抒发感情的“道具”。寒炉断香是正面借用，表达思春情意的笛声是反面借用（反衬），形成了这首词在表现方法上借物（景）抒情的最大特色。这里的基调、气氛与《声声慢》是一致的，而以春景春情来反衬自己的丧夫之痛，则更见其悲戚之深。(《中国文学宝库·唐宋词精华分卷》，朝华出版社 1991 年 10 月出版)

九、祝诚：原来，从小序看，这是一首咏梅词。而究其实，却与一般的咏梅词迥异，乃是一首托物寄情的悼亡词——悼念亡夫赵明诚的词作。从词作内容可以推测出来，此词当写于赵明诚逝世的建炎三年(1129 年）以后，至早亦应在翌年之春，是她后期的作品。读罢全词，我们可以解答本文首段所提出的问题了。首先，清照此词在题材内容上，克服了世人梅词的浅俗之弊。她不是仅仅停留在一般咏梅词的托物言志或即物寄情上，而是将所咏之物与所抒之情融于一体，达到了物我合一、水乳交融的境地。她咏的是眼中所见之梅和手中所折之梅，然而更是心中所想之梅——那白梅一般纯真高洁、红梅一般炽烈真诚的对亡夫的深切悼念之情。如此说来，那“折得”的“一枝”梅，简直就是女词人的一片心。而这首词，则可说是女词人献给亡夫的心香一瓣了。在这方面，我们不妨对读一下素有“梅妻鹤子”之称的林逋的《霜天晓角·梅》词：“冰清霜洁，昨夜梅花发。甚处玉龙三弄？声摇动，枝头月。　梦绝，金兽热，晓寒兰烬灭。要卷珠帘清赏，且莫扫阶前雪。”显然，林词除了咏梅而外，别无他意，美则美矣，然其浅俗确是显而易见的了。其次，清照此词在审美意识上，摆脱了世人梅词的凡俗之弊。易安此词，既不是着眼于梅花“向竹梢稀处，横两三枝”（晁冲之《汉宫春·梅》）的形态美，也不是取悦于梅花“露痕轻缀，疑净洗铅华，无限佳丽”（周邦彦《花犯·咏梅》）的色彩美，更不是留恋于梅花“香非在蕊，香非在萼，骨中香彻”（晁补之《盐角儿·亳社观梅》）的风韵美，而是赋予梅花以一种易安独具的哀婉欲绝、挚切动人的真情美。显然，这是一种更高层次的审美意识。最后，清照此词在表现手法上，避免了世人梅词的粗俗之弊。此词虽非易安之最佳作，然而仍不乏独到之处。她在《词论》一文中，曾批评他人词作“苦无铺叙”。而此词，的确表现了她在铺叙手法上的不同凡响。如果说柳屯田慢词的铺叙，侧重于多层次渐次展开的话；易安此词的铺叙，则以多侧面的渲染烘托取胜。因而易安所写虽仅仅是未亡人的一己之情，但却能从身边琐细事物写起，举凡沉香之细，玉炉之寒，笛声之幽，梅花之绽，乃至风雨之疏，无一不激起她心灵深处的层层涟漪、阵阵波澜。展读全词，我们仿佛见到一幅以词人为轴心，以她的视听为界定，所描绘出的全方位的多维立体画面。较之一般咏梅词之或堆砌典故以夸学，或雕章琢句以炫才，或穷形尽相以逞能，均不能免俗，确是不可同日而语。《重辑李清照集》在为这一首词所撰的“校记”中，曾确认“此词乃悼亡之词”。然而，却以为此词之“序文与原意无涉”，故而删去小序。愚意以为，这一序文不仅与词意至为密切相关，而且是启迪读者解开这一词作感情绳结的一把钥匙。若果真如此，又怎能掉以轻心，乃至于略而“不录”呢？（《李清照作品赏析集》，巴蜀书社 1992 年 9 月出版）

十、孙崇恩《李清照诗词选》：在此词的小序中，李清照不仅批评前人咏梅词平庸无味，流入俗套，表明她对咏梅词的艺术创作观点，而且说明她在咏梅词创作实践上不主故常，力求创新。《孤雁儿》与上述咏梅词又有不同，一不写梅花姿质神韵、孤标俊格，二不写梅花暗香浮动、疏影风流，仅以梅作为女词人的感情引发，以多种艺术方法抒写她亡夫后的孤苦凄绝之情。从词意词情来看，这可能是李清照于建炎三年赵明诚死后的悼亡之作。全词寓情于景，情因景发。上阕写景由室内而室外，言情由“无佳思”到“情怀如水”，再折到“春情意”；下阕写景由室外而室内，言情由“千行泪”到“肠断”，直到“没个人堪寄”，女词人孤独、悲凉、凄绝的情怀，随着寂寞、冷落、萧索的环境气氛的变化而变化，层层写景，步步言情，层层开发，步步深入，使这首词委婉曲折，波澜起伏，极其真实而深切地表现了女词人难以克制的哀恸和凄楚的心情。(人民文学出版社 1994 年出版)

十一、刘瑜《李清照全词》：“吹箫人去玉楼空”。把明诚的逝世及自己悲痛的心情，用萧史弄玉的爱情神话故事，委婉出之，运实于虚，切当自然，超逸蕴藉。结句：“一枝折得，人间天上，没个人堪寄。”乍看似乎没有用典，实际上化用南朝陆凯寄一枝梅花给范晔的故事，说明用典融化不涩，不着痕迹，最得用古之法。《诗人玉屑》记载杜少陵的话：“作诗用事，要如禅家语”，“水中着盐，饮水乃知盐味”。此词用典达到如此高超的艺术境地。真善美的爱情，因为一方的病故而受到毁坏，便有悲剧的色彩了，格外牵动人心，令人悲悯。因此，李清照以悼亡为内容的梅词《孤雁儿》，具有非凡的艺术魅力。此词巧妙灵活地运用多种艺术手法，实属词林佳制。(山东友谊出版社 1998 年出版)

# 长寿乐

南昌生日

微寒应候，望日边六叶，阶蓂初秀。爱景欲挂扶桑①，漏残银箭，杓回摇斗②。庆高闳此际，掌上一颗明珠剖。有令容淑质，归逢佳偶。到如今，昼锦满堂贵胄③。　荣耀，文步紫禁④，一一金章绿绶⑤。更值棠棣连阴⑥，虎符熊轼⑦，夹河分守⑧。况青云咫尺⑨，朝暮重入承明后⑩。看彩衣争献⑪，兰羞玉酎⑫。祝千龄，借指松椿比寿⑬。

【注释】

①“爱景”句：意谓旭日东升。爱景：冬日之光。扶桑：神话中的树木名。《山海经·海外东经》：“汤谷上有扶桑，十日所浴。”郭璞注：“扶桑，木也。”

②杓回摇斗：意谓斗柄东回，春天来到。杓：北斗第五、六、七颗星的名称。又称斗柄。

③昼锦：原意谓贵显还乡。《汉书·项籍传》：“富贵不归故乡，如衣锦夜行。”这里或指韩琦所建昼锦堂。详见欧阳修《相州昼锦堂记》。

④紫禁：以紫微星垣比喻皇帝的居处，故称皇宫为紫禁。《文选·谢庄〈宋孝武宣贵妃诔〉》：“掩彩瑶光，收华紫禁。”李善注：“王者之宫，以象紫微，故谓宫中为紫禁。”

⑤“一一”句：意谓都是高官。金章：以金为印章。绿绶：指系印柄的绿色丝带。此处以用物代指高官。

⑥棠棣连阴：意谓兄弟有惠政。棠棣：指兄弟。棠阴：《诗·召南·

甘棠》谓周时召伯巡行南国，曾在甘棠树阴下听讼断案，后人思之，不忍伐其树。

⑦虎符：铜铸的虎形兵符，背有铭文。作为古代调兵遣将的信物，分为两半，右半留京师，左半授予统兵将帅或地方官吏。调兵时由使臣持符验合方能生效。详见《史记·信陵君传》。熊轼：作伏熊形的车前横轼。后用以指公卿和地方长官。详见《后汉书·舆服志上》。

⑧夹河分守：意谓寿主有二子皆为郡守。《汉书·杜周传》："始周为庭史，有一马。及久任事，列三公，而两子夹河为郡守，家訾累巨万矣。"

⑨青云咫尺：意谓不久即可高升。

⑩承明：原为著述之所（见班固《西都赋》），此处言寿主二子不久将成为皇帝身边的高官。

⑪"看彩衣"句：此处指子为母祝寿。彩衣：原指春秋时老莱子着彩衣娱亲。详见《艺文类聚·列女传》。

⑫兰羞：指香美的食品。玉酎：指复酿的醇美之酒。

⑬松椿比寿：祝寿之辞。详见《诗·小雅·天保》。《诗序》谓《天保》篇："下报上也。"意谓群臣为君主祝福，诗中有"如松柏之茂"等祝词。又《庄子·逍遥游》有以大椿比岁之句。此处均有所取意。

**【讲解】**

这是一位贵妇人，"南昌"可能是她的封号。寿星的华诞是在气候略有微寒那个月的初六日，那正是朝阳的台阶两旁生长着的蓂荚只有六个叶的初秀之时。蓂荚是一种神奇的瑞草，也叫做历荚。初一始生，每日生一荚，十五日生完；从十六日开始每天落下一荚。所以看看荚数的多少，就知道是哪一天（详见《白虎通·符瑞》。"南昌"是生在"六六大顺"之日，她从小就像冬日的阳光和标志着春天来临的星斗，被视为掌上明珠。"南昌"长得很美又很贤惠，嫁了一个难得的好丈夫。到如今，儿孙满堂，且都是锦衣还乡的高官显宦。

荣耀啊！子孙后代都是皇帝身边掌大印的高官厚禄者。兄弟既有惠政，又是握有军政大权的公卿或地方高级长官。寿星的两个儿子已经都是郡守，况且不久还要升为皇帝身边的高官。他们就像春秋时着彩衣娱亲的老莱子那样，将美酒佳肴争相呈献到母亲面前，祝愿母亲寿比松椿高千龄！

【辑评】

一、王学初《李清照集校注》卷一：此首原题撰人为易安夫人，宋人未见有以此呼清照者，未知有误否？《翰墨大全》有延安夫人、易少夫人，俱仅一字之异。（人民文学出版社 1979 年出版）

二、黄墨谷《重辑李清照集·漱玉词卷三》：此词仅见《截江网》，《全宋词》载之，风格，笔调均不类清照其他慢词，兹不录。（齐鲁书社 1981 年 11 月出版）

三、徐北文《济南名士丛书·李清照全集评注》：元《截江网》卷六收录本词，以其为“易安夫人”之作，因为宋人未有称李清照为“易安夫人”者，且从内容和格调上看，亦不似李清照词作，只能存疑待考。在艺术技巧上，该词有如下特色：一、委婉含蓄。作者用“爱景”，暗示出生季节是冬天；用“杓回摇斗”，斗柄欲东指，进而点出生季是春天即将来临之时，即冬末；用“六叶阶蓂初秀”，点示出生日是在冬末月初六；用“欲挂扶桑”、“漏残银箭”，点出出生时辰是在太阳将出来的时候。隐而不露，耐人咀嚼。二、比喻生动、形象。用“掌上一颗明珠”，比喻贵妇人曾备受父母钟爱；用“松椿”树龄之长，比喻贵妇人寿命之长；用“青云”比喻官位显赫。这些比喻甚为恰切，生鲜，至今仍有“掌上明珠”、“寿比南山不老松”、“青云直上”之语常为人所喜用。三、“昼锦”、“金章绿绶”等典故的运用，既典雅蕴藉，又丰富了词的内涵。（济南出版社 1990 年 12 月出版）

四、徐培均《关于李清照两首词的笺证》：……案：寿词为词中另一格，须多颂辞，如辛弃疾《感皇恩》四首皆为寿词，其中《滁州寿范倅》第二首之“七十古来稀，人人都道：不是阴功怎生到。”又《庆婶母王恭人七十》云：“满床靴笏，罗列儿孙新妇。”又《寿铅山陈丞及之》云：“冠冕在前，周公拜手，同日催班鲁公后。”风格笔调全不似其《摸鱼儿》、《贺新郎》诸什。岂能谓非稼轩词乎？盖寿词为应景之作，难得佳句，清照当不例外。均又案：《钦定词谱》此调仅收柳永一首，末注：“独见《乐章集》，宋元人无填此调者。”可见馆臣犹未见清照此词。此词盖为韩肖胄母文氏而作。南昌，乃夫人诰命，全称当为南昌县君或郡君。词云“昼锦满堂贵胄”，昼锦堂乃肖胄曾祖韩琦所建，欧阳修为之作《相州昼锦堂记》曰：“仕宦而至将相，富贵而归故乡，此人情之所荣，而今昔之所同也……公在至和中，尝以武康之节，来治于相，乃作昼锦之堂于后圃。”《宋史·韩肖胄传》云：“琦守相州，作昼锦堂；治（肖胄父）作荣归堂；肖胄又作荣贵堂，三世守乡郡，人以为荣。”宋绍兴三年（1133年），韩肖胄奉命使金，《宋史》本传载：“母文语之曰：‘汝家世受国恩，当受命即行，勿以我老为念。’帝称为贤母，封荣国夫人。”清照有《上枢密韩公诗》，序称“有易安室者，父祖皆出韩公门下”，有此渊源，故当其母生日，上此寿词。佳偶：指其（寿主）夫韩治。治，字循之，忠彦子，琦孙。熙宁八年（1075年）八月，赐进士出身。元祐中，累官左朝散郎、秘阁校理；七年（1092年），为太常丞。绍圣四年（1097年），知邢州。元符元年（1098年），提点京西刑狱；二年（1099年），召为吏部郎中。崇宁三年（1104年），入党籍；五年（1106年），与知州差遣。寻为太仆少卿知相州，以疾丐祠，由其子肖胄代之。人谓其有家学。见《宋史翼》卷四。夹河分守：《汉书·杜周传》：“及久任事，列三公，而两子夹河为郡守。”河，本指黄河。《宋史·韩肖胄传》载，徽宗朝，“时（韩）治守相州，请祠。肖胄因乞补外侍疾，诏除直秘阁、知相州，代其父任。”相州，今安阳，在黄河以北。其弟膺胄，盖亦在河南守郡，故曰“夹河分守”。此词为王学初先生发现，惜其考辨未详耳。本人通过清理史籍，对延安夫人，易少夫人等进行辨析，为此词作者找到了一些依据，同时还就词风与李词不一致的问题发表自己的意见，虽然不能作定论，希望对今后研究的深入，有所裨益。(1999年10月，济南李清照学术讨论会论文)





## 永遇乐

元　宵

落日熔金，暮云合璧，人在何处。染柳烟浓，吹梅笛怨[①]，春意知几许。元宵佳节，融和天气，次第岂无风雨[2]。来相召、香车宝马[3]，谢他酒朋诗侣。

中州盛日[4]，闺门多暇，记得偏重三五[5]。铺翠冠儿，捻金雪柳[6]，簇带争济楚[7]。如今憔悴，风鬟霜鬓，怕见夜间出去。不如向、帘儿底下，听人笑语。

【注释】

①吹梅笛怨：梅，指乐曲《梅花落》，用笛子吹奏此曲，其声哀怨。

②次第：这里是转眼的意思。

③香车宝马：这里指贵族妇女所乘坐的、雕镂工致装饰华美的车驾。

④中州：即中土、中原。这里指北宋的都城汴京，今河南开封。

⑤三五：十五日。此处指元宵节。

⑥铺翠冠儿：以翠羽装饰的帽子。雪柳：以素绢和银纸做成的头饰（详见《岁时广记》卷十一）。此二句所列举的均为北宋元宵节妇女时髦的妆饰品。

⑦簇带：簇，聚集之意。带即戴，加在头上谓之戴。济楚：整齐、漂亮。簇带、济楚均为宋时方言，意谓头上所插戴的各种饰物。

【讲解】

李清照在理论上主张词“别是一家”，在创作实践方面，其诗、词的题材和题旨曾经迥异其趣，但是时届晚年，此种情况却有很大改变，即在其晚景词中，对于“中州”等所代表的故国的怀念，随时可见，此首就是这方面的代表作。它问世后不久，在南宋就激起各种人等，尤其是热血人士的赞许和共鸣，从思想性和艺术性两方面给予此词以高度评价。此词的写作特点，既是人们常说的今昔对比，又并非那种简单对比，它不仅是一幅浓缩了的社会、人生图画，更是一部内涵丰富的人物心灵史的艺术外化。

关于此词的写作时空，以往人们异口同声地说，它是李清照晚年流落临安时所作，这当然是对的。但此说过于宽泛，因为词人居临安共计二十多年，这首词具体当作于何时呢？笔者认为它是作于宋绍兴八年（1138 年）、南宋定都临安前后的一段时间，而且就是针对定都问题这件大事而发的。

词之上片写临安的元宵之夕。首二句似取用江淹《拟休上人怨别》诗的

"日暮碧云合，佳人殊未来"和廖世美《好事近》词的"落日水熔金，天淡暮烟凝碧"之句意，谓落日像熔化了的金子一般绚丽璀璨，暮色中飘浮的云彩聚拢了来，宛如珠联璧合。对于"人在何处?"常见的有两种理解：一是针对自己而言，不知眼下身居何处；二是"人"单指作者的故夫赵明诚。每逢佳节倍思亲。词人面对景色依旧、人事已非的境况，她在嗟叹身世飘零的同时，想到故国故人亦合乎情理。故上述二解似可合而为一。

然而，慨叹身世也好，思念亲人也好，都是内心活动，别人看不见，也摸不着，必须将其外化出来。那么"染柳烟浓，吹梅笛怨，春意知几许"，这种令人黯然神伤的景语，正是上述作者悲苦心情的外化。"春意知几许"，是春意盎然的反面，言时值早春。早春天气也有风和日丽的时候，"次第岂无风雨"的"次第"是进展之词，此句接续上二句，意谓别看今年元宵节天气这么好，转眼恐有风雨来临！这几句字面是讲天气，但仍然是人世感喟，含有一定的哲理和人生体验。不是吗?大至宋朝社会，已由盛而衰；中如赵、李两族，已家破人亡；小到一己之身，曾几何时，她待字汴京，才名轰动，令多少人倾慕不已，如今竟变成了一个只身漂泊的"闾阎嫠妇"。一句话，天气也罢，人事也罢，都那么变化无常！想到这些，哪有闲心游乐?因而，"来相召"以下三句收束得顺理成章。且含有一定的嘲讽之意，因为国家已经到了这样的境地，"酒朋诗侣"们却把杭州作汴州，香车宝马，仪从阔绰，依然寻欢作乐。作者谢绝了召邀，可见她不同于那些醉生梦死的人。

下阕转忆"京洛旧事"。起拍"中州盛日"，寄托了作者深挚的家国之思。那时家国兴盛，元宵节特别热闹。"闺门多暇"，当指词人未婚之时。看来她回忆的是自己初到汴京的事，大致是哲宗元符年间或稍后的一段时间。那时她处境优越，"暇"不仅是指有空馀的时间，主要当指作者生活优裕、有那份闲心。她于公元1101年出嫁的第二、三年，新旧党争加剧，作为新妇的她受到株连，曾一度被迫离开汴京。即使再回京，心情也很不一样了。从十五六岁到二十岁前后，是词人一生最美好的时光。可以想见，这时的她，不管穿戴也好、气度也好，自然会压倒群芳。再锦上添花、着意打扮一番，一旦出现在灯火斑斓的市街上，不知会引起多少人交口称赏！然而，"如今"她已年过半百，鬓发散乱，憔悴不堪，即使时值佳节，夜间也懒得外出了。这就是为什么害怕夜间出去的时代和心理背景。

词的结拍是最深刻、最令人辛酸的去处！"不如向，帘儿底下，听人笑语"，试想，那些在灯红酒绿之中时时发出"笑语"的人，怎么会念及国家安危呢？当躲在“帘儿底下”的作者听到这种“笑语”时，内心该是多么酸楚！

读到这里，使人深感作者谢绝了“来相召”者也好，害怕夜间出去也好，并不是忧愁自然界的“风雨”，更不是自惭形秽，而是在江河日下的当儿，所产生的一种难以名状的孤独感。以往对此句的解读，多谓词人因其亲人的亡故，自己再无欢乐可言而只能“听人笑语”。其实这三句的寓意不尽如此，它更向人暗示：此时发出欢声笑语的主要是不恤国事、不念恢复的权臣佞人及其随之飞升的家人亲属。精忠报国的将相岳飞等等多被猜忌；宋建炎三年（1127年），为拯救高宗蒙难出了大力的张浚，竟亦被罢；同样，功勋卓著的韩世忠，自知其主战不得君心，此时意欲远祸，遂请求退还朝廷一切破格待遇，于清寒中度其晚年；还有更多的重臣不是被贬官、编管，就是自动退避……所以，“不如向，帘儿底下，听人笑语”，其所概括的也不仅是李清照一人因丧偶而产生的孤苦心情，其所隐含的当是投降派擅政时期忠荩之士噤若寒蝉、奸佞之辈无法无天的极度黑暗的政治现状。

【辑评】

一、宋张端义《贵耳集》卷上：易安居士李氏，赵明诚之妻。《金石录》亦笔削其间。南渡以来，常怀京洛旧事。晚年赋《元宵·永遇乐》词云“落日熔金，暮云合璧”，已自工致。至于“染柳烟轻，吹梅笛怨，春意知几许”，气象更好。后叠云：“于今憔悴，风鬟霜鬓，怕见夜间出去。”皆以寻常语度入音律。炼句精巧则易，平淡入调者难。

二、宋刘辰翁《须溪词》卷二：余自乙亥上元诵李易安《永遇乐》，为之涕下。今三年矣，每闻此词，辄不自堪。遂依其声，又托之易安自喻，虽辞情不及，而悲苦过之。“璧月初晴，黛云远澹，春事谁主。禁苑娇寒，湖堤倦暖，前度遽如许。香尘暗陌，华灯明昼，长是懒携手去。谁知道，断烟禁夜，满城似愁风雨。　宣和旧日，临安南渡，芳景犹自如故。缃帙流离，风鬟三五，能赋词最苦。江南无路，鄜州今夜，此苦又谁知否？空相对，残红无寐，满村社鼓。”余方痛海上元夕之习，邓中甫适和易安词至，遂以其事吊之……

三、宋张炎《词源》卷下：至如李易安《永遇乐》云：“不如向帘儿底下，听人笑语。”此词亦自不恶。而以俚词歌于坐花醉月之际，似乎击缶韶外，良可叹也。

四、明杨慎《词品》卷二：辛稼轩词“泛菊杯深，吹梅角暖”，盖用易安“染柳烟轻，吹梅笛怨”也。然稼轩改数字更工，不妨袭用。不然，岂盗狐白裘手邪？

五、明徐士俊《古今词统》卷十二：（眉批）辛词“泛菊杯深，吹梅角暖”，与易安句法同。

六、清沈雄《古今词话·词品》卷下：李易安“被冷香消新梦觉，不许愁人不起”，又“于今憔悴，风鬟霜鬓，怕见夜间出去”，杨用修以其寻常语度入音律，殊为自然。

七、清永瑢等《四库全书总目提要·集部词曲类一》：……张端义《贵耳集》极推其元宵词《永遇乐》、秋词《声声慢》，以为闺阁有此文笔，殆为间气，良非虚美。虽篇帙无多，固不能不宝而存之，为词家一大宗矣。

八、清谢章铤《赌棋山庄集·词话卷三》：……柳屯田“晓风残月”，文洁而体清；李易安“落日”“暮云”，虑周而藻密。综述性灵，敷写气象，盖骎骎乎大雅之林矣。

九、吴梅《词学通论》：大抵易安诸作，能疏俊而少沉着。即如《永遇乐·元宵》词，人咸谓绝佳；此事感怀京、洛，须有沉痛语方佳。词中如“如今憔悴，风鬟雾鬓，怕向夜间出去”固是佳语，而上下文皆不称。上云“铺翠冠儿，捻金雪柳，簇带争济楚”，下云“不如向、帘儿底下，听人笑语”，皆太质率，明者自能辨之。（商务印书馆 1932 年出版）

十、沈祖棻《宋词赏析》：这首词是作者晚年流寓临安（今浙江杭州）时某一年元宵节所写。上片写今，写当前的景物和心情；下片从今昔对比中见出兴衰之感。它以两个四字对句起头。所写是傍晚时分的“落日”、“暮云”，本很寻常，但以“熔金”、“合璧”来刻画它们，就显出日光之红火、云彩之鲜洁，并且暗示出入夜以后天色必然晴朗，正好欢度佳节的意思。“人在何处？”突以问语承接。此“人”字，注家或以为是指她死去的丈夫，即王维《九月九日忆山东兄弟》中“每逢佳节倍思亲”之意。但从全篇布局乃是今之临安与昔之汴京对比来看，则“人”字似应指自己，“何处”则指临安。分明身在临安，却反而明知故问“人在何处”，就更加反映出她流落他乡、孤独寂寞的境遇和心情来，而下文接写懒于出游，就使人读之怡然理顺了。如果在上文、下文都是景语的情况下，中间忽然插一句问话：“我那心爱的人现在在什么地方呢？”问过以后，就搁置一边，再也不提。这，不但于情理上说不过去，就是在文理上也说不过去。（上海古籍出版社 1980 年 3 月出版）

十一、唐圭璋《唐宋词简释》：实则其《永遇乐》一词，亦富于爱国思想，后来刘辰翁读此词为之泪下，并以其声以清照自喻，可见其感人之深，而二人痛心亡国，怀念故都，先后亦如出一辙。上片写首都临安之元宵现实，景色好，天气好，倾城赏灯，盛极一时，而己则暗伤亡国，无心往观。下片回忆当年汴都之元宵盛况，妇女多浓妆艳饰，出门观灯，转眼金兵侵入，风流云散，万户流离失所，惨不可言。而己亦首如飞蓬，无心梳洗，再逢元宵佳节，更不思夜出赏灯，正是“良辰美景奈何天，赏心乐事谁家院”。最后，从听人笑语，反映一己之孤独悲哀，默默无言，吞声饮泣，实甚于放声痛哭。（上海古籍出版社 1981 年出版）

十二、黄墨谷《重辑李清照集·漱玉词卷三》：此词作于晚年，地点在临安，约在绍兴二十年（1150 年）间。（齐鲁书社 1981 年 11 月出版）

十三、夏承焘《瞿髯论词绝句》：西湖台阁气沉沉，雾鬓风鬟感不禁。唤起过河老宗泽，听君打马渡淮吟。（中华书局 1983 年 2 月出版）

十四、倪木兴《读李清照〈永遇乐〉偶得》：词人在这首词中是怎样描写景物和表现自己心情的呢？同样的元宵佳节，同样的美好景色，亦即“芳景犹自如故”，可是同一个人，由于时世不同，容貌和心情已完全两样。词人以独特的笔触，用种种对比，使今昔两种元宵灯节的不同情景，构成了鲜明的对照，从而深刻地抒发了她眷念故国、忧患馀生的痛苦。这是这首词的特色。李清照首先用浓重的色彩极力渲染自然景物的鲜艳。元宵节傍晚，熔金似的落日，合璧般的暮云，多美的景致啊！但悲哀的心情使词人对着这春天黄昏的落日美景，发出了“人在何处”的慨叹。这慨叹是李清照对自己因国亡家破而漂泊江南的身世的感叹，是发自她内心的悲切之声……与刘辰翁的和作《永遇乐·璧月初晴》也不一样，刘词“悲苦过之”，直接抒写：“满城似愁风雨”，“能赋词最苦”，“此苦又谁知否”，满纸悲、愁、苦，一览无遗。李清照的这首词之所以能做到不言哀而哀然之情溢于言表，就是因为她在描绘景物抒发感情之中，善于运用种种对比：乐景与哀情，乐景与哀景，昔日盛装、乐情与今日憔悴、哀情，他人乐情与自己哀情，构成了明显的对照，突出地表达了自己哀怨愁苦之情，达到了一定高度的艺术境界。(《中国古典文学鉴赏丛刊·唐宋词鉴赏集》，人民文学出版社 1983 年 5 月出版)

十五、吴熊和《唐宋词通论》：这首词写节序根本不是为了应景，而是难以抑制家国变故的深切悲痛。“不如向，帘儿底下，听人笑语”，说得既苦涩，又辛酸，要是真的听人笑语，恐怕听者于月光之下不禁泪痕满面了。南宋灭亡后，刘辰翁每读此词，就感到黍离之悲。他的《永遇乐》(璧月初晴) 词序：“余自乙亥上元诵李易安《永遇乐》，为之涕下。今三年矣，每闻此词，辄不自堪，遂依其声，又托之易安自喻，虽辞情不及，而悲苦过之。”词中说李清照“缃帙流离，风鬟三五，能赋词最苦。”不失为李清照的异代知音。“能赋词最苦”，也正好说明了李清照后期词的基调。(浙江古籍出版社 1985 年 1 月出版)

十六、朱靖华《〈永遇乐〉鉴赏》：这是一首元宵词。词人通过她避难江南时一次元宵节的生活感受，寄托了她的故国之思和对现实的批判。在宋代，元宵节是最盛大的节日，王朝统治者为了粉饰太平、“与民同乐”，曾大肆渲染节日的气氛。据《大宋宣和遗事》记载“宣和六年正月十四日”热闹景象道：“京师民有似云浪，尽头上戴着玉梅、雪柳、闹娥儿直到鳌山看灯”（前集《元宵看灯》)。还说，当时节日之夜，“家家灯火，处处管弦”。北宋亡后，南宋小朝廷偏安一隅，不思北伐，更加追逐歌舞升平、纸醉金迷，在临安仍继续着元夜狂欢的旧传统，其盛况有增无减。据周密《武林旧事·元夕》条记载说：“大率仿宣和盛际，愈加精妙。”这就引起了词人李清照的沉思和忧虑，写下了这首著名的元宵词……“人在何处?”一个转折，立即把美妙画面涂上了一层忧郁的阴云，令人陷入沉思。这里的“人”字，人们多指词人的丈夫赵明诚，这有一定道理，因为“每逢佳节倍思亲”，避难临安，寡居无依的李清照，在元宵节日想起丈夫在世时的欢聚情景，当然是在情理之中。但是，从词的上下文来看，这个“人”字似指作者自己更有馀味。作者不是曾经这样悲歌过吗？“旧时天气旧时衣，只有情怀不似旧家时”（《南歌子》)。江山依旧，物是人非，而我现在是在哪里呢？节日的美景，反而使主人公感到一片寂苦凄凉……总起来说，这首词通过良辰佳节的欢乐与国破家亡的尖锐矛盾，强烈地对比了过去和现在的不同社会境遇，对比了他人和自己的截然相反的心绪，从而委婉曲折地批判了南宋小朝廷苟安享乐、漠视民族危亡、忘记国家耻辱的国策，具有鲜明的爱国思想印记。(《李清照词鉴赏》，齐鲁书社 1986 年 4 月出版)

十七、刘学锴：上片写今年元宵节的情景。起手两句着力描绘元夕绚丽的暮景：落日的光辉，像熔解的金子，一片赤红璀璨；傍晚的云彩，围合着璧玉一样的圆月。两句对仗工整，辞彩鲜丽，形象飞动。晴明的暮景预示今年元宵将有一番热闹景象。但紧接着一句"人在何处"，却是一声充满迷惘与痛苦的长叹。这里包含着词人由今而昔、又由昔而今的意念活动。置身表面上依然热闹繁华的临安，恍惚又回到"中州盛日"，但旋即又意识到这只不过是一时的幻觉，因而不由自主地发出"人在何处"的叹息。这是一个饱经丧乱的人在似曾相识的情景面前产生的迷惘和痛苦的心声。它接得突兀，正由于是一时的感情活动，而不是理智的思索和沉静的回忆。这中间有许多省略，读来感到含蕴丰富，耐人咀嚼。"春意知几许"，实际上是说春意尚浅。这既符合元宵节正当初春的季节特点，也切合词人此时的心情。词人不直说梅花已谢而说"吹梅笛怨"，显然是暗用李白"一为迁客去长沙，西望长安不见家。黄鹤楼中吹玉笛，江城五月落梅花"诗意，借以抒写自己怀念旧都的哀思。正因为这样，虽有"染柳烟浓"的春色，也只觉"春意知几许"了。……这首词在艺术上除了运用今昔对照与丽景哀情相映的手法外，还有意识地将浅显平易而富表现力的口语与锤炼工致的书面语交错融合，造成一种雅俗相济、俗中见雅、雅不避俗的特殊语言风格。(《唐宋词鉴赏辞典——唐·五代·北宋》，上海辞书出版社 1988 年 4 月出版)

十八、喻朝刚《宋词精华新解》：……或以为这个"人"字是指作者自己，抒写其流落天涯之感。这样理解也是可以说得通的。不过联系上句"暮云合璧"看，是化用江淹诗"日暮璧云合，佳人殊未来"句意，表达怨别怀人之情。这与辛弃疾《水龙吟》（楚天千里清秋）中化用桓温诗句"树犹如此，人何以堪"手法正自相同。虽然只用了上句，但其意却在下句，从而使词意含而不露，更加耐人寻味。"元宵"两句，概括上文，点明佳节，指出三五之夜天空晴朗，气候暖和，正是夜出观灯的好时机。接下一句"次第岂无风雨"，笔锋又一转，表达了词人忧愁风雨，疑虑重重，犹豫不决的心情。不要以为眼下皓月当空，万里无云，天气暖和，谁能料定转眼之间就不会刮风下雨呢？这句含蓄委婉，发人深思，从构思上看为下文“谢他酒朋诗侣”和“怕见夜间出去”预作伏笔，再深入一层看，似也暗含天有不测风云，不能陶醉于安乐环境之意。本篇语言平易自然，对比鲜明，往日的繁华与今日的孤苦、他人的欢笑与自己的哀愁，形成强烈的对照，从而深化了主题。在布局上，由今至昔，由昔至今，时空交错，虚实并举，跌宕有致，意境深远。上片连用三个问句，层层递进，波澜起伏，表达了作者难以平静的心情……（吉林大学出版社 1988 年 8 月出版）

十九、平慧善《李清照诗文词选译》：本词是李清照晚年流寓临安，在元宵节时所写。一、二句是描摹傍晚景色，四、五句进一步从视觉与听觉两方面渲染春意。“落日熔金，暮云合璧”的傍晚景色，已经暗示出夜晚必然晴朗，但词人却以“元宵佳节，融和天气，次第岂无风雨”相接，意在言外，值得再三玩味。全词用对比的手法表现词人内心的痛楚，从今日元宵的淡淡哀怨，到回忆中州盛日的欢乐生活，再回到眼前的憔悴、凄怆之情令人悲绝。词中以小见大，以个人今昔境遇之异，与伤时忧国之感交织在一起，强烈地表现了对故国和旧日生活的怀念。一百多年后南宋爱国词人刘辰翁诵此词，为之涕下。本词工致而不雕琢，如“落日熔金，暮云合璧”、“染柳烟浓，吹梅笛怨”，精炼简洁，通俗而不浅陋。又如“如今憔悴，风鬟霜鬓，怕见夜间出去，不如向帘儿底下，听人笑语”，自然顺畅，词意深沉含蓄，婉而不露。(巴蜀书社 1988 年 10 月出版)

二十、冯其庸：李清照《永遇乐》云：“落日熔金，暮云合璧”。“落日熔金”，词意初看似隔，未能即时得其形象。一九七一年，予在江西余江县，居处在山冈上，四围皆松林。每当秋日傍晚，见西北一带，山色如翠黛，长空云霞万里似锦，倏然变化，尤令人神往者，当落日衔山，将下未下之时，其色鲜红莹明，远看恰似炼钢炉中烧红耀眼通明之钢块，因叹易安体物之切，捕捉形象之敏快也。又宋人诗“远烧入荒山”，亦是此意。然此境须待山掩落日之后，则远处苍然起伏之山冈，其上部周延连绵一线，皆呈通明之胭脂色，而山后晚霞，一片火红，骤然见之，宛若远处荒山起火，层林尽烧也。可见虽同一写景，而尚有早晚差异之别，因悟古人铸词之精确，如非身见其景，则此句似亦是死句。故知会通古人诗词，当亦不易，创作固需生活为依据，解会亦需生活始能参悟也。(《百家唐宋词新话》，四川文艺出版社 1989 年 5 月出版)

二十一、施议对：这首词写元宵佳节的美好气象和作者怀京洛之旧的恶劣情绪，敷写、综述，极尽铺叙之能事。其能事，大致有以下二端：首先是善用对比。词作上片写当前的景物与心情，从大的层次上看，前六句侧重景物描写，后六句侧重抒情，景物很美好，心情极恶劣，形成鲜明的对照；从小的层次上看，上片十二句依韵分为四组，每组三句，三句中前两句说一种意思，后一句将它推翻，构成“正—正—反”的格式：……例如，词作最后这一呼叫，就不同凡响。这一呼叫，表面上看似“太质率”（吴梅语），容易给人以一览无余之感，似乎词作的抒情主人公就那么自甘寂寞，实际上并非如此，抒情主人公对于“中州盛日”之“元宵佳节”，对于年青时代“簇带争济楚”的快乐生活，仍然无比向往，她之所以“怕见夜间出去”，并非自己的真心意愿。这一呼叫，在无可奈何当中，包含着极大的怨气，这是抒情主人公对于眼前恶劣环境的控诉与抗议。正话反说，更加具有撼人心魄的艺术力量。这首词，抒情主人公的情绪活动，在层层对比中不断推进，至此达到了高潮。全词构成一个完美的艺术整体，敷写、综述，既达到充分表现的艺术效果，又带有无穷韵味。这就是李清照铺叙手法在词中的妙用。(《百家唐宋词新话》，四川文艺出版社 1989 年 5 月出版)

二十二、熊志庭：本词是李清照晚年流寓临安时作。词咏元宵，诚如张炎所说，一般咏节序的作品，大多难免率俗，应时纳祜，缺少真情。而此词却能别开生面，作品将主人公对今日元宵之畏与昔日元宵之乐两种感受对照来写，融入了作者深沉的家国之恨、沦落之苦和暮年之悲，如诉如泣，感人至深。后来爱国词人刘辰翁诵此词，还为之涕下，可以想见其强烈的感染力。词首句以造句工致精警为人激赏，然通篇都以平常语甚至方言俗语入调，使其词显得自然生动。词学家吴梅对此词曾有讥评，以其过于质率，殊少沉痛语。然以俗为雅，直抒胸臆，不得尽以为非。(《中国文学宝库·唐宋词精华分卷》，朝华出版社 1991 年 10 月出版)

二十三、吴调公：……过去的赏月是在汴京，而今这一个劫后余生的人，却又是在何处呢？“人在何处”可以说愤激之词，也可以说梦中自语，该是多么凄凉，多么沉痛！经过这一个富于警策的发问，人们不禁瞿然而醒，猛地有所警觉，随着词人走进那一片为暮云烘托着、为落日光辉笼罩着的气氛中，感受到春意袭人。且看，浓烟给杨柳带来春色，笛子也吹出《梅花落》的哀怨声声。元宵的色彩愈来愈强烈了。因而元宵之为“佳节”，之为“融和天气”，也都在词的脉络上显得顺理成章。可是此时此地，却出人意料地陡然一转，词人道出“次第岂无风雨”的担心来。明明是天气融和，但她却感到有风雨之忧。这其实没有什么奇怪。原来哀时忧国的词人对那一个腐败的统治集团早已有所认识，因而对于奄奄一息的宋王朝会爆发危机是有所预感的。这政治的风雨使她惴惴不安，因而她就不能不发出“次第岂无风雨”的惊呼了。怀着这样沉重的心情，即使有不少酒朋诗侣乘着香车宝马来邀她共赏佳节，她也不得不婉辞以谢了。整个上片从正面看来并没有直接写出回忆，然而词人却早已为下片回忆酝酿了气氛。首先是用“人在何处”表示面对这一天翻地覆的巨变而创巨痛深；其次是通过对“风雨”的预感担心未来的巨变；再次则是谢却“酒朋诗侣”的盛情邀约。着意拈出一个“谢”字，用以表示词人对元宵不仅意趣索然，更感到忧从中来。(《李清照作品赏析集》，巴蜀书社 1992 年 9 月出版)

二十四、刘瑞莲：这首词是李清照晚年避居临安时所作。当时她遭国破家亡之痛，又身受颠沛流离之苦，因而篇中渗透了沉痛的感情。全篇写她在一次元宵佳节中客居异乡的悲凉心情，着重对比早年时在汴京度节的欢乐和这时心情的凄凉。在艺术上这首词有两个特点，一是铺叙，二是语言自然。全词从眼前写到过去，又回到眼前，从周围景物写到内心感受，有回忆，有对比，有抒怀，回环往复，淋漓尽致，具有很强的艺术效果。其次，这首词不仅情感真切动人，而且语言质朴自然。张端义在《贵耳集》中评论这首词说：“炼句精巧则易，平淡入调者难。山谷谓以故为新，以俗为雅者，易安先得之矣。”这评语是中肯而切合实际的。(《中外名诗赏析大典》，四川辞书出版社 1993 年 2 月出版)

二十五、刘乃昌《宋词三百首新编》：此为李清照晚年所写元宵词，借流落江南孤身度过元宵佳节所产生的切身感受，寄托深沉的故国之思、今昔之感。开篇由佳节景象着笔，熔金、合璧、烟、柳、梅、笛，诸般物事烘染出一派“佳节”“融和”气氛。中间插入“人在何处”、“岂无风雨”的闪念，体现出饱经沧桑者特有的忧虑心态。“来相召”二句，仍状节日人物之盛，谢却“酒朋诗侣”，则气氛陡转，跌入孤寂冷漠深渊。孤独中最易追怀往事，“中州盛日”六句，极写往年京华热闹欢乐，浓厚兴致。“如今”以下折转到当前，憔悴神态，寥落心理，与往昔形成强烈反差。末以藏身帘底听人笑语收结，无限凄楚，令人不堪卒读。全词以元宵为焦聚点展开纪叙，思路由今而昔再到今。今昔对比，以乐景写哀，以他人反衬，益增悲慨。无怪刘辰翁诵此词“为之涕下”、“辄不自堪”（《须溪词》卷二）也。（岳麓书社 1994 年 4 月出版）

## 添字丑奴儿[①]

芭　蕉

窗前谁种芭蕉树，阴满中庭。阴满中庭，叶叶心心，舒卷有馀清[②]。　　伤心枕上三更雨，点滴霖霪[③]。点滴霖霪，愁损北人，不惯起来听。

【注释】

①《添字丑奴儿》：一作《添字采桑子》。《丑奴儿》、《采桑子》同调而异名。添字：在本词中具体表现为——在《丑奴儿》原调上下片的第四句各添入二字，由原来的七字句，改组为四字、五字两句。增字后，音节和乐句亦相应发生了变化。

②舒卷：一作“舒展”。在此可一词两用，舒，以状蕉叶；卷，以状蕉心。且卷，有通“婘”之训，谓好貌。馀清：此据王学初《李清照集校注》和吴熊和《唐宋词通论》，此首断句亦从吴著。“馀清”，今本多作“馀情”，“情”字在此其意似欠当，因此词上片旨在咏物并非简单的拟人之法。馀清，意谓蕉叶舒卷；蕉心贻人以清凉舒适之感。视“清”

字为“情”字的谐音，其意似胜于径用“馀情”二字。

③霖霪：本为久雨，此处指接连不断的雨声。

【讲解】

本书将这首《添字丑奴儿》置于最后，但却不好说它就是李清照词作中的绝笔。一则现存较可靠的这么四十七首作品远非《漱玉词》之全豹；二则现存《漱玉词》能够确切和较为确切编年的，原先只有《蝶恋花·晚止昌乐馆寄姊妹》、《武陵春》和《临江仙》这么三四首。后经笔者多年、多方搜求，先后厘订出《渔家傲》（天接云涛连晓雾）等不多几首的、差可令人置信的编年。迄今为止，笔者对大部分漱玉词的编年，还只能较近似地划分出前、中、后三期的归属。根据这种姑称之为三期编年法，笔者所进行的尝试和撰述，实事求是地说，已取得了一定收获，抑或可戏称之为“甜头”。这首《添字丑奴儿》，除了其下片所提供的“内证”外，因尚未寻找到其他依据，目前只能将其划归后期，即从宋建炎四年至宋绍兴二十五年（1130~1155年），或可再略进一步，将它视为其作者定居杭州后的生命途程的末后几年中，从初夏到盛暑的一段时间内。

这首词中的主人公，是一位南渡的嫠妇。她的住宅、庭院，或是半途购置，或是临时租赁。窗前那棵高大的芭蕉树，也不知是哪年哪月谁人所种。只见芭蕉以其“身”高叶大的浓荫，遮盖了整个院落，炎夏酷暑中，犹如热中送扇，使人感到如此凉爽适意。她的硕大绿叶是那么舒展，蕉心卷曲又那么好看。叶叶心心，不断地贻人以清凉舒适之感。

如此这般又清凉又舒适庭院的新主人，不是别人，正是孤苦无依、流落到南方来的、赵明诚的遗孀李清照。在夏日的白昼，她备感蕉叶蕉心的清凉宜人，但是一到夜晚，特别是雨夜，这棵芭蕉树真是造孽啊！过片起拍的“伤心”二句，对“一夜不眠孤客耳，主人窗外有芭蕉”、“梧桐树，三更雨，不道离情正苦。一叶叶，一声声，空阶滴到明”、“薄暮投村驿，风雨愁通夕。窗外芭蕉窗里人，分明叶上心头滴”（上引诗句的出处分别是：杜牧《雨》诗、温庭筠《更漏子》词、无名氏《眉峰碧》词）等等诗词佳句，可能有某种借取或隐括，但“伤心枕上三更雨，点滴霖霪”二句，无论词旨抑或词艺皆远胜于上述诸作。原因是李清照平生所经历的一件又一件的“伤心”事，一则不是一般人所能想象和承受的，更不是或放荡不检，或儇薄无行的杜牧、温庭筠等人所能体察得到的。所以他们和她所描写的不同时代同类生活感受，其真实性和感人程度显然是大不一样的；二则词人自己的“伤心”事虽然大都已成过去，随着时间的推移，“伤心”的程度也会逐渐淡化，但另一种“伤心”事，亦即忧国伤时之感，却与日俱增。随着主和派的得势、主战派的退避，李清照这个一向竭力主张抗战复国的热血女子，能不忧心如焚！正当她为国家的前途忧心忡忡，夜不能寐，辗转反侧之时，窗外却下起了“三更雨”。雨声淅淅沥沥，接连不断。这接连不断的雨声，使得“伤心”人再想入睡更是难上加难。

“北人”是南渡后词人自指。“愁损北人”以下二句的意思是说，被国忧乡愁折磨得已经体损神伤、羸弱不堪的“我”这个思乡心切、彻夜失眠的北方人，最不愿意听到半夜三更雨打芭蕉的淅沥之声。因为芭蕉树使得雨声音量加大，从而更加触动“北人”的乡愁。所以这里一转上片对种树人的感念之意，似含有对种植芭蕉树的人的埋怨情绪。当然这种情绪是为“北人”的乡情所驱动，因其思乡心切，通宵难眠，故对无辜的芭蕉心怀怨悒和不满。

结拍的“起来听”，是指词人坐起来倾听雨声，此系无奈之词，其寓意当是：“北人”不像“南人”那样，对雨打芭蕉之声习以为常，照样酣睡，因为他们不像“北人”那样怀有浓重的家国之愁。

【辑评】

一、王学初《李清照集校注》卷一：此首又见《广群芳谱》卷八十九（卉谱三）芭蕉，调为《采桑子》，词句亦与《采桑子》同而非《添字丑奴儿》。其词云：“窗前谁种芭蕉树，阴满中庭，叶叶心心，舒展馀光分外清。　　伤心枕上三更雨，点点霖霪，似唤愁人，独拥寒衾不忍听。”按《全芳备祖》国内无刊本，（董康《书舶庸谈》云：日本有元刊本。）但各抄本均作《添字丑奴儿》。《花草粹编》云“添字”，是陈耀文所见本当亦相同。《广群芳谱》作《采桑子》，殆为编者汪灏等所妄改，不足据。(人民文学出版社 1979 年 10 月出版)

二、吴熊和《唐宋词通论》：添字或摊破的另一种方式，是在增入音节、字数后改组乐句。如《丑奴儿》歇拍为七言一句，李清照《添字丑奴儿》添入二字，改组为四言、五言两句……（浙江古籍出版社 1985 年 1 月出版）

三、蒋哲伦《读〈添字丑奴儿〉》：这首词作于南渡以后。通过雨打芭蕉引起的愁思，表达作者思念故国、故乡的深情。上片咏物，借芭蕉展心，反衬自己愁怀永结、郁郁寡欢的心情和意绪。首句“窗前谁种芭蕉树”，似在询问，似在埋怨，无人回答，也无须回答。然而通过这一设问，自然而然地将读者的视线引向南方特有的芭蕉庭院。接着，再抓住芭蕉叶心长卷、叶大多荫的特点加以咏写。蕉心长卷，一叶叶，一层层，不断地向外舒展。阔大的蕉叶，似巨掌，似绿扇，一张张，一面面，伸向空间，布满庭院，散发着清香，点缀着南国的夏秋。第二句“阴满中庭”形象而逼真地描绘出这一景象。第三句重复上句，再用一个“阴满中庭”进行吟咏，使人如临庭前，如立窗下，身受绿叶的遮蔽，进而注视到蕉叶的舒卷。“叶叶心心，舒展有余清”，歇拍二句寄情于物，寓情于景。“叶叶”与“心心”，两对叠字连用，一面从听觉方面形成应接不暇之感，一面从视觉印象方面，向人展示蕉叶不断舒展的动态。而蕉心常卷，犹如愁情无极，嫩黄浅绿的蕉心中，紧裹着绵绵不尽的情思。全词篇幅短小而情意深蕴，语言明白晓畅，能充分运用双声叠韵、重言叠句以及设问和口语的长处，形成参差错落、顿挫有致的韵律；又能抓住芭蕉的形象特征，采用即景抒情，寓情于物，触景生情，寓情于景的写作手法，抒发国破家亡后难言的伤痛；用笔轻灵而感情凝重，体现出漱玉词语新意隽、顿挫有致的优点。(《李清照词鉴赏》，齐鲁书社 1986 年 4 月出版)

四、喻朝刚《宋词精华新解》：本篇写于南渡以后。词人因见芭蕉而起兴，触景伤怀，抒发了流落异乡、怀念故土的寂寞愁苦之情。李清照这种背井离乡的寂寞凄楚之感，产生于国亡家破夫死以后，不同于平常环境中的羁旅行役和离情别绪，具有深广的现实意义。当金兵入据中原后，被迫离开故土、逃亡南方的“北人”，何止千千万万！作者也是其中的一员。本篇既抒写了词人的感受，也唱出了许许多多难民的心声。这首词篇幅虽短，意蕴却很深，语言浅近通俗，脉络十分清晰，体现了漱玉词的艺术特色。全词以芭蕉、夜雨为背景，写了一天的见闻和感受。上片诉诸视觉，描摹白天窗前所见；下片诉诸听觉，刻画深夜枕上所闻。抒情主人公的情感之波，随着时间的推移和景物的变化而起伏动荡。两片的第三句“阴满中庭”和“点滴霖霪”均用叠句，起到了渲染环境气氛、加强艺术效果的作用。词中还运用了双声叠字，形成错落有致的韵

律，使作品的意象显得更为生动，富有艺术感染力。（吉林大学出版社1988年8月出版）

五、平慧善《李清照诗文词选译》：起首一问句表现了词人对种树者的怀念与对芭蕉长成的喜悦，因此她移情入景，说“叶叶心心，舒卷有余清”，写芭蕉对人的深情，正是抒发词人自己的深情。上半阕写从室内看芭蕉成荫，下半阕则写枕上听雨打芭蕉。经过国难、家破、夫亡种种打击后，避难客居的人夜不成眠，夜雨不停地敲打着芭蕉，也敲打在词人愁损的心上。“起来听”这一外在的动作，曲折地表现了词人内心的万千愁绪。(巴蜀书社1988年10月出版)

六、蔡中民：此词通过对夜雨芭蕉这一南方特有景致的描绘，抒发自己思乡忧时的浓愁。深情苦调，楚哀动人，当是建炎三年（1129年）其夫赵明诚死后所作。夜雨芭蕉同夜雨梧桐一样，是秋日里最撩人愁绪的景象，诗人常常遣之笔端，作为抒发愁情的形象载体，以取得更为感人的事半功倍的艺术效果。如杜牧《八六子》（洞房深）：“听夜雨，冷滴芭蕉。”顾夐《杨柳枝》(秋夜香闺思寂寥)：“正忆玉郎游荡去，无寻处，更闻帘外雨潇潇，滴芭蕉。”李后主《长相思》（云一緺）：“秋风多，雨相和。帘外芭蕉两三窠。夜长人奈何。”清照词从白天写起，白天的芭蕉婀娜多姿，日炎独阴，“叶叶心心，舒展有余清”，给人带来一丝深情的慰藉。下片写夜景，兀地揭起。“伤心枕上三更雨”，本来就夜深不寐，苦不堪言，可偏偏三更头上，又吹来一阵寒风，打下三二滴疏雨。“隔窗知夜雨，芭蕉先有声”，那点滴霖霪的雨滴打在芭蕉上，不啻是打在自己备受创伤的心上。她想起失去的家园，死去的丈夫，想到动荡不安的时局和苟且无能的赵构小朝廷，想到不知何时才能“相将过淮水”，自然是要“愁损北人”，更加没法入睡，只得披衣而起，独抱浓愁待天晓了。白日之情景是铺垫，是“虚”写，目的是为了与下片形成对比，以“虚”见实，孤苦处境中希冀寻求一点慰藉，是“虚”中之实，“不惯听”并非因为惊醒而是本来就忧深愁重，又是实中之“虚”。首句一问，埋下伏笔，结句拍合，醒明题旨，不答亦答。“点滴霖霪”一叠，造成空间上和时间上的延伸感，加重了环境凄凉愁惨的气氛，丰富了词语的表现力，使所表之情更加真切，更加深重哀婉。(《百家唐宋词新话》，四川文艺出版社1989年5月出版)

七、孙崇恩《李清照诗词选》：这当是李清照南渡后抒发思乡忧国之情的词作。上阕描写白天庭院中的芭蕉。首句奇突一问，似无意，接着描写蕉叶形态宛若含情。叠句“荫满中庭”夸芭蕉枝叶繁茂，衬托环境幽暗；“叶叶心心”句赞芭蕉叶展心舒，含无限眷恋之情。下阕笔锋转折，描写夜深枕上闻雨声的情景。换头句写愁人在床上辗转反侧，枕上听雨；叠句“点滴霖霪”写夜雨淅沥，烘托心绪凄凉。结句点明题旨，突出了深沉的忧国怀乡之情。全词咏物抒怀，运笔轻灵，语意隽永，婉转有致，情意深切。(人民文学出版社 1994 年 12 月出版)

八、刘瑜《李清照全词》：……正是“乡愁怕听三更雨”，更那堪雨打芭蕉的凄凄历历的声响呢？“芭蕉”生在南方，雨打芭蕉更刺痛了她的“故乡心”、“愁人耳”，故“不惯起来听”。卒然一结，轻淡饶味，馀韵袅袅。至此，一个杰出女词人，在国破、家亡、丧夫、颠沛流离等不幸遭际的打击下，孤凄、哀伤、憔悴、思国怀乡的形象跃然纸上。此词，也有所祖，温庭筠《更漏子》：“梧桐树，三更雨，不道离情正苦！一叶叶，一声声，空阶滴到明。”与易安此词意境相似，只是“梧桐树”表示秋天的时令，而易安词中“芭蕉”“心心”“卷”着，时指春季罢了，写的是离情。李煜《长相思》有“秋风多，雨相和，帘外芭蕉三两窠。夜长人耐何!”与易安词意境略同，写的是相思。《词苑丛谈》载宋徽宗时无名氏《眉峰碧》云：“薄暮投村驿，风雨愁通夕。窗外芭蕉窗里人，分明叶上心头滴。”写的是乡愁，与易安词更见相同之处了。而易安词写的是思国怀乡的深厚感情，立意高远。她融化前人词意，脱胎古人诗句，不着痕迹，并能创意出奇。叶少蕴云：“诗人点化前作，正如李光弼将郭子仪之军，重经号令，精神数倍。”周紫芝《鹧鸪天》有“梧桐叶上三更雨，叶叶声声是离别”句。宋人还有“枕前泪共三更雨，隔着窗儿滴到明”句。均可见文学艺术的继承和发展。此词语言浅淡隽永，构思精巧，结构严谨。上片着重写景，融情入景，是下片的铺垫；下片着重写情，情景交融。上片着力渲染芭蕉的株多、枝繁、荫浓、“有余情”，因而下片雨打芭蕉的声响才越大，女主人公的心境也就愈凄楚苍凉、痛苦难耐，思国怀乡之情也就更浓烈，词人的心境也愈令人悲悯。上扬下抑，顺理成章。“无情未必真豪杰”，李清照在此词中所写的“伤心”、“愁损”，绝非无病呻吟，实际上交织着对北宋亡国之恨、民族之爱、颠沛流离之苦，流落江浙，心系乡国。其中也蕴含着对自己种种不幸遭遇的感慨，又客观反映了宋代人民历经战乱，身陷水火的深重苦难，其典型意义就在这里。(山东友谊出版社 1998 年出版)

# 附录

## 一、南宋以来所裒辑整理的李清照词集

1. 南宋曾慥编《乐府雅词》卷下所收李清照词23首，几占现存《漱玉词》之半数，且皆为李清照之真传。

2. 明毛晋《诗词杂俎》本《漱玉词》仅收词17首，且真赝杂出；《汲古阁未刻词》内亦有《漱玉词》。

3. 清王鹏运《四印斋所刻词》《漱玉词》及《漱玉词补遗》，且附有俞正燮《易安居士事辑》。

4. 清吴重熹《石莲庵刊山左人词》本《漱玉词》所用系王鹏运辑本。

5. 清况周颐《〈漱玉词〉笺》。

6. 李文裿辑《漱玉集》五卷，收词78首，多误收之词。

7. 赵万里《校辑宋金元人词》本《漱玉词》。

8. 中华书局上海编辑所编《李清照集》，中华书局1962年出版。

9. 王延梯编注《漱玉集注》，山东人民出版社1963年出版。

10. 唐圭璋编辑《全宋词》之李清照词，此据赵万里辑本增补，中华书局1965年出版。

11. 王学初校注《李清照集校注》，人民文学出版社1979年出版。

12. 黄墨谷辑《重辑李清照集》，齐鲁书社1981年出版。

13. 侯健、吕智敏《李清照诗词评注》，山西人民出版社1985年版。

14. 徐北文主编《济南名士丛书·李清照全集评注》，济南出版社1990年出版。

15. 孙崇恩《李清照诗词选》，人民文学出版社1994年12月

出版。

16. 陈祖美选注《中国诗苑英华·李清照卷》，山东大学出版社 1997 年 4 月出版。

17. 刘瑜《李清照全词》，山东友谊出版社 1998 年 1 月出版。

## 二、“五四”以来李清照研究的重要论著

1. 胡云翼《李清照评传》，晨报副刊1925年8月。

2. 傅东华《李清照》，商务印书馆1934年出版。

3. 赵景深《女词人李清照》，复旦学报1935年1期。

4. 王宗浚《李清照评传》，国风半月刊1935年5卷2期。

5. 王瑶《〈金石录后序〉作年考》，《学风》1935年5卷2期。

6. 汝舟《读〈《金石录后序》作年考〉》，《学风》1935年5卷4期。

7. 龙沐勋《〈漱玉词〉叙论》，《词学季刊》1936年3卷1期。

8. 汪曾武《李易安居士传》，《国艺》1940年6月1卷5、6期。

9. 浦江清《李清照〈金石录后序〉》，《国文月刊》1940年9月2期。

10. 缪钺《论李易安词》，《真理杂志》1944年1卷1期。

11. 季维真《大词人李清照》，《妇女月刊》1944年3卷4期。

12. 黄盛璋《李清照〈金石录后序〉作年考辨——兼辨生年、嫁年、卒年》，《东方杂志》1948年44卷12期。

# 三、1949年以来李清照研究的主要论著

1. 黄盛璋《李清照事迹考》,《文学研究》1957年3期。

2. 黄盛璋《赵明诚、李清照夫妇年谱》,《山东省志资料》1957年3期。

3. 程千帆《李清照及其词》,《语文教学》1957年4期。

4. 褚斌杰《论李清照及其创作》,《光明日报》1957年5月12日。

5. 盛静霞《论李清照》,《光明日报》1959年5月24日。

6. 郭预衡《李清照词的社会意义和艺术价值》,《文学评论》1961年2期。

7. 夏承焘《李清照词的艺术特色》,《文学评论》1961年4期。

8. 唐圭璋、潘君昭《论李清照的后期词》,《江海学刊》1961年8期。

9. 刘忆萱《论李清照及其作品》,《光明日报》1961年9月10日、17日。

10. 王汝弼《论李清照》,《文史哲》1962年2期。

11. 王仲闻《李清照事迹作品杂考》,《文史》1963年4月第2辑。

12. 胡品清《特怀恩世界作家丛书·李清照》,美国波士顿特怀恩出版社1966年出版。

13. 杨敏如《李清照词浅论》,北京师范大学学报1979年5期。

14. 陆坚《李清照〈永遇乐〉绎说》,《语文战线》1980年4期。

15. 岳国钧《玉中之瑕——谈〈李清照集校注〉的注释》，《文学遗产》1981 年 1 期。

16. 徐培均《李清照》，上海古籍出版社 1981 年 12 月出版。

17. 王璠《李清照词真伪考》，《文史》13 辑。

18. 陈祖美《读李清照作品心解》，《文学评论》1982 年 4 期。

19. 宋振庭《人真、情真，才有好词——小读李清照词》，《吉林日报》1982 年 10 月 8 日。

20. 葛景春《试论李易安的师承与创新》，《中州学刊》1982 年 5 期。

21. 王文龙《李清照与李煜两家词比较》，盐城师专学报 1983 年 2 期。

22. 刘瑞莲《试论李清照词的艺术特色》，青海社会科学 1984 年 4 期。

23. 唐圭璋、潘君昭《中国历代著名文学家评传·李清照》，山东教育出版社 1984 年 5 月出版。

24. 济南市社会科学研究所编《李清照研究论文集》，中华书局 1984 年 5 月出版。

25. 褚斌杰、孙崇恩、荣宪宾编《古典文学研究资料汇编·李清照资料汇编》，中华书局 1984 年 5 月出版。

26. 朱德才《〈漱玉词〉的艺术魅力》，《文学评论》1984 年 5 期。

27. 蒋哲伦《语新意隽，婉丽多姿——李清照词抒情艺术》，上海广播电视（文科月刊）1984 年 12 期。

28. 马兴荣《李清照〈词论〉考》，《柳泉》1984 年 6 期。

29. 乔力《李清照研究二题》，《东岳丛刊》1984 年 6 期。

30. 杨海明《读李清照词杂识》，广西师院学报 1984 年 4 期。

31. 陈祖美《关于易安札记二则》，《中华文史论丛》1985 年 4 期。

32.《李清照词鉴赏》，齐鲁书社 1986 年 4 月出版。
33. 缪钺《论李清照词》，收在缪钺、叶嘉莹合撰的《灵谿词说》内，上海古籍出版社 1987 年出版。
34. 杨新民《易安词新论》，内蒙古师大学报 1988 年 2 期。
35. 王瑶《李清照词辑本略论》，《词学》1988 年 6 期。
36. 荣宪宾《李清照对宋词发展的两个重要贡献》，《东岳论丛》1988 年 6 期。
37. 平慧善《李清照诗文词选译》，巴蜀书社 1988 年 10 月出版。
38. 朱靖华《表现“心态”是李清照词的创作本色——兼论如何正确评价李清照词的社会价值》，昌潍师专学报 1989 年 2 期。
39. 孙崇恩《李清照词的几个注释和补译》，昌潍师专学报 1989 年 2 期。
40. 村上哲见《关于日本传存两种〈漱玉词〉》，昌潍师专学报 1989 年 2 期。
41. 孙崇恩、傅淑芳主编《李清照研究论文集》，齐鲁书社 1991 年 5 月出版。
42. 陈祖美主编《李清照作品赏析集》，巴蜀书社 1992 年 9 月出版。
43. 陈祖美《中国思想家评传丛书·李清照评传（附〈赵明诚传〉)》，南京大学出版社 1995 年 9 月出版。
44. 于中航《李清照年谱》，台湾商务印书馆 1995 年 11 月出版。
45. 中国李清照辛弃疾学会、济南“二安”纪念馆筹备处编《李清照辛弃疾研究论文集》，山东大学出版社 1997 年 11 月出版。
46. 陈祖美《李清照有过“婕妤之叹”吗？——从她在江宁时的几首词谈起》，《文史知识》1998 年 3 期。